To my Chinese readers,

It's an honour to share this story with you. Though it began far from here, I hope its themes speak across borders.

Thank you for reading, and for welcoming these characters into your world.

With gratitude

Dublin, May 2025

先知之歌

[爱尔兰] 保罗·林奇 著 陈雪婷 译

Prophet
Song

四川文艺出版社

目/录
contents

第九章	第八章	第七章	第六章	第五章	第四章	第三章	第二章	第一章
251	220	188	155	127	096	062	030	001

第一章

夜幕已然降临。她没有听见敲门声，望着窗外的庭院，黑暗无声地笼罩着樱桃树，吞没了最后一片树叶。树叶没有抗拒，只是低语着接受了。一天即将结束，她现在十分疲惫。在睡前做完所有家务，并且安顿好孩子们，让他们看电视，如此她才能在窗前获得片刻喘息。望着昏暗的庭院，她想融入那黑暗，便走出家门，踏进花园，与黑暗同眠，与树叶共枕。待黑夜消散，她会在黎明中苏醒，在晨光中迎接新生。

但敲门声穿过思绪，尖锐而密集地响了起来。每一次敲击都是门环与门板的强烈碰撞，令她皱起眉头。贝利也开始敲击厨房的玻璃门，指着门口冲她喊："妈妈！"他的眼睛始终盯着电视屏幕。艾莉什抱着怀里的孩子，木然地朝门口走去。

她打开门，见有两个男人站在玻璃门廊前，面容几乎隐没在黑暗之中。她打开门廊上的灯，看到男人站姿的一瞬间，她便意识到两人的身份。她打开通往庭院的玻璃推拉门，寒冷的晚风似乎在为她叹息。郊区很安静，雨无声地落在圣劳伦斯街上，落在屋前的黑

色汽车上。

艾莉什戒备地看着两人。那站在左侧的年轻男人询问她丈夫是否在家，男人盯着她，眸色深沉，那冷漠而带着审视的目光似乎想在她身上找到什么答案。她快速地扫过街道，只看见一个独行的路人撑着雨伞在遛狗。柳树在雨中摇晃，街对面扎雅克家的大电视屏幕闪着雪花点。

她思考了一下自己是否做了错事，又不禁失笑。警察找上门时，她和所有的普通人一样怀疑自己是否犯罪了。她怀里的本开始扭动，右侧的中年便衣男子看着孩子，神情似乎柔和了些。艾莉什朝他开了口。显而易见，这个男人也是一位父亲。另一个同行的男人太年轻，看起来过于利落且不讲情面。

她开口说话时发现自己的声音在颤抖："他快回来了，大概一个小时。需要我给他打个电话吗？"

"不必了，斯塔克太太。等您丈夫回家，麻烦转告他尽快给我们回电，这是我的名片。"

"叫我艾莉什就好。有什么需要我帮忙的吗？"

"很抱歉，斯塔克太太，这事需要您丈夫来处理。"年长的便衣警察看着孩子，露出了大大的微笑。

她盯着男人嘴角的皱纹看了片刻。男人长相威严，并不适合露出这种表情。

"斯塔克太太，您不必担心。"

"警官，我为何需要担心？"

"您说得对，斯塔克太太。我们无意占用您过多的时间，夜晚

第一章

来寻人让我们浑身都湿透了，车里的暖气也很难将衣服烘干。"

艾莉什拿着名片，关上了院门，目送两个男人回到车里。汽车启动，行驶至路口时刹车减速，亮起的尾灯像是两只闪闪发光的眼睛。她再次看了眼夜间重归宁静的街道，抬脚迈进了温暖的屋内。她站在那儿仔细看了一会儿那张名片，才意识到自己忘了呼吸。

似乎有什么东西进入了房间。她想把孩子放下，站定思考一下：这种无形的存在是怎样萦绕在那两个男人身侧，又是如何进入屋子里的。当她穿过客厅，从孩子们身边经过时，依旧能感觉到那种存在潜藏在她身侧。莫莉将电视遥控器高举过贝利的头顶，贝利双手在空中挥舞着。他转过头来，一脸求助地望着艾莉什："妈妈，你让她把频道调回去。"

艾莉什关上厨房门，将怀里的孩子放进摇篮里，伸手想拿起桌上的笔记本电脑和日记。但她又停下了，闭上了眼睛。她再次感觉有东西进入了房间。她看向自己的手机，拿了起来，迟疑地给拉里发了一条短信。等她回过神来，她发现自己又站在了窗前，看着屋外。她不再想走进昏暗的庭院，因为黑暗已然降临屋内。

拉里·斯塔克拿着名片在客厅里来回踱步。他皱紧眉头将它放在咖啡桌上，摇了摇头。他重新坐回扶手椅里，捋着胡须。艾莉什沉默地看着他，以一种惯常的目光审视着他。到了一定年纪，男人就会留起胡子，不是为了彰显男人魅力，而是为了掩盖自身的稚嫩。她已经快想不起来丈夫不留胡子是什么样了。

他坐在扶手椅里，神情缓和下来，用脚趾拉着拖鞋。可他似乎

又想到了什么，额头紧绷，眉头紧锁。他探出身子，再次拿起了那张名片。

"可能没什么大事。"他说。

艾莉什把孩子放在腿上，紧盯着他："拉里，你告诉我，怎么可能没事。"

拉里叹了口气，用手背抵着嘴唇，站起身来，在桌前搜寻着什么。

"你把报纸放在哪里了？"他在屋里转了一圈，还是没有找到，就问道。或许他在找的已经不是报纸，而是脑海深处难以触摸的思绪。

他转头看向妻子，发现她正在给孩子喂奶，这一幕令他感到温暖。他在其中看到了静好的生活，本当如此的平静生活。此番情景让他逐渐冷静了下来，他靠近妻子，伸出手去。可妻子凌厉的眼神又让他收回了手。

"爱尔兰国家服务局，也就是国服局，是个非常凶残的组织。局里的两位警探找上了门，他们想让你做什么？"妻子问道。

拉里连忙指了指楼上："你小点声。"

他咬着牙走进厨房，从沥水架上拿起一只玻璃杯，打开了水龙头。黑暗中，他的视线越过自己映在玻璃窗上的身影，朝外看去。那些樱桃树上了年纪，很快就会腐朽，或许会在春天轰然倒下。他喝了一大口水，走回了客厅。

"你听我说。"他的声音低不可闻，"肯定会没事的，相信我。"

说出这话时，他发现自己越来越没有底气，就像是倒在手中的水，一点点流失殆尽。

艾莉什看着拉里重新躺进了扶手椅中，不停地切换着电视频道。拉里转过头来，发现妻子仍旧盯着自己。他直起身来，叹了口气，不停捋着下巴上的胡子，像是要将它一把扯下。

"艾莉什，你知道他们的行事方式，也知道他们想要什么。他们在暗中收集信息，你必须做出相应的配合。很显然，他们在调查一名教师，所以想和我谈谈，又或者是想在着手逮捕之前给我们提个醒。我明后天就给他们打电话，看看他们想知道什么。"

艾莉什看着他的脸，心中麻木。她的思想和身体都渴求着神圣的睡眠，只想立刻上楼换上睡衣，进入梦乡。再过几个小时，她就要起床喂奶了。

"拉里。"她说，拉里的身子缩了缩，似乎是被无形的电流击中。

"他们让你尽快回电话，你现在就打吧，名片上有号码。告诉他们，你没有隐瞒任何事情。"

拉里眉头紧锁，深吸一口气，似乎在权衡着眼前的什么。他转过头来看向艾莉什，愤怒地眯起了眼睛。

"你这是什么意思，什么叫告诉他们我没有隐瞒任何事？"

"你明白我的意思。"

"不，我不明白。"

"我只是随口一说，你快去打电话吧。为什么你总是这么倔？"

拉里说："我不想现在打电话。"

"拉里，求你了，现在就打吧。我不希望国服局再次找上门。你知道他们说了什么，也知道过去几个月的传闻。"

拉里猛地从扶手椅里站起身来，皱着眉头走向艾莉什，接过了她怀里的孩子。

"艾莉什，你先听我说，尊重是互相的。他们知道我很忙，我是爱尔兰教师工会的副秘书长，我不可能对他们的命令言听计从。"

"你说得很对。可为什么他们会是直接到家里来，而不是在白天时打电话到你办公室？你解释一下。"

"亲爱的，我明后天就给他们打电话。我们今晚能不能先不讨论这件事情了？"

他仍然站在她面前，可视线却已经转向了电视："九点了，我想看看新闻。对了，马克怎么还没回家？"

艾莉什朝门口望去，睡意悄然揽上了她的腰肢。她走向拉里，将孩子接了过来。

"我不知道。"她说，"我已经不想管他了。他今晚有足球训练，可能在朋友家吃了晚饭，又或是去了萨曼莎家。他们最近总是形影不离，真是不知道马克为什么会喜欢她。"

拉里开车在城市中穿梭时，心中忽然升起一股烦闷。纷扰的思绪令他十分焦躁，他似乎必须放弃一直追寻的东西。电话里的声音称得上客气。

"很抱歉这么晚打扰您，斯塔克先生，我们不会占用您太多的时间。"

他把车停在凯文街的警察局拐角处的一条小巷里。他心想，在从前的夜晚，这条路肯定更加热闹。这座城市在过去的一段时间里

第一章

变得太过沉寂了。当他走向接待处时，他发觉自己依旧紧咬牙关。他想了想孩子们，挤出一个微笑。贝利肯定知道他出门了，那个孩子的听力格外好。

拉里看见了一名值班警员苍白而满是斑点的手。警员正举着电话说着什么，他听不清内容。一位年轻的警察走了过来，这人瘦骨嶙峋，脸色蜡黄，衬衫打领带的装扮，听声音就是之前电话里那位警察。

"谢谢您能前来，斯塔克先生。如果您能积极配合，我们会尽快结束问话。"

他跟着这位警察沿着金属楼梯上楼，穿过两侧房门紧闭的走廊，被带到了一间谈话室。屋子里有着崭新的灰色椅子和镶板墙。门关上了，屋里只剩他一人。他坐了下来，盯着自己的手。他看了看手机，然后站起身来，在房间里踱步。他在思考如何才能避免自己陷入不利地位，如何让警察对自己保持尊重。

现在已经过了晚上十点。警探们进入房间时，他松开环抱的手臂，缓缓拉开椅子坐下。进来的除了那名瘦削的警察，还有一名与拉里年纪相仿的粗犷警察，手里端着满是咖啡渍的杯子。这个男人看着拉里，脸上似乎带着一丝微笑，又或许只是嘴角的皱纹让人感到亲切。

"晚上好，斯塔克先生。我是斯坦普探长，这位是伯克探员。您要喝点茶或咖啡吗？"

拉里看着脏兮兮的杯子，抬手表示拒绝。他正在端详说话的人，搜寻着过往的记忆。

"我以前见过你。"拉里说,"应该是在都柏林足球赛上。你是都柏林大学的中锋,我们在对阵盖尔人的比赛中见过。当时我们是一支强队,在那一年把你们打败了。"

探长盯着他的脸,嘴角扬起时的皱纹已然消失,目光沉了下来。房间中陷入诡异的寂静。他摇了摇头:"我不知道你在说什么。"

拉里现在对自己的声音很敏感。他能听见自己说话时的声音,就像他也是这屋子里的听众,看着自己接受问话。他能看见自己坐在桌子对面,也能透过门上的猫眼看见自己。除此之外,没有其他从室外看进来的方式,这里甚至没有安装单向镜。

他听到自己的话语变得虚伪,显得过于健谈:"肯定是你,你是都柏林大学的中锋,我能记得每一位对手。"探长举起自己的马克杯喝了一口咖啡。他紧紧盯着拉里,拉里不自觉地低头看向桌面,用指甲刮着桌子的清漆。接着,他猛然意识到自己的举动,再次抬起头来看向对方。

探长的表情愈加严肃,但眼中的意味并未改变。

"警官。"拉里开口,"我想尽快结束谈话,我该回家陪家人睡觉了。所以,我有什么能帮到您的?"

伯克探员张开双手表示理解。

"斯塔克先生,我知道您很忙,也很高兴您能来。我们收到了一项非常严重的指控,与您直接相关。"

拉里·斯塔克看着这两人,感到一阵口干舌燥。房间里有什么东西在跳动,他能清晰地感觉到。僵坐了一会儿,他抬头看去。半圆吸顶灯里,有一只被困住的飞蛾,正用翅膀疯狂地拍动着玻璃灯

第一章

壁。琥珀色的顶灯脏兮兮的，里面满是飞蛾尸体。

伯克探员翻开了一个文件夹，对面的拉里看见了他那双宛如牧师般苍白的手。一张打印纸被摆到了桌子中央，拉里开始阅读纸上内容。他缓缓眨了眨眼，咬紧了牙关。脚步声穿过长长的走廊，又消失在一扇紧闭的大门后。

他听到了飞蛾拍动翅膀的微弱声响，猛然意识到自己体内的某种东西开始逐渐凋零。他抬起头来，对面的伯克探员也在看着他。那双眼睛仿佛能轻易看透他的内心，试图解读出一些并不存在的想法。

拉里看向明显带着审视意味的探长，清了清嗓子，试图对两人挤出一个微笑。

"两位警官，你们是在开玩笑吧？"他看着两人，感觉脸上的笑容一点点消失，自己正举着白色布条不停摇动，"这也太离谱了，等秘书长知道了这件事，她肯定会直接告诉主席。"

年轻的探员握着拳头咳嗽了几声，意有所指地看向同伴。探长微笑着开口。

"斯塔克先生，您也知道，国家如今正处于困难时期。我们有责任认真调查收到的所有指控。"

"你这是胡说八道。"拉里打断了他，"这毫无意义的东西算哪门子指控。你这是在扭曲事实，睁眼说瞎话。这份东西就像是你自己写出来的。"

"斯塔克先生，您应该很了解今年9月生效的临时权利法案。为了应对国内发生的一系列危机，法案在补充条文中赋予了国服局

009

相应的权利,以便维护公共秩序。请您理解我们的质疑。您的行为的确像是在煽动民众对国家的仇恨,埋下分裂和动乱的种子。

"当某种行为影响到国家稳定时,只有两种可能性:第一种是行为人在进行损害国家利益的行为,另一种是行为人无法预见行为所导致的后果,只是无意为之。但斯塔克先生,这两种情况的结果都是一样的。这个人将成为国家的敌人。所以,我希望您能摸着良心回答,保证您的行为并不属于上述情况。"

拉里·斯塔克沉默了很久。他望着桌上的文件,但视线并未聚焦。他清了清嗓子,攥着双手开了口:"你的意思是要我证明自己的行为不是在煽动民心?"

"是的,斯塔克先生。"

"可我要如何证明呢?我只是在完成一名工会成员的工作,行使宪法赋予我的权利。"

"这就得您自己考虑了,斯塔克先生。如果我们决定进一步调查,那么这件事情的性质将不再由您决定,而是由我们做主。"

拉里猛地从椅子上站起,双手撑在桌面上。他看到了对方脸上胜券在握的表情,也明白了自己在被带来这里之后,一切的反抗都只是徒劳。这是来自绝对权威的制裁,他们有能力颠倒黑白。

"如果司令长知道了这件事情,会很麻烦。你不能威胁一个高级工会成员放弃他的工作。这个国家的教师有权争取更好的工作条件,并参与和平的工会活动。这些与国家面临的所谓危机毫无关系。如果你没有其他事情,那我要回家了。"

一旁的探员缓缓张嘴想说什么,拉里捕捉到了他的举动。他思考着探员的反应,走回了车里。他在车里坐了很久,看着自己放在膝盖上的双手微微颤抖。飞蛾如何才能从警察的手中逃脱呢?

将本送去了托儿所后,艾莉什要把其他孩子送去学校。莫莉戴着耳机从途安汽车的副驾驶座下车,贝利也砰的一声关上了后座的车门。她看着莫莉离开的背影,而贝利站在车窗前,戴上了冬装大衣的兜帽。她正要开车离开,突然一只手敲响了车窗,莫莉喊着让她将车停下。门被拉开了,莫莉从车内地板上抓起她的运动包,转身离开了。

冬日的阳光洒下来,却无法驱散十一月的寒冷。穿梭在车流之中,艾莉什感到一阵疲惫。她机械地开着车,在红灯前停下。她看不到生活的期待,只能看到每天的日子终将毫无波澜地度过,又被人悄然遗忘。她沉浸在对生活的无声回顾之中。

审视着自己的工作状态,她不再将其当作一种职业。真正的微生物学家应该站在实验台前,花费大量的时间寻找实验证据,对比理论假设与真实试验结果,用尽一切方式验证自己的猜想,在实验结果中找到问题的答案。可现在,她每天都在处理电子邮件和电话,从专家变成了管理者。她不再身着白大褂,而是需要管理人事,参加无用的会议,问一些毫无意义的问题。

她坐在办公桌前查看电子邮件,重新安排了下午五点半的视频会议。她拿起手机给拉里打了个电话。

"你按照我说的填好护照申请表了吗?"她问。

"抱歉,亲爱的,我还有点混乱,满脑子都是昨晚的事。"他的语调有气无力,仿佛整个人在睡觉时被抽干了,醒来后变得垂头丧气，只能坐在床边呆呆地盯着地板。

"你上班的时候告诉他们了吗？"艾莉什问道。她听到拉里用手捂着电话，和一位同事说了几句。

"我放在楼上的桌子上了。"

"把什么放在楼上的桌子上了？"

"护照申请表。"

"拉里，你应该打电话给肖恩·华莱士，和他谈谈，不管国服局是否有临时权利，这个国家仍然有宪法权。"

"我想直接把这件事告诉秘书长，但她生病了，今天没有来。"

"肖恩还和那个年轻人在一起游行吗？"

"肖恩·华莱士现在正忙着处理菲茨杰拉德的案子，我不想麻烦他。对了，今晚谁做饭？"

"我还是觉得你应该给他打个电话。轮到你做饭了。"

"很好，我下午六点半有个会议，但是我打算取消了，我没心情开会。"

"拉里。"

"怎么了，亲爱的？"

"没什么。我昨天买了些肉糜，你晚上可以做汉堡肉，我得挂了。"

艾莉什结束了通话，握着手机呆坐了一会儿，心中有些不安。她看着手机，播放了电话录音。她的声音能从拉里的手机里传出，这意味着手机信号被拾取，并通过网络发射机进行继续传输，发送到了拉里的手机上。突然，她听到了录音中自己的声音，就像是在

第一章

隔壁房间听着自己说话一般。——"和他谈谈,不管国服局是否有临时权利,这个国家仍然有宪法权。"

她突然感觉浑身发冷,猛地从椅子上站起来,走向了茶水间。她心想,在其他国家可能会出现,但在我们国家不可能发生这种事情。警方不会允许监听电话的行为发生,这会引起民愤的。她想起昨晚停在屋外的那辆车,想起了国服局和她隐约听到的关于事态发展的传闻。

她走进茶水间,有一瞬间她感觉这个房间无比陌生。新上任的全球客户主管保罗·费尔斯纳正站在咖啡机前,扯了扯自己的衬衫袖口。他伸出一只手轻轻一按,机器停止了运转。保罗转过身来,带着未及眼底的笑容。

"艾莉什,我正想找你,但你没有回复我的语音信息,他们不得不把与朝气公司的视频通话时间调整到下午六点。"艾莉什觉得他的脸看起来有些不真实,他的眼睛本该是黑色的,可现在却是绿色。她的视线被保罗翻领上圆形的国家联盟党徽吸引了。国盟党是这个国家的全新象征。她再次低头看向保罗的手,发现他的手有些小。

"抱歉,我没看到你的消息。"她说,"我应该参加不了下午的会议了,但还是谢谢你告诉我。"

岸边有一匹蓝色的马朝她走来。骑着马漫步在水边,她获得了永恒的青春。她在阳光下策马奔腾时,楼下门厅里的电话响了,她骑着马离开梦境,进入了房间。拉里坐在床边揉着惺忪的睡眼。

"扰人清梦。"她低声说,"现在是凌晨一点十五分,是谁在这个时候打来电话?"

"希望不是你妹妹。"拉里说。

他站起身,朝门外走去。他伸手向阴影抓去,而阴影张开双翼,化为一袭睡袍。艾莉什躺在床上,听着婴儿床里的本均匀的呼吸声。隔壁贝利的房间里传来压抑的咳嗽声。楼下传来穿着拖鞋走动的声音,拉里低沉的说话声传了上来,无形地钻进房间里。她很想知道这通电话是谁打来的。她想起了住在多伦多的妹妹安妮,她在一年前曾半夜打来过电话。

"天啊,真对不起,姐姐。我弄错了你们那里的时区,我刚刚喝了几杯酒。"

她闭上眼睛,在记忆中不断搜寻着,寻找沙滩上那匹蓝色的马。现在是什么时候?是冬天,天空低垂在海面上,她跨坐在马背上,感受着身下生命力充盈的马儿。拉里躺回到床的另一侧,全身重量将床垫压得微微下陷。

"我刚才又睡着了。"她说。拉里没有说话,只是呆呆地盯着墙壁,呼吸急促。

艾莉什伸手抓住他的胳膊:"拉里,你怎么了?"

她打开灯,坐起身来。柔和灯光下的拉里宛如一个孩子。他转过身来,眉头紧锁,神色古怪。

他清了清嗓子说道:"是卡罗尔·塞克斯顿,吉姆的妻子打来的。吉姆昨天离开办公室后没有回家。"

"就这件事吗?拉里,我还担心你说有人去世了。"

第一章

"艾莉什,卡罗尔说他们把吉姆关进去了。"

"谁把吉姆关进去了?"

"你说呢?是国服局。"

"国服局?"

"对,她就是这么说的。"

"可我还是不明白,她说的关进去是什么意思?"

"我猜是被逮捕,或者是被拘留了。有人看见他被塞进了一辆车的后座,但国服局并没有打算让其他人知道。卡罗尔四处打电话询问,才得知了这件事。"

"吉姆·塞克斯顿,那个大律师吗?他都做了些什么?"

"艾莉什,重点在于他自那之后就销声匿迹了。"

"他打电话给工会律师了吗?那位律师叫什么名字来着?"

"米歇尔·吉文。不,并没有,他甚至没有打电话给自己的妻子。"

"但怎么能就这样逮捕一个人,却不给他通知律师的权利呢?这些事情都有相关法律规定啊。"

"卡罗尔说,米歇尔现在就在凯文街。但他们在搪塞他,他准备先回家休息了。他们甚至联系不上国服局,因为国服局没有官方联系电话。我不明白,为什么工会里没有任何人通知我这件事情。"

"情况听起来很糟糕,但这不对。"

"什么不对?那张卡片上留有那晚其中一个警察的号码。那是一个手机号码,你亲自打通过。拉里,告诉我,这到底是怎么回事?"

"我也不知道,亲爱的,但他显然非常生气。"

"谁非常生气?"

"米歇尔·吉文。"

"你必须把卡片交给他。"

"没错,我没有想到这一点。我这就把卡片找出来。你把它放在哪里了?"

"我放在了客厅的壁炉台上,塞在座钟底下。"

"卡罗尔说他们上周抓走了吉姆,说他面临一项指控,但他只是哈哈大笑。你知道吉姆的性格,很显然,当他询问自己是否已经被捕时,国服局表示了否认。于是,吉姆当着他们的面,完整地背诵相关法律条款中的内容:'公民具有成立协会和工会的权利。'你知道接下来会发生什么,如果罢工继续下去,他就会让伦斯特省半数的中学教师乘着校车进城来。"

艾莉什伸手在床头柜上摸索着,抓过杯子猛喝了一口水。

"拉里,他们凭借这些临时权利,能限制我们多少宪法权利?"

"我不知道,但不是很多。所有组织的拘留权依旧受法律约束,但如果事态发展下去,谁知道法律还会不会有用。我们先静观其变,不要告诉孩子们。"

"拉里,你现在什么都做不了,还是先睡觉吧。"

艾莉什站在窗边,眺望着父亲的庭院。儿时的记忆踏在潮湿的树叶上,荡漾在绳子上,挤进灌木丛中。记忆中的声音在呼唤:"藏好了吗?我来找你了。"艾莉什看着白蜡树,只见它在小小的一方

第一章

土地上耸立着,这是父亲在她十岁生日时种下的那株。她看着贝利跑过长长的草丛,双脚踢动着地上的落叶,而莫莉正在给越冬的植物拍照。

艾莉什转过身来,看着坐在桌旁的父亲,他正将脸埋在报纸里。本在她身旁的婴儿床里睡得香甜。她拿起两个马克杯,盯着杯壁,手指在杯沿儿上不停擦着。

"爸爸,你看看这些杯子。你为什么不用洗碗机呢?你洗碗的时候真应该戴上眼镜。"

西蒙并未将视线从报纸上移开,他说:"我现在正戴着眼镜。"

"但是你在洗碗的时候也需要戴上,这些杯子的杯壁上都是茶渍。"

"你应该指责那个没用的女清洁工。你妈妈还活着的时候,这屋里的杯子可都是干干净净的。"

看着父亲,艾莉什又想起了童年。她看到了曾经的父亲,他有着鹰钩鼻和目光尖锐的眼睛。而如今的父亲身形佝偻地坐在椅子上,身穿一件羊毛衫,骨骼突出的手指划过报纸,带出轻微的摩挲声。他将报纸合上,给自己添上茶,手指敲打着桌面。

"我不明白自己为什么还要读报纸。"他说,"这里面只有弥天大谎。"

艾莉什拿起报纸,开始完成填字游戏。父亲的手指已经停止了敲击,艾莉什不用抬头,也知道父亲在审视自己。但当她抬眼时,发现父亲正皱着眉头。

"艾莉什正和谁在花园里?"他问。

她朝外看了一会儿，然后转过头来握住父亲的手："爸爸，外面的是贝利和莫莉，我坐在这儿呢。"

父亲的脸上闪过一抹疑惑，他眨了眨眼，挥手让她坐回去，靠回了椅子里。"我自然知道，但她和你一样，就喜欢对着一处生闷气，一点不像你妹妹那般活泼开朗。"

艾莉什看着父亲，露出苦涩的笑容。

"所以我们俩都很像你。"她说。她看着屋外的莫莉，就像是看见了少年时的自己。门厅里的报时钟声响了三次，那声音仿佛来自她的童年。

"她没有做错什么。"艾莉什开口，"只是她已经十四岁了，这个年纪总有许多烦恼。我记得很清楚，我当时也是这样。"

她再次将目光转回了填字游戏上，念叨着提示语：公职人员的标记，一共八个字母，第五个字母是 G。西蒙说出了徽章（Insignia）这个词，就像是一直等待着合适时机。她看着父亲的面庞，为他感到欣喜。他的脖子皮肉下垂，眼窝深陷，肌肤松弛，但他的思维依旧敏捷。

她伸手倒茶，想着还是暂时不要将事情告诉父亲。她看着两个儿子，贝利十分瘦弱，马克却像他父亲一样浑身肌肉。艾莉什抬起头来说道："拉里在工会工作中遇到了一些麻烦。政府不希望工会罢工，所以他们把拉里叫了过去，还或多或少地威胁了他。爸爸，你敢相信吗？"

"谁带走了他？"

"国服局。"

西蒙转过身看着她，没有说话，随后摇了摇头，低头望着自己的手指。

"拉里应该小心国服局那些人，国家联盟掌权后不久就扶持国服局以取代特别侦查队。之前也有一些反对声，但不到一个星期就沉寂了。很显然，这些意见遭到了镇压。直到最近，政府才有了秘密警察。"

"爸爸，他们解除了伦斯特省工会主管的职务，他没有打电话联系家里，也没有联系律师，他就这么被拘留了。工会正在强烈谴责这一行为，但国服局始终保持沉默。"

"这是什么时候发生的事情？"

"星期二晚上……"

屋外传来莫莉的尖叫声。两人转过身去，发现贝利用一根老旧的绳子绑住莫莉的腿，将她吊了起来。莫莉挥舞着双臂，不停挣扎。父亲突然探过身来，望着她问道："你相信真实吗？"

"爸爸，你这话是什么意思？"

"就是字面意思。你读过大学，明白我在问什么。"

"好吧，我明白你的意思，但你别跟我说大道理了。"

她将目光移向餐具柜。柜子上堆满了发黄的报纸和卷边的时事杂志。父亲露出牙齿，扬起一个苍老的笑容。

"艾莉什，我们都是科学家，我们归属于同一个传统。但所谓传统只是大众达成共识的东西，无论是科学家、教师还是组织，都是如此。当你掌握了组织的所有权，就可以掌握改变真实的权利，改变信仰结构，定义何为正确。这就是他们正在做的事情。

"艾莉什,这件事并不复杂。国家联盟试图改变你我所说的真实,想要将如今的局面搅浑。当你无数次指鹿为马,民众就会信以为真,这是一种古已有之的做法。当然,虽然这种手法并不新奇,但你正在亲身经历,而不只是从书中读到相关历史。"

她看到父亲露出回忆往事的神色,试图看透他内心所想。他伸出满是皱纹的手,从裤子口袋里掏出一条皱巴巴的手帕,擦了擦鼻子后又塞回了口袋。

"真实迟早会显露身形,这是可以肯定的。"他说,"你可以透支一些时间以对抗真实,但真实会耐心而沉默地等待,算计得失,权衡利弊……"

本睁开迷蒙的睡眼,环顾四周,开始号啕大哭。艾莉什站起身来,朝父亲做了个噤声的手势,用围巾将本裹起来,抱在了怀里。她怀念曾经的平静生活,她想让孩子们进屋来,大家聚在一起。可她感受到了一股黑暗,无形的阴影正在伺机蔓延。

她用力深呼吸,试图露出笑容。

"我们刚刚计划好了复活节假期的安排,我们要和安妮还有她的朋友们一起住一阵,再出去旅行一周。有时间的话,我们想去尼亚加拉大瀑布看看,还有多伦多周边的几处地方,孩子们一定会很高兴的。"

西蒙眼神游移,她不知道他是否听见了自己的话。他举起放在桌上的双手,看了一会儿,又缓缓将手放下。他抬起头来说道:"或许你们应该考虑留在加拿大。"

艾莉什将本放下,站起身来低头看着他:"爸爸,你这是什么

第一章

意思？"

"意思是我已经老了，没用了，但孩子们还小，适应能力强，还有时间重新开始。他们很快就能学会当地口音。"

"天啊！爸爸，你要不要听听自己在说什么？你不觉得这太小题大做了吗？我有我的事业，拉里也有自己的工作，孩子们也要上学。莫莉还有曲棍球比赛，她们的队伍今年很有可能获胜，赢得伦斯特省女子学生的曲棍球初级联赛，她们已经领先九分了。马克刚刚进入高年级，而你连只杯子都不会洗，谁来照顾你的起居生活。塔夫托太太每周只来一次，万一你摔断了尾椎怎么办？你说说，应该怎么办？"

冬雨细密而刺骨，过往的日子在雨中变得僵硬麻木，似乎能掩盖时间的流逝。每天都将平凡地过去，直至冬天全然绽放。屋里充斥着诡异而不安的气氛，随着那两个男人登门拜访，这股气氛也随之钻了进来，在屋内蔓延开来。这个家庭里的某种团结仿佛正在逐渐瓦解。

拉里总是工作到深夜，早晨起床后又显得易怒而沉默，透露着一种无声的暴躁。他双手紧绷，身体僵硬，似乎受到了某种巨大压力的无形压迫。无数个夜晚里，他迟迟未归。艾莉什透过百叶窗偷偷望着屋外，然后放下窗帘以免被人看见。她觉得自己就像一个老处女，透过窗帘朝外偷窥，站在门厅里等着丈夫回家。

"拉里，应该让你带着莫莉去练习才对。现在我只能取消跟合伙人的另一个视频会议。我刚休完产假回归工作，你觉得我状态怎

021

么样?"他站在门边,脚上的一只靴子正脱到一半,垂着视线,像是一只遭到了虐待的可怜小狗。他摇了摇头,直视着她的眼睛。艾莉什能看出他有些不对劲。他的声音低沉而愤怒:"他们想毁掉我们,艾莉什。他们在工会里散布谎言,你绝对不敢相信我今天听到了什么……"

艾莉什眯眼盯着他,他的话语一时有些结巴。他又垂下了眼睛:"我听见你刚才说的话了,对不起。"他掏出一只小小的预付费手机给艾莉什看,称其为一次性手机,"就算他们想要监听,也不可能知道这个号码。"艾莉什看着他,想到客厅里的孩子或许能听到他们的窃窃私语。

"你这行为简直像是个罪犯。拉里,贝利好像染上了病毒,他在楼上……"拉里抬手打断了她的话:"他们试图破坏工会,擅自逮捕我们的工会成员。跟他们比,我算哪门子罪犯?!他们是无法阻止这次游行的。"拉里从她身边经过,穿过客厅,走进厨房,关上了门。她透过玻璃门看着他。他将皮包放在椅子上,走到水池前洗了手,靠在水池边上朝外望去。

她想靠近他,寻找他体内潜藏的思绪,找到那个善良而骄傲的人,寻找那个热心肠、有道德感而乐于奉献的人。如今,他的心中正在酝酿一场战争,准备对抗那股无法准确衡量的力量。艾莉什想,他或许想要独处。她曾在墙上看到过这样一句涂鸦:到头来,男人都在追求同样的孤独。

她打开门,将头探进厨房。

"你要吃晚饭吗?"她问。

"不用了,我很晚才吃午饭,可能待会儿再吃点东西吧。"

莫莉戴着防毒面具走进了房间,她一直在给门把手、水龙头和马桶冲水按钮消毒。她用透明胶带在贝利房间外拉起警戒线,拒绝在餐桌上吃饭。她不听艾莉什解释病毒很难被阻止这件事。在她的思维里,病毒正在侵入宿主细胞并不断复制,宛如一个沉默的体内工厂,正随着呼吸无形地传播着。

第二天,莫莉和马克都生病卧床了。接着,拉里也病了。艾莉什倒是很高兴大家都回到了家里,甚至拉里似乎又变回了原来的模样,调侃着她和孩子们的预防措施。马克朝客厅外走去,用纸巾擤着鼻涕,头发已经遮住了眼睛。

"你这头发。"拉里说,"我在路上跟你擦肩而过都认不出你。"

"除了爸爸,还有人要咖啡吗?"马克问。他们正坐在一起看电影,马克拿着饮料走了回来。

艾莉什看着他修长而结实的身体。他快17岁了,已经和他父亲一般高了。"往那边挪一下。"马克说着坐在她身边,把胳膊搭在她的肩膀上。她已经记不起上次这样其乐融融是什么时候了。莫莉蜷缩在她身边,贝利坐在一个懒人沙发上,用勺子挖着冰激凌。拉里在看电视,本在她腿上睡得香甜。

"别看这部。"马克说,"这部无病呻吟的烂片我们之前都不知看过多少遍了。"

"我喜欢这部。"贝利说。

"没错,我也喜欢。"莫莉也开口附和,"这部多甜蜜啊!对了,

妈妈，你和爸爸是怎么认识的？"

拉里笑了起来。马克一阵唉声叹气，这个故事都听过多少遍了。爸爸是个大情圣，举着一张网追了妈妈好几个月才抓住她。

"这应该不是真的吧？"艾莉什看着拉里笑着问。

拉里答道："有一部分是真的，我的确是个很浪漫的人。不过，当时我用的不是网而是装土豆的网兜。"

躺在她腿上的本醒了。她看着本的脸，想象着他以后会成为怎样的男子汉。马克和贝利都和她曾经的想象背道而驰。苹果树上可以结出橙子，本也肯定会成为一个独具特点的男人。但她还是在这孩子身上寻找着拉里的影子，希望他能像父亲一样优秀；希望他能明白，所有男孩长大离家后，都会举着创造的旗号破坏世界。这就是所谓的自然规律。

本在一声哭喊中醒了过来，似乎是惊讶于自己的苏醒。艾莉什在睡梦中迷迷糊糊地坐起身来，直到沉眠碎裂在昏暗的房间之中。她朝拉里伸出一只脚，却发现那一侧的床面是冰冷的。她将本从婴儿床里抱起来，凑到胸前。他的小嘴大口大口地吃着奶，小手抓着她的胸脯。她将手指伸过去，让他紧紧地握着。她知道他心中的恐惧。本紧紧地握着她，似乎想要握住美好的生命，仿佛除了母亲，再没有其他事物能将他与生命相连。

当她套上睡袍，抱着本下楼时，鸟儿正在寂静的黎明中鸣叫。一片漆黑中，拉里坐在桌旁，面前的笔记本电脑照亮了他的脸庞。他没有注意到艾莉什，所以她能细细地打量他。他的表情悲伤而沉重,正全神贯注地盯着电脑。

她伸手朝墙上摸去,打开了灯。他抬起头,叹了口气,露出一个微笑。他伸手将孩子抱过去,把本放在自己的腿上。

"他睡了一整晚吗?"拉里问,"我没听见他醒来过。你怎么起得这么早?"

"我也想问你这个问题,拉里,你看起来似乎根本就没睡。"

拉里抱起孩子,亲昵地和他碰了碰鼻子:"你这个小家伙,当时怀上你是个意外之喜,现在你都快要断奶了。"

艾莉什抱着胳膊站在咖啡机前。接着,她转过身来,盯着拉里。他看起来有些陌生,由于睡眠不足,眼睛里满是血丝。他的头发乱糟糟的,美利奴羊毛衫外面套着一件破旧的"人"字纹夹克。她将自己同拉里比较了片刻,发现他的确衰老了许多,一半的胡子已然变得灰白。她这才意识到,自己已经记不起拉里曾经的模样了。细胞的更新换代显得那么缓慢而又迅速。随着时间的推移,原本的身体已然变得截然不同,拉里的身体同样是如此。但他有一点不同的是,他那一双眼睛还是曾经的模样。

她将本从他怀里接了过来,盯着他开口:"现在还不算晚。"

拉里看着她,皱起了眉头:"什么还不算太晚?"

"你跟政府的这场博弈,还有机会停下来。"

他沉默了一阵,叹了口气。他将笔记本电脑合上,装进皮包里,站起身来。

"艾莉什,你别这样,这件事还在继续,我不能就这么退出。这会让工会陷入尴尬的境地,老师们会因此抛弃我们的,游行必须

继续进行。"

"我明白，拉里。但艾莉森·奥莱利还没有回归岗位，你觉得是为什么呢？她丈夫说她得了流感，可这所谓的流感已经持续三个星期了。"

"我明白，这件事的确有些古怪。我之前已经从媒体那边打听到……"

艾莉什转过身，望着窗外潮湿而昏暗的庭院。所有的枝叶都垂在潮气之中，树木向寒冷弯下了腰。艾莉什不用回头也知道他的想法与自己背道而驰。两人的意志在无声地较量着，沉默地锁定对方，绕上几圈，然后扭打在一起，直至伤痕累累。拉里朝客厅走去，复又停下了脚步。

"玛丽·奥康纳的母亲昨晚去世了，我在凌晨前得知了这个消息。她母亲已经九十四岁了，如果这世上真有泰坦巨人，那她应该是最后一个了。"

艾莉什摇了摇头，将本放进了扶手椅："她从前是个彪悍的女人。葬礼定在什么时候？"

"星期六上午，在三主教堂举行。"

她朝拉里走去，真希望现在是另一天的清晨。她紧紧抓着他的手腕："拉里，你知道艾莉森·奥莱利并没有生病。"

"艾莉什，你无法证明这一点。"

"拉里，你没办法对抗国服局。当你打开了那扇挑衅的大门，不知道门内会是什么模样。"

"艾莉什，你别这么紧张。国服局不是东德的国安局，他们只

第一章

是想给我们施加一点压力。他们想通过一些破坏和骚扰行为让我们退缩。我们有一万五千人,这让政府很紧张。但他们无法阻止民主游行,你就等着看我们表现吧。"

她和拉里靠得很近,能看见他眼眸中闪动的光辉。他有着一双独一无二的眼睛,眼瞳是柔和的红棕色。

"拉里,吉姆·塞克斯顿在哪里?"

拉里眨了眨眼,皱着眉头转过身去。

"别问了,艾莉什。"

他摇了摇头,拿起公文包走进了客厅。艾莉什能察觉到他定定地站了一会儿,然后长叹一口气,坐了下来。

有一瞬间,她觉得自己被说服了。她再次望向窗外,看见树木在阴暗之中闪闪发光。她心想,黎明来得真快啊。晨曦的微光洒在树叶上,叽叽喳喳的喜鹊在叶片间若隐若现。走进客厅时,她看见拉里一动不动地坐在扶手椅里,似乎在盯着浮现在眼前的某种思想。

拉里抬眼看着她,摇了摇头:"艾莉什,或许你是对的。现在还不是时候,这种做法太疯狂了。我会给他们打电话,说我生病了。"

艾莉什觉得自己胜利了,她走向拉里,低头看着他。她想说些什么,可却有什么东西挣脱了内心的束缚。一只狡猾的喜鹊振翅远去。

她站在拉里面前摇了摇头。

"不。"她说,"这是你必须做的事情,不仅仅关乎你我。国家联盟以为他们已经凌驾于法律之上,所有人都知道这项紧急法案只

是他们争夺权力的借口。如果老师们都放弃了,还有谁会站出来维护我们的宪法权利。"

她看着拉里窝在扶手椅里的模样。他身躯沉重,宛如一个手捧成熟思想的孩童。下一刻,他站了起来,又露出了坚定的神情。

"那好吧,亲爱的,这将是艰难的一天。游行结束之后我会和他们去喝酒庆祝,但你放心,我不会喝的。莫莉训练结束之后,我可以去接她。"

艾莉什靠在门边,看着他在门厅里穿上绿色登山靴。他伸手拿过雨衣,想套在夹克外面,但雨衣的袖子翻了过去,他穿了好久都没能穿上。艾莉什觉得他还是有些犹豫。拉里抬起头来和她四目相对。

"去吧。"她笑着说,"去做一个了断。"

吃完午饭,她带着杂乱的思绪回到了办公室。有些想法隐藏在内心,却又让人忍不住思索,而脑中的思绪又唤醒了其他想法。她忘了替本收拾去托儿所时的换洗衣物,她还得将护照更新表格寄出去。她还想起了落在办公桌上的手机。她拿起手机,以为会有未接电话,可想法却落了空。拉里在游行前怎么会不给她来个电话。

她朝茶水间走去。罗希特·辛格抬起看着电脑屏幕的眼睛,直勾勾地盯着她。他正在打电话,但看着她的眼神却意味深长。艾莉什不明白他这种眼神的含义,只能耸了耸肩,撇嘴做出一副可惜的表情。就在这时,艾莉什听见有人在喊她的名字。她转过身来,看见爱丽丝·迪利正神情犹豫地从她的办公室里走出来。

第一章

"艾莉什,你没看新闻吗?"

"没有,我刚吃完午饭回来。"

话音刚落,她就隐约明白了爱丽丝为何会露出那样的表情,抬脚朝办公室走去。有一瞬间,她感觉自己正在水中行走,脚步沉重。她涉水前行,深吸一口气,踏进了办公室。她看到同事们挤在爱丽丝桌上的电脑大屏前,屏幕里正播放着新闻。画面极具冲击力,马匹在街道上横冲直撞,烟雾四起,宛如地狱。警察举着警棍,将游行者打倒在地,或是将他们逼至角落。催泪弹缓缓散发着烟雾,游行者四散奔逃的画面被不断重复播放。他们蜷缩在门边,用衣领捂着口鼻。不断有教师被便衣警察拖进没有组织标志的汽车里。

艾莉什被无助淹没,麻木地坐回办公桌前,举起手机拨打着电话。电话呼出了,无人接听,最终变成了一阵忙音。保罗·费尔斯纳正透过办公室的百叶窗看着她。她坐在电脑屏幕前,试图寻找脑海中的那道身影——拉里。可她看到的是费尔斯纳盯着她的审视目光。她看见了自己三十分钟前正在吃三明治的模样,可时间已然流逝,游行早已开始。她感受到心中某种隐晦的负罪感,她必须去找他,靠近他,感受他。

她将自己的工牌和随身物品塞进包里,穿着外套走出了办公室,脚步声在楼梯间里回荡。她站在大街上,将手机贴在耳边。拉里没有接电话,当她再次打过去时,手机已经关机了。她抬起头来,仿佛身处一片陌生的天空之下。她感觉某些东西正在逐渐崩塌,雨点缓缓在她的脸颊上滑落。

第二章

艾莉什抱着本走向汽车，催促孩子们赶紧跟上，她转过身来，看到莫莉默默地拎着两个购物袋。贝利正把玩着手推车，艾莉什出声让他赶紧过来。她将本抱进婴儿座椅里，扣好安全带。本露出困倦的笑容望着她。莫莉将购物袋放进后备厢，然后坐进副驾驶，戴上了耳机。

艾莉什想伸出手来摸摸她，同她说些什么。贝利摆动着双臂跑过来，坐进后座，砰的一声关上了车门。他凑在前座座椅靠背中间，透过后视镜端详着他的母亲："妈妈，爸爸什么时候回家？"

艾莉什的心一沉，不断向下坠去。她拼命思考该如何回答，却一句话都说不出。

她不自觉地移开望向儿子的目光，却发现莫莉也在看着自己。她看着逐渐昏暗的街道，一群青少年从她眼前经过，他们相互嬉笑、打闹着，显得那么无忧无虑。有那么一瞬，她在其中看见了莫莉，转眼却又再也找不到她的身影，或许她早已离开。艾莉什缓缓吸了一口气，转向贝利，发现他正死死盯着后视镜。

第二章

"宝贝,我说过了,爸爸要出差,但他会尽快回来的。"

她眼睁睁地看着谎言从自己嘴中喷吐而出。但这谎话似乎并没有效果,贝利哼了一声,靠回了椅背上。他似乎并不相信艾莉什说的话。

贝利探出身子拽过莫莉的安全带,勒得紧紧的,直到莫莉转过身来要拍开他的手。莫莉给了母亲一个锐利的眼神,艾莉什移开了目光,心想莫莉一定意识到发生了什么。上次曲棍球训练结束后没人去接她,她联系不上父母,只能站在黄昏的俱乐部门口,看着队友们在暮色中一个个离开,最后邓恩小姐看见她独自回了家。

她进门时满脸怒气,之后却又变得沉默无言。那天晚上,艾莉什将情况告诉了马克和莫莉。

"工会的主要成员遇到了一些麻烦,我们现在的处境很艰难,但他们很快就会释放拉里。你们要记住,你们的父亲没有做坏事,他是被政府恐吓了。你们不能在外面谈论这件事情,也不能在学校里透露分毫。"艾莉什看到了莫莉脸上的恐惧,她请求他们不要告诉贝利。贝利年纪太小了,没办法理解这些事情。

莫莉的愤怒逐渐平息,她沉默着走回卧室,反锁了房门。艾莉什站在她的房门前,却没有勇气敲响那扇门。马克平静得有些诡异地接受了这个消息。他只问一个问题:为什么他们不让爸爸见律师?艾莉什开始担心自己还要说哪些谎话。谎言会从她的嘴中不断喷吐而出。她不得不承认,一句谎话对孩子来说是多么伤人,而一旦开始说谎,谎言就会像是吐着毒信子的花朵一般从嘴中绽放而出。

艾莉什在拥挤的车流中穿梭，孩子们坐在车里一言不发。快到家时，她放在莫莉脚边的包里响起了电话铃声。她出声让莫莉将电话递给自己，但没得到回应。她又说了一遍，莫莉仍然无动于衷。艾莉什突然朝着莫莉大喊起来，将车停在了路边，伸手抓过自己的包。莫莉摘下耳机，一脸惊恐地望着母亲。

未接电话是一个未知号码打来的，她盯着那个号码，回拨了过去："你好，是的，我是艾莉什·斯塔克。这个号码给我打来了一个电话，但我没有接到。"

对方自称卡罗尔·塞克斯顿，想要和她谈谈。

"不好意思，卡罗尔。我正在开车，不方便打电话。我今晚给你回电可以吗？"

贝利闷闷不乐地盯着后视镜问："为什么我不能给爸爸打电话？妈妈，你是不是要跟爸爸离婚了？"

艾莉什将车停在门前的车道上，打开车门，准备下车的双腿犹豫了，她仿佛看见面前的砾石地面裂开了一道缝隙。每迈出一步，她都能感觉到漫漫长夜的逼近。

迈克尔·吉文挨家挨户地打电话，但在电话里讨论事情并不安全，他们或许正在暗地里窃听。艾莉什看着他弯腰走进厨房，一副抱歉的模样。他绞着发黄的手指坐了下来。艾莉什看着他打开手机背板，取出电池，放在了桌子上。

她将本放进扶手椅里，继续端详着迈克尔·吉文。他抽了口烟，又拼命咳嗽起来。

第二章

"迈克尔，你看起来很累，你要吃点东西吗？"

他挥了挥大手表示拒绝，但艾莉什还是将一盘饼干放在了他面前。他拿起一块放在手里，却没有吃。

"艾莉什，有传言说他们要将大家转移走。"

艾莉什一直心不在焉地看着注入水壶中的水。听到这话，她屏住呼吸，关掉水龙头，放下了水壶。

"转移到哪里去？"

"据说是位于库拉格的拘留营。这只是传言，但你应该也能想到这种结果。他们不可能把所有人都关在城里，被逮捕的人太多了。在战争期间，他们会将那些对国家有危害的人都关在库拉格。"

"迈克尔，你的意思是拉里对国家有危害？"

迈克尔·吉文举起双手："当然不是。艾莉什，这只是一种修辞手法，是他们的一种官方说辞。"

"迈克尔，我不希望有人在这里说什么拉里是因为政治问题遭到了关押。"

迈克尔·吉文紧闭双唇，瞪大双眼，像是个吃惊的孩子。他朝水池扬了扬下巴："你应该不想把那东西放在那里。"

艾莉什转身看见了水池里的电热水壶。

"看我这脑子。"她说着，摇了摇头，把水壶擦干，放回了置物架上。她再次看向迈克尔·吉文，搜寻着内心那股愤怒的根源。

桌前的迈克尔就像一只黄色小虫，恐惧着捕食者。他开口说道："他们正四处抓人。你知道记者菲利普·布罗菲被抓走了吗？那就是一个该死的记者，国家联盟实在是胆大妄为，国外新闻都在报道这件事，国内却只字不提。虽然社交媒体上都在讨论，但他们还是控制着官方新闻媒体，没有提及一星半点。"

她看着迈克尔·吉文滔滔不绝的模样，他坐在椅子上的身子似乎在轻微摇晃。绵长的疲倦爬过艾莉什的身躯，让她感到似乎整个人都沉入了水下。他们夫妻和父母都沉入了水下，儿女也沉入水中，不断下坠。她发现自己喘不上气了，拼命抬头渴望着氧气。她走进客厅，在混乱的脑海中寻找着头绪。她拿起遥控器，将电视调到新闻频道，又将声音调成静音。她感觉自己现在生活在一个陌生的国家，某些混乱正在张开血盆大口，诱惑着让人们钻入其中。

她走进厨房，心中满是愤怒。她攥紧了双手，将空气全然挤压殆尽，仿佛已经扼住了问题的咽喉。

"迈克尔，"她说，"我不理解为什么他们不让你去见他。我查了法律条文，这是公然违反国际法的行径。你告诉我，为什么他们能这样随心所欲，为什么没人出手阻止他们？"

她的话语对抗着迈克尔·吉文的沉默。她审视着那张悲伤而又迷茫的脸庞，他就像是一只对外星人的禁令感到困惑不已的大狗。他抬起手来想说什么，但艾莉什再次打断了他。

"迈克尔，政府应该给予民众自由，而不是像食人魔一样闯入民宅，抓住一位父亲，并将他吞入腹中。我该如何向孩子们解释呢？难道要说他们所生活的国家已经变成了一个怪物？"

"这些都会过去的，艾莉什。国家联盟迟早要做出让步，整个欧洲都非常愤怒……"

"那为什么国服局每天逮捕的人越来越多？迈克尔，就因为现在是所谓的紧急时期吗？这周二，便衣警察闯进我们的办公室，将一个年轻人从他的办公桌上带走了。那人叫埃蒙·道尔，是一个统计学家，是这个世界上最不可能惹祸的人。你知道他拿外套时说了什么吗？他希望我们能打电话通知他的母亲，而当时还有两周就到圣诞节了。"

艾莉什坐下来，烦躁地晃了晃法压壶，倒了杯咖啡。她的思绪飘离了肉体，所以身体也必须跟随。她再次走到电视机前，假装看着新闻，强忍着啜泣。迈克尔·吉文正在谈论科克和戈尔韦的抗议活动被紧急叫停的传闻，可她没有心思去听。她想着楼上正在睡觉的孩子们。她想着马克。他随时可能会用钥匙开门，然后将自行车推到后院的露台，而她说什么都不管用。

迈克尔·吉文转向了客厅，好让她能听见自己说的话。

"他们现在的做法太过分了。艾莉什，尽管新闻报道只字不提，但内乱的气氛的确正在蔓延。国家联盟想将这里变成所谓的安全国家，并表示他们将开始建设国防部队。你想象一下，这个国家原本充满了各种声音，可现在却有人想让他们闭嘴。我了解到……"

艾莉什站在他面前，死死咬着牙关："如果这个国家充斥着各种声音，那么谁会从其中经过时侧耳聆听他们的谈话呢？"她盯着迈克尔，直到他一脸苦涩地撇撇嘴，转过身去。

"看看你们这副样子。"艾莉什接着说，"工会选择了屈服和沉默。国内至少有一半人支持这套手段，将老师们塑造成恶棍……"

脑海中一些不成熟的想法开始冒了出来，这让她感到害怕。她能听到这些想法正无声地向她诉说着：你的一生都在沉睡，我们都在沉睡；但现在，一场伟大的觉醒开始了。这种梦魇般的感觉让她久久无法挣脱。

她想起拉里在门前犹豫的模样。他伸脚穿上绿色靴子，然后努力穿着雨衣。他知道自己在反抗什么，也给了艾莉什拒绝的权利。他坐在那张椅子上，将自己全权交给了她。看着桌子上那双蜡黄的手，她只想说，如今的夜晚无比漫长。她想躺在冰冷的床上，枕边放着拉里的睡衣，因为上面还残留着他的气味。

她再次转向迈克尔·吉文，叹了口气。她坐了下来，双手显得有些无措，开口道："再这样下去，我就要丢掉工作了。"

"你告知公司了吗？"迈克尔问，"你知道的，公司里有些党内人士拼命想要爬上高位，你现在必须万分小心。党内的人似乎为所欲为。艾莉什，你可以申请年假，这是最稳妥的做法。"

"我已经休了六个月的产假，不能再休假了。"

"话是这么说，但如今是特殊情况。不管怎么样，都有工会资金替你兜底。如果你遇到困难，只需要开口求助。"

"我明白，迈克尔。可如今工会里还有谁能动用那些资金呢？"

迈克尔陷入了沉默，盯着发黄的修长手指，似乎想要抽烟。艾莉什发现自己放在腿上的手正不安地摩挲着，于是又站了起来。她低头看着迈克尔，将情绪都压在他身上。

"迈克尔，我想让我的丈夫回家。"

"艾莉什，我们在努力……"

"你没听明白我的意思。你要让他接受公正的审判，让他能回家和孩子们团聚。"

"艾莉什，如果是其他时候，我们会向高等法院提出申诉，控告警方实施非法拘留，把他带出来。但根据国家紧急法案，人身保护令已经被暂时废止。这个国家存在特殊权力机关，已经控制住了司法机构。"

"你还是没明白，迈克尔，我要你做点什么，我要让我丈夫回家。"

"艾莉什，你这样很不理智。如今的情况是前所未有的，这个国家蔓延着一种令人窒息的氛围。你不可能指望着挥挥手指就能让政府对你言听计从。"

在艾莉什的脑海中，她正将双手伸向迈克尔的喉咙。她掐住了他的喉咙，把他的嘴掰开，伸手去抓他那条怯懦的舌头。她扯住那根舌头，然后将它拔了出来。艾莉什看着他摊开在桌上的双手，没有夹烟的手看起来温和而含蓄，仿佛在表示他真的放弃了自己的权利。迈克尔抬起头来，她看到了男人睡眠不足的双眼，这让她生出了同情。因为从这双眼睛里可以看出，这个男人曾接受了游戏规则的培训，但如今的游戏已然变了味。那这个男人如今是什么模样呢？

她的心中裂开了一条愤怒的缝隙。

"我要你去把他带回来。"她说，"如果你不去，我就自己去把他带回来，我说到做到。我宁愿死也不愿看到他当着孩子们的面被游街示众。"

迈克尔·吉文站起身来盯着她看了很久，似乎下定了决心。

"艾莉什，接下来我说的话你要认真听。我本不打算告诉你，但现在看来我不得不说了。国服局已经明确表示，如果我们继续在这件事情上施压，或是继续申请人身保护令，那么我们也将被逮捕和拘留。"

艾莉什张着嘴，却没能发出任何声音。她已经从身体中抽离出来，变成了一抹漆黑的念头。念头不断强化，黑暗持续膨胀，直至吞没所有。当她再次找回体内的自我，一声低语从她的嘴里溢出。

迈克尔·吉文站起身来，走到水池边洗手。

"听说台风快来了。"他说，"据说台风叫'贝拉'。这几天你要抓好自己的帽子别被风刮跑了。"

艾莉什转过身来，感觉到他已经快疯了，但她只是转头看向了窗外。当她今早醒来时，樱桃树已然抵抗住了昨晚的雨夹雪，可如今却怀揣着愚蠢的阴谋，向黑暗点头哈腰。

深夜，她在平常拉里躺的床上那侧醒来。体内某处柔弱、阴暗的角落正为丈夫燃烧着一支思念的蜡烛，可当她搜寻着蜡烛想要照亮自身时，却只看到满目的黑暗。她曾在睡梦中听见呼啸的风声。如今，风声盘旋在房子四周，前门似乎忘记关上了。她走到窗前，朝外看去。天空中的云染上了一抹橘色，正俯瞰这座城市，展露着无尽的渴望。

她走在没开灯的房子里，感觉双脚逐渐冰冷，自己似乎成了过往的幽魂。她站在孩子们的卧室门外，听着他们平稳的呼吸声，而屋外狂风呼啸。酣睡的孩童是这世上最纯真的存在。让他们继续睡吧，等他回来了，他们就能继续携手前行。她躺回床上，揉了揉脚。

第二章

再醒来时，屋外已是晨光熹微，耳边传来嘶鸣的风声，潮湿的沙砾砸在窗户上。

她睡眼惺忪地来到窗前，只觉得整栋房子都飘了起来，在风中打着旋。马路对面，扎雅克家的绿色垃圾箱翻倒在地，里面的纸片、易拉罐和比萨盒都散落在了门前的车道上。几道雨滴被风刮起，洒在了光秃秃的柳树上。

艾莉什看着那棵树，一只孤零零的喜鹊被吹到了树上。她看着那鸟儿不断扇动翅膀，却被狂风按在了树枝上，无法挪动分毫。她明白，如今必须坚持下去的不是自己，而是拉里。他必须咬牙坚持，承受即将来临的一切。她能感知他的力量，她走进这种力量之中，将其揉进自己的身体。

早晨，她站在门前催促贝利下楼。

"快到八点二十分了。"她喊着，"莫莉上学要迟到了，你也是。"

马克将自行车推到马路上，驻足望向天空。艾莉什循着他的目光看去，感受到了浑浊空气中的平静。艾莉什看着他熟练地推着自行车，跨开腿坐上车座，并没有向她道别。

"等等。"艾莉什叫住了他。马克转过身来看着她。艾莉什端详着他的脸，栗色卷发下只露出一侧的眉毛。她不知道自己想说些什么。其实她没什么要说的，只是想看看他。

"你的头发很长了。"她说，"我希望你能回家吃晚饭，你最近都没怎么回家。"马克眼珠转动，笑着说："我也爱你，妈妈。"说完，他便转身骑车远去。

艾莉什穿过马路，扶起了扎雅克家的绿色垃圾箱，端详了一会儿那栋房子。平常这个时间，屋里应该亮着灯，前门应该敞开着，而安娜·扎雅克正催促着孩子们坐进日产车里。可如今，房子里拉着窗帘，看上去空无一人，可汽车仍旧停在屋前。

她看到了刚出门的莫莉，问："你弟弟呢？上学要迟到了。对了，扎雅克一家已经回家过圣诞节了吗？"

莫莉耸了耸肩："我怎么会知道。贝利应该还在房间里，他没有下楼吃早餐。"艾莉什给婴儿座椅里的本扣好安全带，让莫莉和本在车里等着。她走回屋内，站在门厅里喊着贝利。

她转身看见了镜子里自己如今的模样，苍白而憔悴的面容，凹陷的眼睛，质疑的目光近乎嘲讽。镜子啊，这墙上的镜子。有那么一瞬间，她从镜子里看到了过去的自己，仿佛镜中有着她曾经的一切。她看见自己在镜前梦游，多年来一幕幕记忆的碎片闪现，在镜中出现又消失。

她看着自己将孩子们送进车里，而他们却已经比自己年纪都大了。马克又弄丢了一只鞋，莫莉不愿意穿上外套，拉里问他们是否都带上书包，而她看到了平淡中的幸福。幸福仿佛不可见之物，潜藏在日常生活的点滴之中。幸福仿佛不可闻的音符，直至它自过往响起。她站在镜前，看着无数个自身的幻影在镜前得到了虚荣和满足，而拉里坐在车里不耐烦地等着。他站在门厅脱着雨衣，叫嚷着要他的拖鞋，好脱下脚上的绿色靴子。

她呼喊着贝利，来到楼上却发现他将房门反锁了。她挥拳砸在房门上："你什么时候拿到了房门钥匙？赶紧开门，上学要迟到了。"

第二章

她用钥匙将锁打开,一把推开了房门,发现儿子躺在床上,拉着窗帘的房间里一片昏暗。她将拔出的钥匙放回口袋中,走到床前,一把拉开羽绒被。她双手叉腰站在床边。

"好了,小伙子,我给你两分钟换好衣服,然后下楼上车。"

就在这时,她闻到了床上传来的气味。贝利将腿蜷在胸前,她能看见他的睡裤已经湿透了。她沉默地走到窗前,拽开了窗帘。浑浊的光线揭开了屋内的面纱。她弯腰捡起地上的衣服,开口时刻意不去看他。

"赶紧脱下衣服去洗澡,大家都在等你。"贝利朝门口走去,艾莉什伸手将床单扯了下来。自从拉里出事后,这种事情已经不知发生过多少次,可贝利以前从不尿床。

她转身看到贝利站在门边,满脸怨恨地冲她喊道:"就是你把他赶走了,对不对?都是你的错,你这个老巫婆!"

艾莉什手足无措地站在原地,嘴唇颤抖。她抱着床单,只想冲下楼去。她想像刺穿脓包那般破除他眼神中的怨恨,她想锁上大门,躲进车里,让他独自在房间里煎熬。但她没有动,她低头看着自己的脚尖,听着自己的声音响起。她在讲述关于他父亲的真相,解释何为非法逮捕和拘留,说明各方为了得到公正评判而做出的努力,保证他们能平安度过圣诞节。

看着眼前的男孩,艾莉什的心愈发疼痛。贝利不可置信地皱着眉头,眼睛里闪动着泪光,嘴唇紧紧地抿着。他沉默地躺在地板上,双手抱着膝盖。艾莉什看到了眼前崩塌的秩序,看到世界正在沉入昏暗而陌生的海洋中。她将贝利揽在怀中,轻声为儿子重建那碎裂在他脚边的旧世界。对一个孩子来说，当他的父亲悄无声息地消失了，那整个世界还有什么意义？他的世界陷入了混乱，脚下的土地飞向了空中，而太阳照耀着黑暗。

莫莉靠在门边。

"这是怎么了？"她问，"我们还在车里等着呢，该去上学了。"

贝利站起身来，从她身边挤过，走进了卫生间。

时间已然过了九点，艾莉什隐约听见了敲门声。她透过百叶窗向外望去，一辆小汽车停在屋前，扎雅克家的房子仍旧一片漆黑，但屋檐下的圣诞彩灯闪烁着，窗户里的蜡烛灯影跳动。

马克和萨曼莎牵着手靠在沙发上，注意力被电视屏幕所吸引。当卡罗尔·塞克斯顿带着勉强的笑容从他们身边经过，两人都无暇抬眼。卡罗尔穿着平底鞋，但仍旧显得身材高挑。她跟在艾莉什身后进了厨房。

艾莉什又瞄了一眼时间，贝利和莫莉已经上楼睡觉了。卡罗尔刚离开客厅，艾莉什就点头示意，让萨曼莎回家去。卡罗尔将手伸进手提袋，取出三个饼干罐。她眼中是长夜般的幽深，开口时声音低沉。

"打扰你了，艾莉什，但我想见见你。"她环顾屋内，看着台面上的东西。她之前从未进过这间厨房。

艾莉什看着自己的厨房，仿佛从未见过一般。水池旁凌乱地放着杯盘，洗碗机的门敞开着，餐具占满了大半空间，脏衣篓里放着需要清洗的衣物。如果卡罗尔拜访前提前打电话告知，她就能有时间提前打扫了。

"艾莉什,你们家的圣诞树很漂亮。我也想有一棵那样的圣诞树。但我今年没有着手布置,那似乎,我也不知道,似乎……"她重复着,没有往下说,只是挥了挥手。

"不提这个了,我昨晚试着做了苏打面包。我也不知道自己会不会喜欢吃。你知道的,就是那种传统的口味。但我突然喜欢上了那种风味。我做出来的第一条面包就很不错,第二条面包做得要更好。你看,我还买了很多鸡蛋。人一旦开始尝试烘焙就很难停下来。

"你可能不知道,我上一次接触烘焙还是在学校的家政课上。但在昨晚,我突然很想烤一些燕麦蛋糕。刚出炉的蛋糕简直太香了。我还从我妈妈的食谱里找到一个水果蛋糕配方,改良之后做了些水果司康。接着我又想起了去年的圣诞节。艾莉什,我当时太忙了,没空去订圣诞蛋糕,吉姆当时说他很想要个圣诞蛋糕。所以我昨晚还做了个圣诞蛋糕。但我做好这些蛋糕的时候,觉得有些哭笑不得。我原本只是想烤一些面包而已。我吃不完这么多,正好你们家里人多,我就给你带了一些过来。我给你也做了个圣诞蛋糕,还有一些司康和酥粒蛋糕。"

马克闻着烘焙的香气走了过来,贴在玻璃门前用眼神询问是否能进来。艾莉什摇了摇头,但卡罗尔挥了挥手让他进屋,看着他拿起一个盘子开始往里装蛋糕。"也给你的女朋友带点吧,你都长得这么高了。"她说,"肩膀真宽,像你爸爸一样……"

卡罗尔突然神色一僵,马克将蛋糕塞进嘴里,口齿不清地说着谢谢,走出了厨房。卡罗尔转向艾莉什,抱歉地摊开手:"对不起,是我说错话了。"

艾莉什看着女人的窘迫，有那么一瞬感到了一丝愉悦。她的头发没有打理，发根处两三厘米的头发是灰白的。

艾莉什记得在几年前的聚会上，卡罗尔脚踩高跟鞋，个子比男士还高。她性感的嘴唇中总是溢出嘲弄和笑声。她的手总会爬上拉里的手腕，和他说话时总也不挪开。这个女人真是让人喜欢不起来。很快，她就会钻进车里，回到没有孩子，一片死寂的家中。

艾莉什伸手握住卡罗尔的手。

"没关系。"她说，"他不是在生你的气，他是在怨我，怨恨这个世界。我的另一个儿子根本不愿意正眼瞧我。我也尝试向马克解释如今的情况，但他只回以令人不安的沉默。你知道，他很清楚这个国家正在发生什么。他想继续深造，学习医学。我想他会成为一名好医生。"

艾莉什给卡罗尔倒上茶，听着她说话，没有去看时间。这个女人似乎已经被禁锢在沉默中太久了，她看着卡罗尔不停用语言表达着自己的想法。话语从她嘴里冒出，思想也紧随其后，最终形成某种理解。艾莉什聆听着，思索着想说却无法说出口的话语。她想告诉卡罗尔，她也需要躲着亲朋好友，她也需要努力专注于工作，填满令她感到空虚的时间。她试图将精力投入在孩子们身上，尽管孩子们总让她想起他们的父亲。

卡罗尔灌了一大口茶，抬头凝视着天空。

"自从吉姆被捕，你不知道有多少人都选择了沉默，似乎我才是那个罪恶的人。可我为何要感到内疚？我们才是罪恶的受害者，

第二章

他们却要我们心怀愧疚。"

艾莉什不自觉地望向钟。她站起身来,摇了摇头开口道:"现在不该说这些,我们只能保持沉默。所有人都在恐惧着,我们的丈夫被带走,被捂住了嘴。在某些夜晚,我会听见沉默如死亡般震耳欲聋。但这并不是死亡,只是任意逮捕和拘留。你必须一次次地告诉自己这一点。"

艾莉什发现自己站在那里,无事可做,便走到水池边开始清理。

"我们约好在复活节的时候全家出门旅行,我也相信一定能成行。"转过身来,她看见卡罗尔靠在椅子上,透过映出自己身影的窗户玻璃,望进庭院里。卡罗尔眼神锐利,似乎在黑暗中寻找着某种征兆。

"艾莉什,外面那是什么?树上那些白色的东西。"

"丝带,卡罗尔,那是白色丝带。"自从父亲离家后,莫莉每星期都会将椅子搬到庭院里,在树上系上一条丝带。

两人一时陷入沉默,望着低矮树枝上轻轻摇曳的丝带。

"艾莉什,我觉得我早晚会自己行动的。"

艾莉什收回视线,打量着那张面具般淡漠的脸:"你这话是什么意思?"

卡罗尔依旧沉默着,只是摇了摇头,似乎想挥去一些不切实际的想法。卡罗尔将桌子上的面包屑归拢到掌心,将其扫进了垃圾桶。

"艾莉什,医生给我开了安眠药。但你怎么可能睡得着?自从他被带走之后,我晚上从没睡过一个安稳觉。有天晚上,我在阁楼的一个盒子里翻出了我的婚纱,把它拿到了楼下。你敢相信吗?经过了最近这些事情,那件婚纱依旧合身。"

在午饭前四十分钟,艾莉什早早离开了办公室,她将自己裹得严严实实,顶着刺骨的寒风,步伐飞快。冬日的阳光有些模糊,空气中弥漫着雪的气息。车流中,一个骑着自行车的快递员在红灯前减速停下,脚仍踩在踏板上。艾莉什盯着那人看了一会儿,感觉时间已然停滞,整座城市都被按下了暂停键。一片阴影笼罩上街道,骑自行车的人猛然惊醒,朝着绿灯前进。

艾莉什绕到了纳苏街,鞋开始磨脚。一抬头,她看见罗伊·奥康纳牵着一个孩子。她正想过马路,却听见他喊出了自己的名字。她状似惊讶地转身看着他。

"艾莉什,你的头发又变长了,我都快认不出你了。"

"罗伊。"她开口打招呼。罗伊一手提着为圣诞节采购的物品,一手牵着小男孩。

"这是你的儿子吗?"她问,"我都不知道你有孩子了。"她低头朝男孩露出微笑,在他肉嘟嘟的脸上看到了他父亲的影子。男孩有着一头红发,那是与她记忆中那个罗伊相同的发色。但如今,这个男人头发稀疏,暗黄的头发里夹杂着灰白。他和所有中年男人别无二致。

"我们俩难得有一个休息日,对吧,芬坦。艾莉什,你的气色不错。我们有多久没见了?"

芬坦,她缓缓咀嚼着这个名字,不知道这是否适合她看到的那张小脸。

第二章

"有多久了呢，罗伊？"

"应该有十年了，或许更久。"罗伊很快聊起了曾经的时光。

艾莉什看着他的脸，视线越过他朝前望去。一辆公共汽车开走了，正喷吐着炽热的柴油尾气。罗伊退后了两步，挪动间露出了围巾下那枚别在夹克翻领上的党章。艾莉什后退一步，咽了口唾沫，闭上了双眼。罗伊咧着嘴笑问："拉里怎么样，还是老样子吗？我猜他肯定还是和以前一样。"

艾莉什无法将目光从党章上移开，她看了眼街对面，然后瞟了一眼自己的手表。

"拉里很好。"她说，"他一直埋头工作，不愿意休息。对了，他如今不在教堂山学校任教了，现在是全职的……罗伊，我很高兴今天遇到你，但我有事得走了，你也该带着小芬坦回家了。我今天太忙了，我得去一趟护照管理局。我们打算趁复活节的时候带孩子们去加拿大度假。"

说着，她已经越过前面的运输货车，跑向远处的人行道。脚上的鞋子磨得她生疼。她回想着罗伊的眼睛，继续狼狈地慢慢跑着，似乎想要证明她的确十分忙碌。当她转进基尔代尔街时，她仿佛又看见了从前认识的那个罗伊·奥康纳——那个害羞而青涩的年轻人，那个拉里的好朋友。她感到了一种空虚，仿佛生活在两个平行世界。

她走进莫尔斯沃思街的护照管理局，感受到屋内涌来的暖意。她取了一张排号单，站在圣诞树旁解着围巾，想找一个空位坐下。她有很多事情要做，已经在笔记本上列出了清单。一个脑袋光溜溜

047

的胖男人缓缓起身，走向13号窗口。艾莉什走过去，坐在男人刚才的座位上，看他又走了回来，眨着小眼睛盯着手里的表格。她要将这一切都记下。等她将遇见罗伊·奥康纳的事告诉拉里时，就能看见他在桌前露出厌恶的神色。他会说，那家伙还是那样软弱而愚蠢。她必须打电话回办公室，告诉同事她要晚些回去。

直到三点零四分，呼叫器才终于念到了她的号码。艾莉什走到一个神情淡漠的女人面前。

"我昨天收到这个通知。"艾莉什说，"我想应该是哪里搞错了。"

女人伸手接过那张纸看了一眼，指尖开始在键盘上敲击。"请出示您的证件。"艾莉什将驾驶证从窗口下方递了过去。女人接过驾照，起身离开了。艾莉什咬着嘴唇内侧，不停打着腹稿，思索着等女人回来后该说些什么。可她一抬头，却看见一个男人朝她走了过来。男人轻车熟路地坐下，面无表情地看着她开口。

"艾莉什·斯塔克夫人，这个您收好。"男人将她的驾驶证从窗口下方递过来，仍旧不加掩饰地盯着她，艾莉什只得移开了视线。

"斯塔克夫人，您是打算出国吗？"

"是的，我们要去度假。"

"度假？"

"是的，我们准备在复活节的时候去加拿大探望我的妹妹，机票都订好了。"

"机票都订好了？"

"没错，我就是这个意思，但我不明白这手续有什么难办的？我只是想帮我的大儿子更新护照，再给我还在襁褓之中的小儿子申

第二章

请新护照。"

她嗅到了窗口里面传来的淡淡的薄荷香烟气味。

"斯塔克夫人,我们的流程更新了,您必须先完成安全及背景调查才能继续办理护照业务。"

艾莉什死死盯着那张脸,感觉某种实质化的情感正从她的体内挣脱而出,她的笑容已经滑过下巴,落在了地上。

她一时语塞,清了清嗓子继续开口:"不好意思,我不明白您的意思。我从来没听说过还有这种流程。我只是想要办理护照,我之前也办理过。"

"我明白,但您还没有完成前面的步骤。您必须通过司法部的全套安全调查,才能进行护照申请。这些都是今年出台的紧急权利法案所规定的。"

艾莉什靠近窗口,看见男人正伸手想要取出什么东西。

"也就是说,我想要给一个婴儿和十几岁的男孩办理护照,还必须先完成安全及背景调查吗?"

男人挤出一个公式化的笑容:"是的。"

"我也看新闻。"艾莉什说,"我从没听说还有这种规定。我要和你们的负责人谈谈。"

男人从窗口下递出一张表格:"斯塔克夫人,我就是这里的负责人。我叫德莫特·康诺利,是从司法部借调过来管理工作的。这是您需要填写的表格,F107号表格。您只需填写好后申请面谈,最快几周就能接受面谈。您还有什么其他问题吗?"

艾莉什盯着那张表情冷淡的脸,他的眼睛里毫无情绪,嘴巴张合，但言语中并没说出真实想法。

"斯塔克夫人，您的丈夫被拘留了，您对国家来说，现在是一个安全隐患。"

一时间，她只觉有一头野兽跟在她身后走了进来，在房间里踱着步。她拿起表格，缓缓叠好，放进了包里。看着负责人起身离开，她听见了野兽无声的脚步声，感觉那难闻的鼻息吹在了她的脖颈上。她不敢回头，沉默着坐在原地，盯着自己的手机。

圣诞节那一天，她和孩子们在海边漫步。天上吹来的东风拍打着天空和海面，将公牛岛变得寒冷刺骨，却也让人得以冷静思考。艾莉什将本抱在胸前，其他孩子分散在前面走着。艾莉什能从走路姿势中感受到他们内心的愤怒——莫莉独自一人走着，每一步都十分小心，似乎在体内寻找着什么；马克双手插在外套口袋里，十分戒备地走着。他抓着一根海带，跟在贝利身后，挥动着去抽打贝利的屁股。

艾莉什看着同样漫步在沙滩上的其他家庭，在沙滩上留下了她孤单的脚印。她在路过的陌生人脸上寻找与自己相似的情绪。她看着洒在沙滩上的阳光，在这个阳光普照的时刻，思考白日如何汇聚起阳光，又将其驱散。当白日变为黑夜，而我们步入了时间的幻梦，却无法触摸，也无法带走曾经的过往和即将逝去的当下。而那些日子却让落雪绽放成花。她看见停车场里有一只狂野而孤独的鸟，用洁白的羽翼涂抹着空气。

她低头观察，在那一刹那看见了拉里错过的一切。她向拉里诉

第二章

说着,当她转身看见本自己坐起身时,她是多么的欣喜。还有一天,本撑着肉嘟嘟的小手站了起来。贝利的眉毛愈加浓黑,越长越高,已经快要和他姐姐一般高了。拉里不在身边的日子已经过去了很久,而她没有做任何努力,她对此束手无策。

一个微弱的声音响起,令她感到厌恶:可你什么都做不了,你以为你能改变什么吗?迈克尔·吉文已经不回她的电话了。她给外交部写信,给国服局的负责人写信,给人权部门写信,可她的请求全都石沉大海。很快,雪花就会消散在土地中,而泥土中会长出新的花朵。

她开车返回城市,城中的房屋都面朝大海。她观察着每辆经过的汽车,透过宛如水幕的玻璃窗,搜寻着车内的面孔。正是这些无名之辈创造了如今的一切,可她只能在他们脸上看到与自己相同的神情。一张张面孔一如既往地在城市中穿梭,而城市不断呼吸着,从夜晚变为白天。

艾莉什里拿着钥匙朝父亲家的门廊走去,在门前听到了一声低吠。她停下脚步,犹豫地站定,门后的低吠突然变成了高亢的吼叫。她回头看向车里,想要寻求帮助,却看到莫莉正沉浸在手机中。

某些思绪隐约浮现在脑海,却总是无法清晰显现,她抓不住具体的思绪,只知道那与马克相关。艾莉什走到门前,按动门铃,用力敲着窗户,犬吠声并未停下。西蒙喊着稍等,厉声制止了犬吠。他打开了门,抓着一只黑色大狗的项圈。艾莉什觉得那应该是一只斑点拳师犬。

西蒙戴着园艺手套,头发被早前下过的雨打湿了。

"怎么了?"他皱着眉头问道。

"你有什么事?怎么了?"艾莉什反问,从他身边挤过,走进门厅,盯着那只狗。

"我现在想来看看自己的亲生父亲都不行了?这只狗是怎么回事?"她弯腰拾起地上的邮件,室内的空气中弥漫着潮湿的犬类体味。

她转过身,却看见了父亲眼神里的茫然。

"爸爸,我之前说过,我会过来带你去购物,我们上周就约好了。"

下一瞬间,他似乎又找回了思绪,从艾莉什手中接过了邮件。

"你今天怎么没上班?"他问。

"爸爸,今天是星期六。这是谁的狗?"

西蒙轻踢了拳师犬一下,让它进厨房。走到厨房的狗吐着黑色的舌头转过身来,立在门边,打量猎物一般看着她。

"我以为是其他人来了。"西蒙说,"前几天我在门前遇到了麻烦。"

"麻烦?什么麻烦?"

"我也不太清楚具体情况。有三个男人来敲我的门,我不喜欢他们的打扮。他们自称是党派人士,但看起来就像几个暴徒。他们说我不在当地的人员登记名单上,想让我提供自己的名字……"

"爸爸,什么党派?你是说国家联盟吗?那是些什么人?"

"我让他们别再来找我了。可过了几天,他们又来敲门,还砰砰砰地敲窗户。我听见他们在离开之前，其中一个人还在笑。"

艾莉什看着那只狗黝黑的鼻子，它盯着她低声呜咽着。

"爸爸，你怎么不告诉我？"

"我告诉了斯宾塞。"西蒙一边说一边朝狗点了点头。那狗打了两个喷嚏，趴在了地上。

"斯宾塞。"艾莉什念叨着这个名字，摇了摇头，"这是只成年犬，你从谁那里搞来的？你告诉我，你一个人要怎么照顾这只狗？"

西蒙拿过衣帽架上的外套，说："它们一下子就爬满了庭院。"

艾莉什站在门边，转头望着他："什么？"

"那些玫瑰藤蔓。没有人愿意帮我，我就自己将它们都修剪了。"

"我们走吧。"艾莉什开口，"我们已经没有一整天的时间了，很快就要下雨了。你怎么不让马克来帮忙呢？他去年夏天来过，也干了不少活。"

"我不想麻烦他，我可以自己来。"西蒙回答。

艾莉什把车开进停车场时，柏油路因大雨将至而逐渐变得昏暗。人们弓着腰在雨中快步走着，打着伞的人则是闲庭信步。艾莉什放慢车速，寻找着车位。她看见一个秃头女人站在雨中，弯腰将东西塞进后备厢，抓着立起的外套衣领，钻进了车里。艾莉什让莫莉去找手推车。贝利戴上外套的兜帽，紧跑几步赶上姐姐，沉默着进了超市。莫莉正缩着身子慢慢往前跑。

"我请了个新律师。"艾莉什说，"肖恩·华莱士给我介绍了安妮·德夫林，听说她很擅长处理这类案件。你也知道，不只我们遭遇了这种问题。她手上的工作非常多。"

西蒙的手指在仪表盘上敲打起来。

"她向政府递交诉状了吗?"他问。

"她在外面会见客户。"艾莉什说,"我只能把手机留在车里。她非常重视这件事,下一步就是提交请愿书。"

"她会把你的钱放进自己的口袋,但最终会像工会那个骗子一样毫无作为。"

"爸爸,她是在无偿提供法律援助。她说,政府让他们的人渗透进了司法机构,进而控制了司法体系。而这正是问题的关键。当一个体系被某一势力渗透,他们就可以为所欲为。"

雨越下越大,两人看着柏油路上的积水不断溅起。艾莉什看到莫莉和贝利正在争抢一辆手推车。莫莉一把推开了弟弟,贝利投降般举起双手,愤怒地瞪着那辆手推车。

艾莉什接着说道:"我今早费了很大力气才将莫莉叫起来。她已经连续两个周六不想去训练了。她是学校最好的球员之一,可如果她继续这样下去,很快就会被其他人比下去。"

艾莉什望着天空,确信这雨很快就会停,它也的确一下子小了许多。艾莉什伸手去开门,但西蒙抓住了她的手腕,眼神里满是惊恐。

"艾莉什,他们要通过投票掌控政权。这对我们这样的国家来说是难以想象的……"

艾莉什平静地看着他,告诉自己这些并不是真实的。他脸上的肌肤显得更加下垂,眼皮的肌肉失去牵拉能力,让他的眼睛愈加耷拉下来，皮肤宛如雪崩一般沿着骨头向下垂着，牵动着思绪混乱的内心。

艾莉什摇着头叹气："爸爸，他们两年前就执政了。"

西蒙皱着眉头，转头看向车外，摇了摇头。

"是啊，我当然知道，我的意思是……"艾莉什看见他伸手想要开门。

"爸爸，等一下，后备厢里有雨伞。"西蒙走了出去，穿着图案古怪的花呢袜子从途安车前走过。他脚上穿着园艺拖鞋，挥着拳头走在雨中。他看起来不再感到寒冷或潮湿，甚至不再那般苍老。艾莉什仿佛看到了曾经意气风发的那个父亲。

艾莉什在超市的过道里踱着步，看着父亲走到她面前，手里抓着一罐桃子，拖鞋上沾满了泥土和干草。本在手推车的婴儿座椅里啃着一个婴儿磨牙环。艾莉什站在鱼类卖场前，莫莉满脸通红地跑过来，神色紧张地望着她。

"妈妈，你得过来一下。"她小声说。

"什么事？"

"你先跟我过来。"她跟在莫莉身后，想到了贝利。不知道他刚才是否做了什么，但他昨天将番茄酱挤在了莫莉的头发上，然后气愤地冲出了房间。

莫莉拉着她的衣袖，停下了脚步，抬了抬下巴示意她看向过道远处。

"别让他发现你在看他。"

"别让谁看见,你是说贝利吗?"

"不,是他。"

"就是那个人,对吧?"

艾莉什沿着莫莉手指的方向看去,视线越过一个看着购物清单低声自语的老太太,穿过洗涤剂和卫生纸,落在了一个穿着牛仔裤的丰满女人和一旁推着手推车的男人身上。

艾莉什知道莫莉以为那人是谁,但她认错人了。那人身形太瘦小了,着装也不一样。他穿着一件防水登山衣,里面是一件都柏林足球队的球衣。她低头看向他的脚,那是一双廉价的运动鞋。他只是一个百无聊赖的陌生人,正漫无目的地跟在妻子身后。她想问问莫莉为何会认错人。那天晚上,那两人站在门口时,莫莉肯定从窗边看到了那个男人的模样。

可是,当那个男人转过身来时,她确定了,这就是那个警探。她移开目光,只觉得口干舌燥。她又朝男人看了一眼,想起了他的另一副面孔,那个站在自己家门口的警察,他现在与当时看起来判若两人。

艾莉什不自觉地朝他走去。她并不知道自己要做什么,只是想和他聊聊。没错,这没什么风险。他只是一个普通人,她要当着他妻子的面平静地与他交谈。警探朝这边看过来,发现了她的视线。有那么一瞬间,他有些疑惑地看着她。接着,他露出了一个微笑,就像是在街上同熟人打招呼一般。他是一个丈夫,一位父亲,一个社区志愿者。而这笑容背后是笼罩在国家之上的阴影。艾莉什猛地转过身去,抓起漂白剂的瓶子,假装看了一会儿标签,然后沿着过

第二章

道快步离开。

她的工作进度已经落后了,因为她正分心想着孩子们的事情。她告诉老板自己要去见客户。她开车在城市中找到了伯德路,将车停在了距离警探家两栋住宅的地方。她很轻松就找到了他的住处。

艾莉什看了眼仪表盘上的时间,发现自己已经在车里坐了快十分钟了,她该回去工作了。艾莉什攥紧双手,再次确认路上空无一人。她感觉自己坠入了一场梦境,站在深渊边缘,害怕遭人窥视。她对着后视镜补了个妆,理了理头发。

她看着笼罩在街道上的光线,宛如缓慢跳动的脉搏,时而明亮,时而暗淡。她思考着隐含在其中的东西,看着柔和的灯光下显现出来的日常生活画面。画面中央是老式自行车、常青树和杜鹃花,还有为婴儿车专门设计的小路。水泥地上留下的小脚印、上学的孩童队伍、川流不息的汽车。遛狗的驼背老人停下来闲谈,站在电线上的乌鸦朝下张望着。在每年的盛大游行里,众人会举着无数横幅,朝着某个辉煌的夏天前进。

穿过街道时,艾莉什感觉自己脱离了肉体,正从房屋的窗后看着自己不断靠近。感受着自己不断前进的步伐,她尝试着重新控制肉体,感知肉体的活动。一只手抬起,敲响了屋门。一个女人开了门,与艾莉什那天在超市里看到的并不完全相同,显得更加苍老,相貌平平,素面朝天。

"斯坦普夫人,我能跟您聊聊吗?我有一些私事,不会占用您太多时间的。"

石灰墙和她面前那张坦然的脸都起了皱。

"是和肖恩有关的事吗？他做了什么？"女人问。

艾莉什站在厨房里环顾四周，雨天待在这里想必十分舒心。收音机里传来谈话声，火炉旁的一架飞机模型上落满了煤灰。艾莉什拉过一把椅子在桌旁坐下，屏住呼吸准备开口。她朝外看了一会儿，一只金翅雀正在成熟的苹果树上哺育雏鸟，转而又展翅飞远。

艾莉什低头看着自己的手，说起了丈夫的事情。她绞着手，仿佛要将手上的疼痛摆到桌上当作祭品。她看着斯坦普夫人的脸在她面前摇晃着，那五官仿佛一道迷幻的光，原本明亮的眼睛变得灰暗，双手逐渐握紧。斯坦普夫人越听脸色越难看，突然抿起嘴唇。

她站起身来走到台面旁，拿出了一盒香烟。

"不介意我抽根烟吧？"她问。艾莉什摇了摇头。她点燃香烟，走到后门旁，沉默着抽了很久。她朝着门外长长呼一口气，转头打量着椅子上的艾莉什。

"你刚才说你叫什么名字？"她问。

艾莉什看着她宽阔的肩膀，没有说出自己的名字。

"拜托，我只是让你说个名字。你要是站在我这个位置，肯定也会这么问。"女人皱眉摇头，使劲吸着烟，"说真的，这太荒唐了。你说得好像是我的丈夫做错了事一样。在这样一个时期，一名爱尔兰的警探似乎就是罪大恶极。我只是想和你聊聊，作为一个妻子，一个母亲……你还是别说话为好。"两人眼神交汇，流动着明晃晃的敌意。

艾莉什听见自己开了口，倾泻而出。她低头吃惊地看着从自己的嘴巴里流出来的那些词句。

第二章

"所以我应该像这个国家的其他傻子一样沉默、服从和崩溃吗？"

屋外的街道上，一辆垃圾车疾驰而过。艾莉什移开了目光，朝着庭院抬了抬下巴。

"那些苹果树看起来很茁壮，您应该收获了不少苹果吧？"

被打断思绪的斯坦普夫人转头望向苹果树，并未细看。她挥了挥手，开口道："这几年我都让它们自由生长。这是约翰从克里·皮平的家庭农场里带回来的。"

"斯坦普夫人，我的丈夫只是一个普通人，一个父亲，一个教师，一个工会成员，他应该在家里陪伴孩子。"

斯坦普夫人眯起眼睛打量着她，接着望着窗外舔了舔嘴唇，呢喃了一句。

"抱歉，您刚才说什么？"艾莉什问道。

斯坦普夫人一脸鄙夷地说："人渣，你和你口中的工会成员都是人渣，你居然跑来我家里羞辱我的丈夫，羞辱一个为国家效力了二十五年的人。我不管你叫什么名字，但你的丈夫之所以落得如此境地，是因为他在煽动民众，在国家面临巨大威胁时挑起叛国情绪。你们这些人根本不知道外面的世界发生了什么，也不知道我们正在面临什么。你要知道，国家即将分崩离析，如今正是应该团结一心的时刻。可全国上下都在爆发内乱，让我们不得不疲于应付你们这种人。现在，立刻离开我的家。"

艾莉什在女人脸上看到了所谓党派人士的优越感。她麻木地站起来，想要抬起手。她看到了女人同她丈夫说话的画面，那个男人只做了些侦查工作，就搅乱了拉里原本的生活。艾莉什朝门口走去，感觉自己辜负了拉里。她动作僵硬地拉开门闩，看到了停在街对面的途安汽车，女人则是跟在她的身后。艾莉什转身朝着另一个方向走去。

艾莉什醒了，她知道有人进了屋子。她困得睁不开眼，用手撑着坐起身来。她能听到扶手椅上的人发出的呼吸声。肯定是马克。艾莉什不明白他半夜过来是为了什么。身影探出椅子，门厅透出的光线照亮了那张脸。

那是约翰·斯坦普警探。艾莉什被吓得说不出话，惊恐地望向婴儿床里的孩子，听着他的呼吸声。

"你是怎么进来的？"她低声问道，"门都已经锁上了，你无权闯入这栋房子。"

黑暗中传出带着笑意的声音："无权闯入这栋房子，没错，但那只是你以为的。"

"这不是我自以为的，这是法律赋予我的真实权利。"

"真实？"

"没错，这是法治社会，你不能做侵犯我们权利的事情。"

"法治？"

"没错。你提到了权利，似乎很了解这个词。你来说说，人类与生俱来的权利是什么？这些权利被刻在了哪块石板上？大自然何时规定了这些权利？"

艾莉什想开口，但警探起身走了过来。艾莉什不敢看他的眼睛，鼻端都是他身上的臭味。那是一股食物和香烟混合在一起的气味，还有一种皮肤之下透出的恶臭。她不知道那是什么气味,但那股恶臭加剧了她的恐惧。

"你自称是科学家,相信着根本不存在的权利。你所说的权利根本无从证实,只是国家创造的一种幻象。国家会根据自身需求,决定何谓对错,相信你肯定明白这一点。"

他的手在羽绒被上滑动着。艾莉什看着那只手,担心自己要是阻止他,后果会更加不堪设想。那只手爬上了她的喉咙,她抬手抓住了对方的手腕,想要尖叫出声。她将掐在脖子上的手甩开,张口想要大喊。可男人说话了:"我想让你清醒过来,但你已经醒了……"

艾莉什睁开眼望着房间,冷冷的蓝色灯光从窗外照进来,椅子上放着她叠好的衣服。她呆坐着盯着扶手椅,告诉自己这是真实的房间,而不是梦境。她感觉自己放松了下来,可心中和喉咙里仍有名为恐惧的小疙瘩。她朝门口望去,像是仍未完全相信这就是现实。

她迷迷糊糊地躺了一会儿,想重新入睡,可梦中的场景仍令她心有余悸。那个男人和身上的恶臭,还有他的话语,都令她感到恐惧。她听到楼下传来孩子们的一阵笑声,贝利的尖叫声甚至盖过了周日晨间节目的嘈杂声音。

第三章

穿着运动短裤和外套的莫莉站在水池旁,将玻璃杯伸到水龙头下,准备接一杯水。突然,她叫了一声,手猛地向后一缩,将玻璃杯扔进了水池。

"妈妈,这水黄得发黑。"艾莉什感觉女儿的视线落在她的背上,但她没有回头。她探出身子,将一勺苹果泥喂进本的嘴里。她心中想着,女儿其实很想念她的父亲,她表面上不说,但心里十分惦记。昨晚,他们在梦中聊到了莫莉,拉里的一些话让她醒来之后仍感到不解。她用勺子接住本嘴边溢出的食物,有一瞬看到了深埋地下的老旧管道。

一段老旧管道松动了,水中混入了铁锈和铅污染物,逐渐变得浑浊。那水经过黑暗的管道,流进城市各处住宅、企业和学校,灌入水壶和杯里,最终被人喝进肚中。铅元素被肠道吸收,储存在各处组织、骨骼、主动脉、肝脏、肾上腺和甲状腺之中。毒素在体内默默扩散,直至实验室通过尿检和血检终于发现它的存在。

艾莉什转身仔细看着水龙头里流出的水,说:"让它先这样流一

第三章

会儿。"门外传来钥匙转动的咔嗒声。莫莉问:"为什么家里没有瓶装水?"她从碗里抓起一只苹果,气呼呼地进了客厅。

艾莉什抬头仔细听着,望着门开时洒进屋内的光线。她希望听到熟悉的脚步声,听到雨伞放在架子上的声音,听到叹息声和脱下外套的声音,听到他抱怨找不到拖鞋了。

马克推着自行车穿过客厅,进了厨房。他一言不发地穿过玻璃门,将自行车停在了露台上。艾莉什看着儿童餐椅里的本,心中想着她的大儿子。成长是一个沉默的过程,柔软的骨头在延展中变得坚硬,支撑着孩子走向未知的未来,而这样的未来充满了无数的可能性。上一次心跳,马克还是在地上爬动的婴儿,她再一转头就看到他走进了客厅,时间转瞬即逝。

艾莉什听见了低低的交谈声。莫莉提高了音量:"你必须告诉她。"

艾莉什喊道:"告诉谁?发生什么了?"

莫莉站在门边,将马克推进厨房。他将一封信递到了艾莉什面前。

艾莉什让莫莉关上水龙头,接过马克手里的信,伸手去拿眼镜。读完那封信,她不由自主站了起来,又仔细地读了一遍,仿佛无法理解信的内容。那些单词的含义变得模糊,令人难以理解。她抬头望向儿子的眼睛,看着这个孩子在眼前消逝。

"不可能。"她低声呢喃,伸手去抓椅子,却无法平静地坐下。她闭上了眼睛,看到了眼底跳动的黑暗。"你才十六岁,你明年才能毕业,他们不能现在做这种事……"艾莉什说。

马克将外套搭在椅子上，在原地呆站了一会儿，显得脆弱又沉默得可怕。他说："报到时间是我下个月生日之后的那周。"

艾莉什没注意到他走到了水池边，打开水龙头接了满满一杯水，举起杯子就要喝。莫莉夺过他手中的杯子："别喝！这水都变成黄黑色了，让妈妈买瓶装水。你告诉妈妈他们都做了什么，他们是怎么闯进学校的。马克，你都告诉她。"

"谁闯进了学校？"艾莉什望着儿子，儿子眉头紧锁，头发浓密，下巴紧绷，强忍着情绪。

"我原本没想告诉你，学校里来了一个医生和几个女人，据说都是部队的军官。他们让我这个年级的男孩都在体育馆集合，然后挨个给我们做检查，但并没有解释原因。我们必须穿着内裤站在帘子后面，让医生量身高，检查脚掌和牙齿。他们还问我有没有什么过敏原……"

艾莉什突然感到体内生出一股压迫的力量，宛如什么东西钻入了心脏之中。逐渐地，这种压迫向外膨胀蔓延，将肺部挤压得似乎要尖叫出声。艾莉什疲惫地瘫坐在椅子上，低声呢喃："肯定是弄错了，你才不到17岁。"

她将手伸向儿子，想要哺育他，想要将他抱在胸前，用她透着愤怒的芬芳为他洗涤。

"你听着。"艾莉什说着牵起他的手，却发现他没有听她说话，只是望着窗外的庭院，"你不能离开家里，你听见了吗？你不能离开学校，他们不能就这样让你去服兵役。"

马克满脸痛苦地转过身："可你要怎么阻止他们呢？他们可以为

第三章

所欲为,他们抓走爸爸时你又做了什么呢?"

莫莉转身将他一把推到了水池边上:"别这么跟妈妈说话。"

"你闭嘴!"马克回道。莫莉眼神锐利地警告着她哥哥。

一旁传来沉闷的碰撞声,本将勺子弄到了地上。艾莉什弯下腰捡起勺子,放进了水池中,说:"至少热水管里的水是干净的。"

"怎么了?"走进厨房的贝利问道。马克拿起桌子上的信,走进了庭院。他伸手关上玻璃门,从口袋里掏出了打火机。

艾莉什透过玻璃门看着他按动打火机,但没能点燃。她看着他的动作,并不想阻止他,问问他那打火机是哪儿来的。打火机冒出了琥珀色的火焰,吞没了纸张一角,将其烧成一片黑灰。艾莉什看着那封信在马克手上燃起,他扔下信封,转身望向玻璃门内,眼底是漆黑的愤怒。

艾莉什无心工作,不停踱着步。她看见眼前横着笼罩在阴影下的某种障碍,努力搜寻着一条能绕过它的道路。她不停地告诉自己,他们不会带走我儿子的。有传言称公司要进行裁员,并逐步让员工降级,但这些肯定都只是谣言。员工们被召集进了会议室,上级宣布总经理斯蒂芬·斯托克被撤职,而保罗·费尔斯纳将接替他的职位。

保罗走到众人跟前,摩挲着指尖,带着藏不住的愉悦。艾莉什环顾屋内,看着那些鼓掌和微笑的人,确定他们就是保罗的支持者。她看到了人群中的野兽,看着它从暗处走出,卸下伪装,在众目睽睽之下伺机而动。而保罗·费尔斯纳正抬手比出神圣的手势,大谈政党而非工作。他谈论着变革的时代,谈论着国家精神的发展,谈论着领土的扩张。一个女人穿过房间,打开了一扇窗户。

艾莉什木然地走出电梯,来到一楼。她穿过街道,走进报刊亭,伸手要了一包香烟。好久没抽烟了,她心想。她独自站在办公楼里面,从烟盒里抽出一支香烟,抚摸着卷烟纸,放在鼻端嗅了嗅。她将香烟点燃并将热烟吸进嘴里,醋酸纤维素的棉质味道在口中蔓延开来,让她想起了戒烟的那天。她仿佛回到了年轻的时候,当时拉里或许也和她在一起,但她不太记得了。记忆是会说谎的,它在玩着自己的把戏,将或真或假的画面叠加在另一个画面上。时间久了,叠加的画面相互交融,变成了雾蒙蒙的一片。

她看着从嘴中吐出的烟雾消散在了白日之中。眼前的街道让她仿佛置身陌生的城市,她思考着这城市是如何让生活暴露在了众目睽睽之下。拥挤的交通在沉闷的空气中冒着烟气,过路的行人疲惫不堪,心事重重。她被困在自己的错觉之中,如今只想逃离。她一直望着,直到从外部寻得纯净。光线有节奏地变幻着,最终变成了街道上的透明光辉。海鸥在沟渠里叼起食物,低低地掠过卡车车道,落下一片翅膀的阴影。

而现在,科尔姆·佩里正站在她旁边,轻敲烟盒取出一支香烟:"艾莉什,我都不知道原来你也抽烟。"

艾莉什眯着眼睛,似乎在寻找一个未曾问过的问题的答案,随后摇了摇头:"我其实不抽烟。"科尔姆·佩里点燃一支烟,缓缓呼出一口烟气:"我也不抽。"

艾莉什将灼烧得焦黑的烟气吸入体内,想让其进一步燃烧。她

第三章

盯着科尔姆·佩里那件皱巴巴的衬衫,看到了一张因酗酒而总是泛红的脸。这是个爱开玩笑的男人,眼睛里带着狡黠。他回头瞥了一眼自动门。"那个男人很屈辱。"他开口说道,"很快就会有一场大清洗。他们喜欢同类,所以想让你屈服,我要说的就是这些。"

他又回头看了看,掏出手机问道:"你看最新的新闻了吗?"

艾莉什在他的手机上看到了几张照片,窗户和墙上喷着红色大字,在谴责警察、军队和国家。图中的字迹看起来像血字,而建筑像是一所学校。

科尔姆继续说:"这是费尔维尤的圣约瑟夫中学,据说校长通知了国服局,最后逮捕了四个男孩,至今没有释放他们。这件事已经发生好几天了,但只能从网上了解到这件事。家长和学生们都聚集在施托尔街警察局外,等待男孩们被释放。"

艾莉什说:"我的儿子被征兵了,他要在十七岁生日之后那周入伍报到。可他还是个在上学的孩子,他们之前已经抓走了他的父亲。"

科尔姆·佩里看着她,摇了摇头。

"混蛋。"他说。他将手放在嘴边,思索良久,将烟头捻灭在了烟盒上。

"你得把他救出来。"他说。

"把他从哪儿救出来?"

艾莉什看到他耸耸肩,摊开双手,然后把手插进了牛仔裤口袋里。他望着街对面的一家报刊亭说:"现在我只想吃一支冰激凌,五毛钱的老式蛋筒冰激凌。我想在海滩上玩耍,冻得好像屁股都要掉下来。我希望父母还活着。艾莉什，我不知道他在哪里，是英国、加拿大还是美国。但我只是给你一个建议，你必须把他救出来。好了，我得回去了。"

艾莉什在网上浏览着抗议活动的进展。身着白衣的家长和学生聚集在警察局门前。他们手持白色蜡烛，沉默着等待男孩们被释放。抗议人数持续增长，到了第二天早上，人数已经超过200人，据说都是那所学校的相关人士。而一支身着黑色制服的治安部队站在警局前警戒。

艾莉什认识众人聚集的那个广场。广场有一个铺着花岗岩的平台，供人坐下休息。中央立着一个不锈钢材质的八棱双锥堆，或许是某种象征，也可能毫无意义。不久前，这个广场的设计理念还是开放和光明，适合行人坐下休息或打发时间。而如今，抗议似乎是强行打开了一扇门，让光线照进漆黑的房间。她能看到拉里仰头望天，似乎在期待什么。

"如果男孩们早早被释放，"科尔姆念叨着，"以后会有更多人采取同样的方式进行抗议。"

周六早上，一身白衣的莫莉走进厨房。

"妈妈，你看到这个了吗？"病毒般的消息从她的手机传播到了艾莉什的手机上。有网友表示，据他朋友的朋友说，男孩们很快就会被释放。而另一个消息称男孩们几天前就已经被释放，如今已经和家人团聚。抗议只是一场阴谋，目的是抹黑政府。

"没错。"艾莉什答道，"我也收到了，但这些都是假消息。对了，下周六是西尔莎的婚礼。我已经让马克那天待在家里看家了。"

"我不需要马克来照顾。"

"我知道,但我希望你们俩都能在家照顾两个弟弟。"

莫莉将一把椅子搬进庭院,放在了树下的草地上。艾莉什看着莫莉站上椅子,拉过一根树枝,系上白丝带,望着它系在树枝上的模样。那丝带像是修长而虚无的手指,在枝丫间弹奏着无声的音乐。艾莉什不想去数丝带的数量。

"已经十四周了。"莫莉说。她将椅子搬回屋内放下,走到水池边,打开了水龙头。她弯下腰,眯着眼睛仔细查看流出的水,然后倒了满满一杯,喝了起来。她将剩下的半杯水放下,抬起袖子擦了擦嘴。

"我要出去了。"她说。

"去哪儿?"

"进城去。"

艾莉什盯着她看了一会儿。她穿着白色牛仔夹克,脖子上系着白色围巾。

"如果你要进城,就把这些换掉。"

莫莉状似惊讶地低头看着自己的装束:"换掉什么?"

"你知道我是什么意思。"

"我怎么知道你是什么意思。大家都不说清楚,这个家里没人把话说清楚,我怎么知道大家的话是什么意思,又怎么知道大家在想什么?"

艾莉什走到桌前拿起一本杂志,接着又放下。

"糟糕,我的眼镜哪儿去了?"

"你的眼镜就架在你头顶上。"

"好吧,我太傻了。"艾莉什转过身时,莫莉正眼神古怪地盯着她,紧抿着嘴唇,泫然欲泣。

"我想让爸爸回家,我只想要让他回家,你为什么什么都不做?"艾莉什看着她的眼睛,仿佛想要寻找什么,寻找莫莉曾经具备的某种柔软。可如今,莫莉正在为难她,破坏着微妙的平衡。

"你觉得你穿成这样出去,爸爸就能回来吗?"莫莉脸色阴沉下来,转身拿起杯子,缓缓将里面的水倒在了地上。

"没事。"艾莉什说,"你想做什么就做什么。你可以把水倒在地上,也可以穿成这副样子走上街头。或许你能顺利走到公车站,没人会你说什么,也没人注意到你的行为并通知相关部门。或许你下车时不会被找麻烦的人看见,又或许你会被那人看见。或许某辆车里坐着两个男人,其中一个看不惯你这个打扮。或许你只是喜欢穿白色衣服,又或许你的确想表达一些煽动性言论,因此引来男人的不满。他可能会停下车来,记录下你的名字和住址,并给你开一个档案。或许你会保持沉默,又或许你会因为自己的失言,被男人抓进了车里。而那辆车又会开往何处呢?

"莫莉,你想一想,那辆车或许和曾经那些车辆有着同样的目的地。没有任何标识的汽车车门无声打开,街上的人们因为不同的理由被抓进车里,再也没能回家。你或许认为,你只有14岁,所以能够肆意妄为。但被逮捕的那两个男孩至今还没被释放,而他们和你同龄。

第三章

"你觉得我什么都没有做,只是傻傻地等着你爸爸回来。但我正在努力维持着这个家,这是如今最难做到的事情。因为这个世界似乎希望我们就此分崩离析。有时候,什么都不做才是达成目的的最佳选择。有时候,你必须保持沉默和顺从。有时候,你必须在早起时认真考虑你的着装颜色。"

艾莉什在父亲的卧室里四处踱步,想找一条领带。绿色鸢尾花地毯上堆满了发黄的报纸和杂志,墙边并排的两把椅子上堆着衣服,梳妆台上放着用过的杯盘。她在衣柜抽屉里翻找,嗅到了一股霉味,看到了泛黄的白衬衫和一堆旧领带。她选了一条粉色领带,凑近鼻端闻了闻。领带上散发着浓重的过往气息,但正在逐渐消散,变得模糊不清。

她起身回头,看见母亲站在微风中的照片。年轻的女人撩着她的头发,面容中隐约透露出了女儿的长相特点。艾莉什将杯盘放到地上,将照片按顺序摆好。凉爽的沙滩上,琼靠着西蒙,正在擦去眼里的泪。她穿着婚纱,挽着西蒙的手臂,但没有看向镜头。她坐在椅子上,腿上坐着两个女孩。在这张照片中,她的目光更加敏锐地望向了镜头。

艾莉什闭上眼睛,在脑海中搜寻着母亲的身影。她走过他们居住的第一所房子,走过阴影笼罩的房间,不断回忆着。她扶着楼梯扶手上楼,经过窗边,走向她曾经的卧室。踏在木地板上的每一步都发出声响,向着高高的天花板。

她听见了母亲的声音。她回忆起的并非一道声音,而是在她日渐消退的记忆中，一种永远清晰的感觉。她能从那张老旧的床上看见窗外的天空，看到敞开的衣柜长着漆黑的大嘴，将熟睡的孩子邀入噩梦。照片里，琼耷拉着嘴角，别在耳后的头发披在肩头。容颜渐衰的她坐在花园的椅子上，而藤蔓玫瑰正在盛放。鲍尔斯考特瀑布旁，面容憔悴的她拄着拐杖，似是吓了一跳，在最后一刻背向了镜头。

艾莉什将用过的杯盘端下楼，塞进洗碗机里。西蒙正坐在桌前，叉着培根煎蛋。他的衬衫敞开到了肚脐，没有毛发的胸口显得十分苍白。他抓起盐瓶，朝着鸡蛋撒了几下，恶狠狠地看了她一眼。

"我知道你在楼上干了什么。"

艾莉什用屁股一顶，合上洗碗机。

"爸爸，你的房间都快变成猪圈了，那一堆杯盘我都得端下来。把你的衬衫扣好，再系上这条领带，这是我挑出来配你的衬衫的。"

"你以为我没听见你在楼上干什么吗？你可以随便找，但肯定什么都找不到。"

艾莉什感觉自己受到了侮辱。虽说已经没有时间喝茶，但她还是开始往水壶里加水。

"爸爸，别闹了。我们要迟到了，婚礼还有一个小时就要开始了。"

西蒙将盘子上的刀叉摆正，用掌跟将盘子推开，转头望着她，嘴角还粘着黄色的蛋液："你是不是以为我把东西都藏在房间里了？你们休想找到一分钱。"

艾莉什惊恐地望着他，心里生出了恐惧。她端详着那张脸，揣

第三章

测着他内心的变化，感觉他的自我宛如黑暗中跳动的火焰。火焰不断闪烁，从原本的膨胀逐渐变得微弱。他还是他，但已不再是自己。这就是艾莉什内心的想法。

但当他走向镜子时，似乎又变回了自己。艾莉什站在他身后，看着他仔细端详自己的脸。他的皮肤被剃须刀刮得有些泛红，耳后还残留着剃须泡沫。艾莉什伸手用拇指将那泡沫抹去，搭着他的肩膀将他转过来，帮他系好衬衫扣子，将领带套在他的脖子上。

"你不觉得这个天气很适合举行婚礼吗？"

"他们运气不错，今天天气很好。"西蒙瞥了艾莉什一眼，她知道父亲又恢复了理智。

"你那个堂姐，我想象不出她坐在婚床上的样子。"

"爸爸，别这么说。西尔莎是你侄女，是一个年近四十的中年妇女，而她的父亲是一个混蛋。我这个堂姐向来品位很差。"

"也是，迟点结婚总比不结婚强，你不觉得吗？"

艾莉什站在父亲面前，默默替他打好领带，然后拍拍他的肩膀，转移了视线。父亲看着她的眼神让她觉得，他似乎看到了自己的妻子。艾莉什移开目光，望向庭院，望向她母亲曾经驻足的地方。那些藤蔓玫瑰已经枯萎，奄奄一息地趴在墙上。

参加婚礼的嘉宾们迈出大学教堂，来到了圣斯蒂芬绿地。穿过公园时，她挽上了父亲的手臂。女人们踩着高跟鞋闲庭信步，带着羽毛和彩色装饰物的帽子将她们衬得光彩照人。

树木让人感到平静。新人在湖边拍照，伴郎正在解开领带。他们走出公园，走向一座爬满常春藤的乔治风格建筑。小苍兰的香味飘来，他们被引到了一间休息室。透过房间的高窗可以俯瞰下方的绿意。

艾莉什望向房间另一头的父亲，他正在和姑妈玛丽交谈。玛丽抬起涂着粉紫指甲油的手，打了个哈欠。她四处张望，直到看见了艾莉什，用眼神示意她过去。

"你来了。"西蒙说道，"我正和玛丽说到国家联盟准备通过的法案。他们想要控制学校，将自己的人安插进来。玛丽，他们要控制理事会，大家似乎都无能为力。这简直太荒谬了，让人难以置信。"

玛丽抓着艾莉什的胳膊，背过身去，似乎想和她单独说话。

"你父亲只字未提你的小儿子，我还以为你把他带来了。你在这个年纪生了他，肯定是个意外之喜。"

艾莉什对那张抹了脂粉的脸笑了笑，望着那张满是唾沫的粉色嘴唇。

她感觉情绪有些低落，想到了无人提及的话题。大家的谈话都围绕着孩子和她的工作，没人愿意提起拉里。她望着姑妈的脸，从中看到了无声的叮嘱：你今天一定要维持住开心的状态。

艾莉什笑着说："拉里肯定也很想来参加。我先失陪一下。"

她在房间里踱步，想找另一个人聊聊天，可屋里没几个她的同龄人。父亲的表亲们与艾莉什大概差了二十五到三十岁。尽管他们之间的年龄差并不非常大，但都已逐渐步入老年。

艾莉什要了一杯酒，思考着自己的人生会如何度过，思考着如今和此前的人生。阳光透过高窗洒进屋内，给他们带来了此刻，世界转为低语，而新娘正身白色礼服。当钟声响起，众人拿起酒杯走进餐厅，在圆桌旁找到各自的位置。新郎起身，似乎是要致辞，却是将手举到胸前，唱起了国歌。他的手上文着小鸟，脖子上则是某种神秘符号。众人站起，开始唱歌。

有人拉了拉她的袖子，是父亲的堂妹尼娅姆·莱昂斯。她蠕动发皱的嘴唇低声说道："艾莉什，快站起来。"

艾莉什望向父亲的座位，但那里空空如也。他肯定是去吧台又要了一杯酒，或者是又找不到去洗手间的路了。

艾莉什抬头看着那张俯视着她的脸，感觉喉咙发干。尼娅姆·莱昂斯又拉了拉她的袖子，但她不想站起来和他们一起唱，她不愿意歌颂谎言。她不自觉地开始整理眼前的白色餐巾。

再抬头时，她看见了新郎的脸庞和神情。伴郎和那些站立唱歌的宾客们也是同样神色，那是政党人士毫不掩饰的蔑视。新娘闭上了双眼，而新郎得到了掌声，尽管并非所有人都在鼓掌。一个面容苍老、双手纤细的老妇人对艾莉什露出一丝微笑，但当她定睛看去，那抹笑容已然消失无踪。艾莉什从包里拿出一条白色雪纺围巾系在脖子上。待所有人都坐下后，她站了起来。

"抱歉，我要去找找我的父亲。"

烤箱响起了工作结束的提示音。艾莉什转身呼唤着孩子们。她将焗菜舀到盛满米饭的盘子里，喊道："有人能来摆一下餐具吗？"

莫莉打着哈欠走进来。暮色已蔓延到了她的眼前，全然笼罩着她的母亲。莫莉打开灯，伸手从抽屉里拿出刀叉。她站在原地望着抽屉好一会儿，仿佛思绪迷失在其中。

艾莉什又喊了一声："快来吃晚饭。"

她能看见贝利躺在电视机前的地毯上，转头让莫莉叫马克下楼。

"下什么楼？"莫莉说，"他不在楼上。"

"那他去哪儿了？"

莫莉耸耸肩，靠在桌边摆上刀叉："我怎么知道？你待会儿能开车送我一程吗？"

艾莉什走到楼梯下喊马克，上楼查看他的房间，接着又回到了楼下。他不在屋子里，也不在庭院。

艾莉什拨通马克的电话，铃声在楼上响起。她一边上楼一边责骂着马克。她知道他会是怎样的反应，知道他会紧抿着嘴唇，盯着地板想出一些狡辩的话。她站在马克房前，却发现手机在床上响着。太奇怪了，马克竟没有带上手机。艾莉什拿起手机，神情就像在看什么违禁品。贝利在厨房里喊着要开始吃饭，她听见了两道意见相左的说话声。她站在楼梯旁听着厨房里的动静，点开了马克的手机浏览记录，播放了他最后观看的视频。

一个身着红色连体衣的囚犯跪在地上，脑袋被蒙着，身旁站着一个戴着眼镜的黑衣男子。这人大约是老师一类的知识分子，正用阿拉伯语怒吼着，眼泪滴湿了那名囚犯头上的面罩。男子提起了一把巨大的弯刀，画面镜头缓缓拉近，仿佛试图在这名受害者的死亡的那一瞬间在他眼中捕捉到什么。

艾莉什将手机一把扔到床上，很快又拿了起来，滑动页面搜寻

第三章

着关于斩首和谋杀的历史记录,寻找关于斩首和处决的视频。某种情感钻进了她的身体,沉默着在体内拧成黑色的一团。

晚餐时,她一言不发。她在屋里来回踱步,将东西拿起又放下。贝利和莫莉争抢着遥控器,莫莉一巴掌打在贝利的脑袋上,把遥控器扔到房间的另一头。艾莉什大声喊着让他们安静下来。她抱着孩子站在楼梯转角,发现某种感觉涌上心头。那是死亡的感觉,死亡已经侵入了她的儿子。他还不到十七岁,血液就已经被愤怒和无声的野蛮所侵蚀。

时间已过八点,她听见门廊上的推拉门被滑动打开,钥匙插进了大门的门锁中。艾莉什上前拦住他的去路,伸手抓住他的自行车,在他眼底搜寻着日益蔓延的黑暗,寻找着她往日的权威。

艾莉什开口时,马克移开了眼神。她声音尖锐地高声质问:"你不回家吃晚饭怎么不告诉我?你去哪儿了?"

直到萨曼莎走到门边,她才看见跟在马克身后的这个女孩。女孩停下脚步,似乎不敢向前。马克转身朝她撇撇嘴,为他妈妈的行为表示歉意。

"放轻松,妈妈。你能不能冷静一点?我已经在山姆家吃过晚饭了。我想发短信告诉你,但忘了带手机,又记不住你的电话号码。"

艾莉什开车穿过雨幕,包里的手机发出了振动声。她在拥挤路段放慢车速,掏出手机。读完消息后,她抬头看着眼前延伸的道路,伸手关掉收音机,又读了一遍那消息。两名被拘留的男孩已被确认

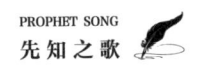

身亡，尸体已经移交给亲属。尸体照片被公布到了网上，身体残留着遭受过酷刑的伤痕。

途安车径自朝前开着，她眼前是男孩们躺在父母面前的样子，是他们残破的遗体。她低声自言自语，不仅要将父亲从家中带走，甚至还要将孩子的尸体送回去。她感受着内心升起的战栗，她知道这一天终会到来。愤怒和厌恶会从无声的地底蔓延而上，从嘴中喷涌而出。

回到家中，他们围坐在桌旁看着国际新闻直播中的示威活动。警察局外聚集的人越来越多。家长带着孩子，身着白色衣服，捧着点燃的蜡烛。为死去孩子守夜的人群从警察局一直蔓延到附近的街道上。艾莉什久久无法入眠。她躺在床上，一个内心的恐惧在眼前游荡，想要开口说话的想法被压制下去。

第二天早晨，人群已经挤满了警局周围，朝着学院绿地广场开始进行示威游行。艾莉什站在窗前望着屋外，马克和莫莉看着她，等她开口。沉眠的树木长出了新芽。很快，它们将长出新的花苞，再次沐浴在春光之下。她感受到了树木的力量，思考着它们是如何忍耐着黑暗的季节，又会在再次睁眼时看见怎样的风景。

这一刻，她感觉心里的恐惧消散了，体内那种如释重负的感觉让她想要做些什么。

"我们换上白色衣服吧。"艾莉什说着转过身，"去加入他们。"看着孩子们走上楼去，她感觉屋里洋溢着无畏而兴奋的气息。

卡罗尔·塞克斯顿带来了一份燕麦面包，一些酥粒蛋糕和白色蜡烛。马克已经骑着自行车先走了。当他们开车进城时，遇到了一个检查站,车流慢了下来。艾莉什转头对孩子们说,把外套的拉链拉上。

前面的一辆车被指引到了检查车道上,一名警察朝着途安车走了过来。身着制服的年轻警察低头检查了艾莉什的证件,又直勾勾地盯住她的眼睛。

"你今天要去哪里?"他问。

艾莉什看着那张满是雀斑的年轻面庞,他是个只比自己儿子大几岁的年轻人。谎话从她口中溢出,飘散在两人之间的空气中。警察俯身打量着卡罗尔,又用手挡住阳光,看向后座的几个孩子。他挥手示意卡罗尔开车通过时,贝利正将鼻子贴在车窗玻璃上看着。

码头旁的街道已被警察的摩托车封锁,不得通行。艾莉什在一所教堂旁的巷道里找到了停车的地方。他们一行人下了车,推着躺在婴儿车里的本,沿着人行横道穿过空荡荡的街道。码头诡异地寂静,阳光在水面上起伏,带着一种紧张的平静。下车之后,卡罗尔就一直在说话,但艾莉什有些心不在焉,仿佛正站在高处俯瞰着孩子们,试图抓住内心深处的恐惧。她正在和拉里对话,观察着他的反应,哪怕他仍停留在内心某处阴暗的角落,如同身处黑暗囚笼一般遥不可及。

身边出现了其他身着白衣的人。过河时,他们还能听见嘈杂的声音。沿着圣殿酒吧街的狭窄道路朝格林绿地公园走去,人群出现在了他们眼前。他们情绪高涨,据说抗议人群已经增长到了五万人,挤满了整个广场。

艾莉什精神高涨,有些喘不过气来。她拉着孩子们的手,看着他们从涂着白色油彩的脸庞和白色旗、横幅中挤进来,卡罗尔跟在他们后面。许多人拿着白色蜡烛,似乎所有人都带着孩子。

一名年轻女性主动提出要帮他们在脸上画上油彩时,莫莉正抬手将头发扎起来。旧议会大厦前搭起了一个台子,一名年轻女子拿着麦克风站在台上,呼吁政府结束紧急权利法案,释放所有政治囚犯。她得到了热烈的掌声,另一个男人也走上了台。

艾莉什心想,这不是在用言语表达,而是在用身躯表达。因为在这个世界面前,他们无处可藏。贝利正用手机看着抗议活动的转播。艾莉什感觉他们的形象变得庞大而鲜活,内心的恐惧正在一点点消散。

相反,她现在想要征服这种恐惧,成为这庞大身躯的一分子,与他们共同呼吸,希望能在人群的胜利中获得成长。有一瞬间,她感受到了微弱的死亡气息,感受到了胜利,感受到了巨大的杀戮,也感受到了被征服者踩在脚下的历史。她站在那里,仿佛手中握着一把伟大的圣剑。她放下那把剑,兴奋地颤抖着,猛吸了一口气。

两个警察从他们中间走过,拿着相机记录下大家的面容,但人群只发出嘘声和嘲笑。抬头看去,艾莉什看见屋顶上的记录员正看着对准这边的长焦相机。阳光躲在云层背后,预示着将要到来的雨。艾莉什记得自己没有带雨伞或雨衣。

卡罗尔分发着三明治和瓶装水,大屏幕上正显示着死去的青少年的照片。那是他们小时候的照片,一个头发浅黄的男孩微笑着,另一个则睁着大眼睛。她下意识抓住贝利的胳膊,直到他挣脱开来才发觉自己的举动。她联想到了马克,仿佛看见他被政府从学校中

第三章

抓走,送进军队中,被安排到街道上镇压自己的亲人。艾莉什知道他内心的愤怒和反抗,她不允许这种事情发生。

艾莉什伸手揽过莫莉,将她搂紧在怀里。艾莉什突然觉得自己似乎也曾参加过这样的抗议活动。但她清楚那段记忆是虚假或错位的,这记忆属于他国的某人,她只是无数次在电视新闻中看到过类似的场景。

本醒了,大声哭闹起来。艾莉什将奶瓶递过去,本开始尖叫,挣扎着想爬出婴儿车。她只能将外套铺在地上,让他坐在衣服上。本终于止住了哭喊,但仍旧挣扎着想要爬开。幸好有一位身着玉色服饰,坐在轮椅里的老太太热心地让本坐在了自己的膝盖上。贝利疲惫地垂下高举的双臂,将自己的包扔在地上,一屁股坐了下去,他想要回家了。不远处飘来了热狗的香气,贝利说自己饿了,艾莉什便让他和卡罗尔去买些热狗。莫莉用手机发着短信:"妈妈说,马克找不到我们了。"

她离开了一会儿,带着马克和几个陌生的朋友回来了。他们都穿着白色短袖,用白色头巾蒙住下半脸。艾莉什一把扯掉其中一人脸上的头巾:"你戴这种东西干什么?你又不是小混混,这是和平抗议。"她看到他眼中嘲弄的笑意,他身上有某种她不喜欢的特质,她想知道他是谁。卡罗尔递给马克一个三明治。他三两口吃完,又要了一个给自己的朋友。

"你必须在八点前回家。"艾莉什说。马克戏谑地看向莫莉。莫莉想和马克一起去,艾莉什没有同意。

大雨将至,众人撑起了伞,庞大的人群变成了蜂窝状的网格。

孩子们躲在一个女人的大伞下，贝利要了一些纸巾，擦了擦鼻子，然后靠在她的胳膊上。人们带着孩子穿过人群，准备回家。有人要做晚饭，有人要去遛狗，学生和没有孩子的人留下来守夜。当他们转身离开的时候，艾莉什看到了基督教堂前那条延伸到天际的街道，远处有一个缓慢燃烧的光之熔炉，仿佛整个世界都着了火。

卡罗尔·塞克斯顿决定留下来过夜。

"穿过城市有危险。"艾莉什说。她想到了桥上那群欢喜地往家走去的人们。窗外挂着白旗的汽车会被路障拦下，车里的人会被盘问并逮捕。

国际新闻都在报道类似的事情。卡罗尔在手机上看到了军用卡车和运兵车进入郊区的画面，它们沿着运河排成长长的队伍。"看来他们在为民众的冲击做准备。"她说。网上有传言称，有汽车遭到了棍棒和砖块的袭击，车里的人被戴着盔帽的人拖出来，汽车被点燃烧毁。

艾莉什解冻了肉酱，让贝利和莫莉坐在电视前吃饭。她哄着本入睡，盯着他的小拳头看了一会儿。他的童年不知会持续多久，可她真希望他一直保持现在的模样。在来到人世的头几年，他对世界一无所知，感受到的都是爱。无论是父亲离家的日子，还是父亲回来的时候，都是如此。

艾莉什走进洗手间，擦掉脸上的化妆品，盯着镜子。她看到了马克，他是那么的英俊而年轻。她闭上双眼，感觉他要被人抓走了，他握着她的手逐渐松开。她仿佛看到他们都身处黑暗的大海之上，

第三章

拉里首先被抓走了。她大声呼喊着,让马克朝岸边游去。她在黑暗之中拼命大喊着,想让自己的声音传出去。艾莉什睁开眼睛,靠近镜子,抬起手去拉那只伸向她眼睛的利爪。

卡罗尔正用笔记本电脑观看游行的直播新闻。抗议活动的人数已经减少到了几千人,人们沉默地坐在大街上,一旁的纸袋里放着点燃的蜡烛。这场面像是在举行某种宗教仪式。举着高压水枪和警棍的军队站在一旁。

艾莉什望向时钟,留意着门外的声音。

"现在是九点五十分,很快就要到十点了,马克的电话却依旧打不通。我总有种不好的预感。"艾莉什说。

卡罗尔盯着她说:"你不觉得他们已经结束行动了吗?"

"什么行动?"

"如果他们要发起冲击,应该已经结束了。"

艾莉什望着时钟说:"我一直在给马克打电话,但总是转到留言信箱,他的声音听起来似乎很着急。"

贝利和莫莉又争执起来,艾莉什已经忘了这两人还在客厅里。艾莉什走到客厅门口,让他们回到楼上去。她站在水池边,倒掉杯子里的茶。

"只有我觉得这茶的味道很奇怪吗?"她说着,又看了看手机。

"艾莉什,马克会没事的。这是他的战斗,也是你的战斗,你得放手让他去做。"

"我知道,但我让他在八点前回家。"

卡罗尔低头看向杯子:"艾莉什,你说得对,这茶的味道的确古

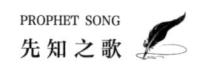

怪,应该是水的问题。"

艾莉什注视着卡罗尔的脸,仿佛不认识椅子上坐得笔挺的这个女人。那张脸被无数个无眠之夜所打磨,仿佛容貌的优点都被慢慢榨取干净了,而她的悲伤在骨髓中得到了滋养。

艾莉什抬手摸了摸自己的脸。

"我看起来很疲惫吗?"卡罗尔问道,"我感觉精疲力尽,已经无法思考了,我需要睡觉。"

"你可以睡在莫莉的房间,我让她和我一起睡。"

她转身走出厨房,感觉自己忘记了什么,茫然地环顾四周。

"卡罗尔,两周后是马克的生日。如果那些抗议没有作用,那我也不知道该怎么办了。"

"据说,"卡罗尔开口,"有的男孩为了逃避入伍,悄悄出了境……"

艾莉什望着时钟,她不记得是否锁上了后门。地上的脏衣篓里塞着一堆待洗的衣服。

"可我要怎么把他送出国呢?他们不会给他签发护照的。司法部寄来了一封信,我们的申请都被拒绝了,而且没有说明理由。"

卡罗尔起身抓住艾莉什的手,将另一只手搭了上去。

"艾莉什,如果他们真的找上家门,你可以让他去我家住一段时间,直到……艾莉什你听我说,事情或许不会发展到那么糟糕的地步,但我家后面有一套为长辈准备的小公寓,在一条小巷里。住在那里,没人能找到他。"

艾莉什挣开卡罗尔的手,但触感仍然残留在皮肤上。她抹去那种残余的感觉，走到后门前拧了拧门把手，站在玻璃门前。夜晚仍旧展现着虚假的色彩，尽管阴影遮盖了已有的伤害，但这个世界仍旧存在。

"我的儿子，"她低声说，"如果他变成了一个逃犯，要什么时候才能重回学校，和朋友交流，在球场踢足球？"

身后的卡罗尔的脸庞映在玻璃门上："我可以帮他越过国境，去我哥哥家，他住在波特拉什。我可以跟艾迪谈谈，他在那边结了婚，肯定会帮忙。"

"卡罗尔，你不明白我的意思。他是个学生，还想上大学。"

艾莉什上楼时，床上的莫莉已经睡着了。她能听见卡罗尔在楼下打扫卫生的声音。她真希望能听见丈夫和儿子在厨房里走动，拉里用强有力的手臂扣下马克的手腕，但很快就被马克扳了回来。

她再次拨打马克的号码，可不知手机是关机了还是没电了，电话并没有接通。她将拉里的睡衣揉成一团，凑到鼻尖，他的气息正在逐渐消散。将脸埋在其中，她陷入了沉睡，看到了人群中的巴别塔。她在午夜醒来，又进入另一个梦境。在梦里，丈夫和儿子重合，她所寻找的身影属于他们二人，可她在其中却找不到他。

窗棂飘着细雨。她变得慵懒起来，仿佛将记忆都抛在了脑后。雨声填补着空洞的身体，直到记忆苏醒，自我满溢而出。穿过楼梯转角，她望向男孩们的卧室，发现马克的床仍旧空着。

艾莉什回到卧室，打开了床头灯。莫莉的身影被拉得长长的，本躺在婴儿床里，仿佛陷入了梦境深处。这个年纪的孩子都很害怕做梦，害怕突然从高处坠落，害怕模糊难辨的面孔，害怕在昏暗的房间独自醒来。艾莉什记得，他今晚只醒过一次。

她打开笔记本电脑，点开了国际新闻，喉咙深处发出了低沉的痛苦呻吟。一旁的莫莉挣扎着醒来："妈妈，你怎么了？"

艾莉什蜷缩着身子，扯着自己的头发。她看着女儿，如坠深渊，她想大喊着将所有人都叫起来。

"他们在半夜的时候袭击了示威队伍。"艾莉什开口，"逮捕了几千人，将他们都押进公车里带走了……"

她试着联系马克，但他的手机一直处于关机状态。黎明时分，军队带着闪光弹、催泪瓦斯和警棍向示威人群靠拢，抗议者在雨点和钠光灯中抵抗，直到警方射出真实的子弹。新闻称，有数千人从格林大学向四周逃窜，许多人被押上了公车。一名男子倒在街上，两个警察架着他的胳膊将他拖走。艾莉什看见男人脚上的鞋少了一只。

她光着脚站在楼梯上打电话，但始终打不通，屋里一片死寂。她站在餐桌旁又拨了一遍，放下手机，坐在了椅子上。涨潮了，事到如今她能看到，在她酣睡的时候，潮水席卷而来，带走了她的儿子。卡罗尔穿戴整齐地下楼，想要做些什么。艾莉什抱着双臂转过身来，心里只想让这女人离开自己的家。

"可你怎么能确定呢？"卡罗尔说，"你还不知道这消息是真是假。至少再等几个小时，说不定他就回来了。"

艾莉什前脚掌一扭，猛地转身，望着那张睡了不知几个小时的脸。空气中弥漫着不属于这个家的烘焙香气，茶巾下面盖着面包和布朗尼，地板散发着松木防腐剂的气味，台面擦得干干净净。你让

第三章

她借住一晚,她倒是把厨房当成自己家的了。

"听着,他肯定已经逃走躲起来了。他会想办法给手机充上电的。他不可能彻夜不归,我了解我的儿子。"

卡罗尔开始浏览手机上的新闻,拉过一把椅子坐了下来。

"网上说他们把国家室内体育馆用作了拘留中心,公车肯定会开到那里去。"

莫莉迷迷糊糊地走进厨房,手里还握着一支牙刷。她在桌旁坐下,将玉米片倒进碗里,但没有伸手去拿牛奶,而是将牙刷插进碗里,搅拌着干玉米片。卡罗尔说:"艾莉什,如果你想去找他,我可以留下来照顾孩子,我一整天都有空。"

艾莉什端详着莫莉,看看正在地毯上爬动的本,又看了看女儿,似乎在祈求她允许自己离开。"宝贝,你要喝牛奶吗?"艾莉什说着走到冰箱前,拿出一盒牛奶放在她跟前。"再等几个小时吧。"艾莉什说,"他肯定会回家的。"本已经爬进了客厅,正挥动小拳头砸向茶几,努力着想站上去。很快,他就能学会走路,接着跑起来,最终放开牵着母亲的手。

艾莉什坐进途安车,关上车门,插上钥匙,启动汽车,然后垂下了手。快到晚饭时间了,但她还是不敢迈出这一步。她要跟父亲聊聊,她又试着拨通了马克的电话,无果。她转而给西蒙打去电话,他没有接,她又打了一次。

等待电话接通的时候,她望着外面的街道。有那么一瞬间,她感到某种极端的寂静,甚至没有一只鸟儿来打破这周日的寂静。低低的天空静止无风，窗户都拉上了百叶窗。寂静的街道目睹着人们的生活，生死循环，人类世代延续，时间已过百年。

电话接通了，但她不知道该如何开口。

"那个女人又拿走了我的眼镜。"他说。

"爸爸，平常放眼镜的地方你都找过了吗？厨房的桌子和浴室边的椅子找过了吗？"

"总有一天我要抓她个正着，她想破坏我的生活。上周，她从柜子上偷走了你妈妈的水晶，我猜你肯定没发现。"

她观察着父亲的思绪，观察正在运转的神经处于何种天气之下，低气压会突然变为极端天气，但五分钟后又会重新放晴。

"爸爸，我上周将水晶拿去清理了，上面落满了灰尘，黑乎乎的。是你看着我将它用报纸包起来的。你需要家政工帮你打扫家里的卫生，因为你已经没法独自生活了。塔夫托太太只是在打扫时挪动了物品，我会提醒她下次注意的。先说正事，你看新闻了吗？"

"我不知道你在说什么，我从没说过我需要帮助，我也从没允许她进入这栋房子。"

她的思绪专注在开车上，心中只有眼前的路，听着高速公路上嘈杂的声音，看着满是灰泥的潮湿路面。她无法将挡风玻璃上的雨刷器调到合适的速度。雨刷器在她头顶摆动着，车载导航再次提示她从下一个出口驶出。

靠近收费站时，她看见停车带里的两辆车旁有一对男女在争吵。她开车驶过时，女人正指着男人，挥舞着某个橘色物体。她从出口驶入斯纳格伯勒路，准备右转开向国家室内体育馆。但这里无处停车,成排的汽车停在路边,还堵塞了公交车道,人群正挤在体育馆门口。

她走下途安车,系上围巾,抬头拉上了外套拉链。窃窃私语一直持续到午后,她走在雨中,在门前的人群里穿过,她不知道那话语在说什么。她感觉冬季持续到了春天,冰冷的雨水渗入了她的外衣。

她站在门前,看着那扇大门和挂着带刺铁丝的栅栏,一股寒意涌上心头。监控摄像头朝下盯着人群,全副武装的士兵戴着露出面容的盔帽守在门口,让被念到名字的民众逐一通过安检门,到窗口前询问情况。

艾莉什忘了带食物和水,一位身着冬装、身形修长的女人手脚麻利地递给她一些装在保鲜袋里的混合糖果。女人说:"我已经两天没有收到女儿的信息了,他们也不给我透露任何信息。今早,我接到了一个电话。一个男人告诉我,我的女儿在市立停尸房。可我和丈夫到了那里却没找到她,我感觉我已经要绝望了。"

一辆警方的囚车缓缓开到了门口,但人群没有让开,无数人举着手机摄像头贴在深色的车玻璃上。一个六十多岁的女人挥拳敲打着车窗,手提包从她的臂弯滑了下来。一个一身皱巴巴西装的男人声音嘶哑地朝士兵们大喊:"摘下你们的面具,你们在躲什么?"

大门打开,可以看到通往体育中心的宁静景象,面包车开了进去。艾莉什转身望着四周的面孔,众人因凝视突然而至的深渊而感到一阵眩晕。大家都是一样的,都穿着衣服,却又都赤身裸体,他们污秽而又纯洁,骄傲而又羞耻,背叛而又忠诚,都因为所爱之人聚集在这里。痛苦迟早会克服恐惧。而当民众的恐惧消失后，政权也终会倒台。

一小时后，她终于被放了进去。她走到玻璃窗口前，看到一位身着军装的年轻女子正从屏幕后面抬起头来看她。

"请出示证件。"

艾莉什摸了摸口袋："抱歉，我好像没带，可能是落在车上了。我儿子昨晚去找他女朋友了，现在还没有回家。我已经在这里等了好几个小时了。"

望着那张白皙而平凡的脸庞，艾莉什露出一个笑容。年轻女人的眼神里似乎多了些什么，她身旁有一个座位空着。

"你确定你没带证件吗？好吧，没关系。你儿子叫什么？"

艾莉什张了张嘴，想说出名字，但一个声音制止了她。她低头看着自己的脚尖，思绪一片混乱，鞋头抵在黄色警戒线上。那是拉里的声音——"万一他不在里面怎么办？"他说，"他们只是想知道名字，一个录入系统后就无法再消除的名字。掌握那些名字，他们就获得了力量。"

"詹姆斯·邓恩，住址是拉内拉北溪大道27号。"艾莉什开口答道。此时，她很想坐回车里，争取更多的时间。女人在系统里输入相关信息，手指上戴着一枚细细的订婚戒指。艾莉什眼前浮现出女人挽着某个年轻小伙的模样，小伙周末会去踢足球，平时爱喝黑啤酒，这样的人很少见。她和其他刚出校园的年轻女孩有些不同，像是一个在酒吧擦拭吧台的女招待，又像是等待午餐时间到来的实习会计。

第三章

屋里的一扇门打开了,一个身着制服的男人走了进来。他拉过椅子坐下,将一袋三明治放在桌上。他低声说了什么,女人笑了起来,但视线依旧盯着屏幕。"关于你说的这个名字,"她说,"很抱歉,我没有查到相关信息。你能填一下这张表格吗?"

孩子们一直不愿去睡觉,直到艾莉什大喊着让他们回房去。她躺在黑暗之中,走在思绪的死胡同里。她感觉自己睡着了,而后又在黑暗的房间里醒来。窃窃私语的脸庞注视着她,对她进行批判。她坐起身来,看了看摇篮里的小儿子,接着下了楼。

她走进客厅,听见沙发那边传来呼吸声。她十分冷静地开了灯。马克穿着夹克,大张着手脚睡着了。他的一只胳膊松垮垮地搭在沙发扶手上,脖子上系着一条白色头巾,被雨淋湿的衣服还没干。艾莉什拿了条毯子,跪在沙发旁小心翼翼地给他盖上,生怕吵醒他。艾莉什将胳膊放回他的身侧,握住了他的手。望着他恬静的面容,呼吸时的柔和五官,她只觉他在一瞬间变回了孩童。

马克睡醒时,她眼神犀利地盯着他,看着他在面包上涂黄油,大口地喝着咖啡。他低头将表情藏在阴影里,不愿面对她的凝视。

"我不相信你,你身边的世界满是谎言。如果你也开始撒谎,那我应该怎么办?"

"我说过我去哪儿了,我直到现在才有机会回家。"

他从椅子上起身,拿过他的手机,重新坐下开始发消息。

"你的包呢?"她问。

他的视线从手机上移开了一瞬,耸了耸肩。

"他们说我们用金属棍袭击了他们。"他说,"他们朝一个男人的胸口开了枪,却说他是死于心脏病。"

"马克,你没被逮捕是你的幸运,你需要保持低调。你今天可以在家好好休息,但明天得回学校上课。"

她站在桌边看着他,直到他移开了视线。

"你多少天没洗头了,衣服又湿又臭。"她说,"你得去洗个澡,然后上楼睡觉。"他叹了口气,站直了身子望着她。他的下巴上长满了胡楂,有一瞬间,她仿佛不认识眼前这个人了。马克摊开双手,望向了别处。

他开口时语气平静,艾莉什能感觉到他的决心。

"全世界都在看着我们,妈妈,全世界都看到了发生的事情。军队朝和平游行队伍射击并逮捕了示威者。一切都已经变了,你还不明白吗?我们已经没有退路了。"

艾莉什转头在他身上搜寻着某种力量,来自古老而至高无上的血脉的力量。她抬眼望向屋外的庭院,湿漉漉的光笼罩着一切,雨水沉进了大地。

"你无法处理即将到来的事情。"她说,"他们已经带走了你的父亲,我不会让他们再带走我的儿子。"艾莉什转身面对马克,攥紧了双手,口中不自觉地说出了谎言。不管怎么样,他们都会带走她的儿子,他会在自己的面前被带走。

贝利拖着脚步走下楼梯,边张着嘴咳嗽边进了厨房。

"捂上你的嘴。"艾莉什劝阻。

"噢。"他看着哥哥问,"你什么时候回来的?"他打开冰箱,拿出了牛奶。"妈妈,小宝宝哭了。我感冒了,能待在家里不去上学吗?"

艾莉什站在窗前,透过百叶窗望着街道,想着起走在游行队伍中记录众人面容的警察。如今,国服局正在全国各地搜寻着这些占领街道的叛国分子,这些躲藏在平民中的恐怖分子,挨家挨户地抓捕他们。她看着缓缓驶过街道或停在附近的汽车,看着车里的人,只觉一场美梦已然破碎。他们从酣睡中被唤醒,迎来了夜幕的降临,听着梦中拳头砸门的声响,仿佛那敲门声已然在现实中响起。

示威者们设下路障,在街道上放火。城镇广场被点燃,商店被砸破窗户,喷上各式标语。有妇女穿着婚纱,分发着失踪丈夫的照片。有男人胳膊上套着警察袖标。他们并非警察,却挥舞着棒球棍和曲棍球棒,成群结队地逼近抗议者。艾莉什看到了科林封锁区内的新闻画面,防暴警察从黑暗中拥出,子弹在抗议者头顶砰砰作响。一名男学生被子弹击中倒在地上,这段视频在国际新闻中反复播放。弥漫的催泪瓦斯逐渐将学生的肢体淹没,只隐约露出部分肢体。肢体被扔进了后备厢,汽车沿着一条小路飞驰而去。

艾莉什难以置信地又看了一遍那个视频。街道布局十分熟悉,公车站里,一个穿着棕褐色凉鞋、手提购物袋的男人正望向镜头。有年头的拱廊和贴有化妆品广告的橱窗,她去年还曾去那里购物。

政府通知称学校即将停课,直至社会秩序恢复正常。艾莉什也被告知需要居家办公。莫莉穿着父亲的睡袍来回踱步,除了早餐麦片什么都不吃。贝利则抱怨着他的鞋子变小了。艾莉什眼前出现了马克被逮捕的模样,他似乎也和父亲一样充满了挥之不去的野蛮。

"求你了,"她说,"留在家里吧。"可他依旧随心所欲地进出家门,很晚才回家。艾莉什也拿他没办法。

城市中气氛复杂,士兵把守着提款机和银行,乘着运兵车往城里行进。艾莉什看见一个老人走在街上,朝一辆军用卡车的车轮吐口水。和纽约的同事沟通时,她保持着冷静的商务语气。和妹妹通电话时,她又变回了自己平时的语气,但仍然字斟句酌。她使用一些模糊的表达,用模棱两可的词句代替清晰的表达。

"你听我说。"安妮开口,"历史是对人民的无声记录,记录着那些不知何时会离开的人民。"

艾莉什保持着沉默,看着话语浮现在身周,等待着她咬上妹妹放出的诱饵。"你们总在电话里吵得不可开交,"她的父亲经常这样说,"安妮从不在意对方有没有在听自己说话。"

"你把父亲扔给我一个人照顾,话倒是说得挺轻巧。你说说,你的丈夫在哪里?他正在研究所教着微积分,再过一小时,他就会开车回家。穿着拖鞋跷着二郎腿,等着你给他做晚饭。没看到我的拉里回家前,我不会离开这个家半步。"

艾莉什开车来到超市,推过一辆投币租借手推车,将本放在了车里的婴儿座椅上。她屏住呼吸从两个站岗的士兵中间经过,抱着黑洞洞的自动化武器的士兵和她的大儿子一样年轻。他们下巴上胡子稀疏,神情冷漠。货架上空荡荡的,没有新鲜牛奶和面包。她买了酵母、全麦面粉、炼乳、一些罐头食品和婴儿配方奶粉。离开时,

第三章

她再次从士兵身边经过，用手护住儿子的头。

她沿着运河开车回家，在一个检查站前停了下来。路旁站着全副武装的警察，神情严肃。艾莉什仿佛被扼住了咽喉一般。她被要求打开后备厢检查，其中一名警察后腰处别着一把手枪，俯身看了看她的儿子。她看着警察们动作利落地在车旁检查完，驱车离开检查站。

艾莉什的目光锐利地盯着前方，想着马克生日的场景。她望着运河边的树木，杨柳在小径上投下阴影，天鹅在阳光下游动。这幅场景一直以来从未改变。她希望春天能停下脚步，希望白天变暗，希望树木再次陷入沉睡，希望花朵重新钻入大地，希望世界宛如冬天般透明。

她回到家，抱着本上了楼，准备让他躺下再睡个午觉。就在这时，她听见前门传来隐隐的咔嗒声，听见前院推拉门被推开，听见从砾石上快步走过的脚步声。艾莉什拉开百叶窗，朝外望去。

她看到马克钻进街对面的一辆老旧丰田车里，一个年轻人坐在驾驶位，另一个年轻人坐在副驾驶。艾莉什从没见过这两人，马克的朋友也没人有车。她抱着孩子冲下楼，可等她来到街上时，汽车已经发动了。她沿路追赶，挥手让他们停下来，可汽车减速拐进另一条路，开走了。艾莉什愣愣地站在原地，感觉双脚发冷。她低头一看，发现自己还穿着拖鞋，臂弯里的本扭动着身子想要挣脱她的怀抱。

第四章

周六晚上,他们在一家餐馆里选了个卡座吃饭。他们还有时间,可以慢慢吃,再趁着宵禁之前把西蒙送回家。艾莉什看着眼前的家人们,莫莉和贝利坐在一起,本坐在宝宝椅里,穿着花呢衣服的西蒙坐在卡座边缘。不远处的卡座里,一对男女正默默吃着东西,只有餐具碰撞间发出的声响。女人用一种冷漠而失望的神情望着自己的盘子。

西蒙拿起餐巾擤了擤鼻涕,贝利神情厌恶地看向莫莉。艾莉什拿出包里的手机,目光落在了空出的座位上。她在心里告诉自己这并不是真实的,拉里正以某种方式与他们同在,他不可能忘记马克的生日。有一瞬间,她能看见他双手放在膝盖上,他正坐在牢房的床边,以他自己的方式进入她的思维。他在祈祷生活一切顺利,希望她能坚强起来。

艾莉什挺直腰板,靠着皱巴巴的人造革卡座椅背。她盯着孩子们看了一会儿,对拉里说道:"莫莉需要我们的关心。她今天中午十二点才起床,一整天都没有吃东西。"艾莉什看着莫莉抠着指甲边缘，她原本健美的体型正在逐渐消瘦。外放的自我逐渐缩回了身体中，一团阴影正在啃噬她的内心。西蒙正在抱怨菜单，莫莉不知道该吃些什么。

一名女服务员走了过来，取下别在耳后的铅笔，耳朵上的大圆耳环仿佛晃悠的笑容。

"我们还在等我儿子。"艾莉什说，"我们想先点一些饮料。"她盯着待会儿马克可能会停车的地方，他会把自行车锁在栏杆上，然后一时站定在原地，希望自己身处别处。

女服务员又过来了，艾莉什想再给马克打个电话，而西蒙似乎要用眼神将服务员吞噬。点餐时，艾莉什试图保持微笑。一个秃顶男人从门口的玻璃外朝里看了看，走进门口。可看到几乎空无一人的餐馆，他又转头离开了。

食物端了上来，西蒙和贝利大口地吃起了意大利面。艾莉什感觉他们的模样就像是贪婪的动物，嘴唇和牙齿沾满了鲜血，一心想满足身体的需求，满足那些最原始的需求，食欲、性欲、暴力，也就是发泄和释放。马克一脸阴郁地走进餐厅时，他们碗里的餐后冰激凌已经快化了。

艾莉什沉默着站起身，让他坐进卡座里面。莫莉打破沉默，问起了马克。但他没有答话，只是伸手去拿蒜香面包。

"你的手都冻紫了。"艾莉什说着，把他的手握在掌心。女服务员给马克端来一盘意大利面。艾莉什一直注视着他，似乎能从他成熟的双手中，接收某种明确的信息，感受身体平静的表达，聆听思想内在光辉的低语。她试图融入他的血液，安抚那颗坚硬的心灵，温暖他面对世界逐渐冰冷的目光，试着让他接受父亲那祸福难料的将来。

另一个卡座里的夫妻起身朝门口走去。两人穿上了外套，男人探出身子望向天空，似乎很害怕。艾莉什看着桌前的众人，示意他们靠近些。她低声开口："我要宣布一个关系到你们所有人的事情。昨晚我和马克商量过了，我决定把他送到邻国的寄宿学校去。我不能让现在发生的事情影响到他的学业。他年纪还小，不应该被征召入伍。"

莫莉的脸皱了起来，西蒙将餐巾团成了球。"大家必须保密。"艾莉什接着说，"贝利，你不能向其他人透露半个字，知道吗？"她看着贝利端着空杯子转了一圈，而马克放下刀叉，摇了摇头。

"我改变主意了，我不想去了。我至少有权拒绝入伍，实在不行还可以通过法庭进行裁决。如果我出境了，我就再也回不来了。我肯定会被逮捕……"

莫莉用手捂住了脸，贝利握着餐刀开始凿桌子。艾莉什拿过他手里的刀，放在自己面前。

"马克，可是我们昨晚已经说好了。我还是你的母亲，在你十八岁之前，你都要听我的。等你成年后，你就可以做自己想做的事情。"

马克一脸苦涩，将手从桌子上抽回，摇了摇头。

"但现在看来，能随意处置我的不是你，而是这个国家。如果我不想入伍，我就不是非去不可。"

西蒙将拳头压在桌上，探身对马克说道："我希望你记住诗里的一句话。那句诗大致是这样说的——如果你想死，就必须付出代价。"

马克对着外祖父露出一个冷笑："你这话是什么意思？妈妈，他这是什么意思？"

西蒙靠了回去，但眼睛依旧盯着马克。

"儿子，他的意思是，如果你想继续待在国内，你要知道会面临什么后果。"

马克望向他的母亲，一下子仿佛又变回了十岁的模样，一脸带着稚气的忧郁："妈妈，他为什么要跟我说这种话？"艾莉什看了看父亲，又望向了街道。她感觉外界的一切都在飞速向前，汇聚着力量。

艾莉什看着眼前的家人们，感觉当下这个瞬间正在消失，但她会记住他们的模样，记住她的孩子围坐在桌前的场景，而混乱的车轮已然开始转动。今天的六口之家很快会变成五口之家，接着家中只剩四人。厨房的门打开了，女服务员倒退着走了出来，转身露出一个生日蛋糕。她穿过餐厅来到近前让大家唱生日歌时，蜡烛已经快要熄灭了，马克移开了目光。

艾莉什恍惚地坐进车里，开车上路，仿佛置身事外，看不清眼前的道路。副驾驶座里的儿子似乎十分不安，一直盯着手机。如今，她能看见现状与原本事物轨迹之间出现的缺口。

她不再是曾经的自己，马克成了另一个模样的儿子，而她也成了另一副面孔的母亲。他们真实的自我身处别处……在那里，马克骑着自行车出门踢足球了。过了一阵，他会打电话说要去朋友家吃晚饭。而她会坐在桌旁，打开笔记本电脑浏览一项临床试验。刚回家的拉里会喊着找不到拖鞋了。

她没有看到车流慢了下来，直到车流停下，她才猛地踩下油门。马克转过头来，但她没有看他，而是望着红灯，看着长长的林荫道上种着一排排伦敦梧桐树。每棵树都是那么的独立，可各自的阴影却被扔在了路上，沉默着，绚丽而纠缠。

绿灯亮起，她望向儿子，两人四目相对，又各自移开视线。他的视线变得柔和，闭上了嘴，低头看着手机。

卡罗尔·塞克斯顿的房子是一座半独立式的红砖大房子，吉姆的宝马车停在车道上，一旁是卡罗尔的紧凑型丰田车。有那么一瞬，艾莉什感觉他们两人都在家。

马克在卡罗尔的车旁俯下身去，摸了摸车身，那里有一处像是被金属爪子划出的痕迹。艾莉什按响了门铃。她思考自己和儿子看起来是什么样子——在周六下午站在别人的屋前，这只是对友人的一次随意拜访，没有什么不恰当的。尽管如此，她还是让马克面向门。

"小心驶得万年船。"她说。

"恐惧只会吸引来令你害怕的东西，你不知道吗？"马克说。

他们朝车的方向走回去的时候，大门打开了。卡罗尔穿着睡袍，整个人还笼罩在惺忪的睡意里，眼神中透出某种谨慎而困惑的神情，宛如动物本能。她朝街道来回瞥了一眼，招手示意他们进屋。

第四章

两人穿过一条昏暗的走廊,进入了一间芥末黄色调的厨房,里面散发着混合香料和肉桂的香气。卡罗尔用毛巾擦拭着桌子。她打开饼干罐的盖子,将里面的东西展示给马克看:"我今早给你做了个水煮水果蛋糕,现在还热着呢。"

马克犹豫了一下,转头看向妈妈问道:"蛋糕还能煮吗?"

艾莉什站在窗前,望着屋外泛黄的草地和植物,灌木丛中隐隐透出蓝色。望着庭院尽头那套需要粉刷的小公寓,她心想,这一切都不是真实的,这个厨房和庭院里的公寓都不是真实的。当她打开后门,门外不是庭院,而是宛如梦魇般的黑暗。接着,她会从梦中醒来,转身发现拉里正躺在她的身侧。

卡罗尔看着她,似乎在问什么问题。

"抱歉。"艾莉什转身说道,"我没听见你说的话。"

卡罗尔正用一把长长的刀切着蛋糕。

"她问你要不要吃点蛋糕。"马克说。

"我不知道。"她说,"那就来一小块吧。"他们边喝咖啡边吃蛋糕。

卡罗尔问起了新律师的情况,艾莉什攥紧了双手,指甲都陷入了肉里。

"她叫安妮·德夫林。"艾莉什说,"她应该挺好的。我这段时间都没听到她的消息,她说一有消息就打电话通知我。她承受着很大的压力,有人逼迫她放弃那些案件。她经常在半夜接到匿名电话。"

"他们会把她压垮的。"卡罗尔说,"他们会将她压迫得只剩皮包骨。如果他们没能如愿,就会逮捕她。抱歉,我说的话比较消极,但是事实如此。"

卡罗尔起身打开一个柜子,拿出了一把钥匙。

"这是你的。"她说着将钥匙递给了马克,"你要小心别被其他人看见,你可以从屋后的小巷过去,打开那扇红色的门,我没有上锁。"

"你不觉得我们已经被逼得像是罪犯一般了吗?"马克摩挲着钥匙,看向妈妈。

"我能现在过去看看吗?"

"现在不行。"卡罗尔说,"你要等到天黑后才能进出。我在屋里安上了百叶窗,这样邻居就不会发现你了。"

艾莉什悄悄看着放在微波炉上的吉姆·塞克斯顿的照片,照片里是一个穿着绿色橄榄球衣的魁梧男人。她转而朝屋外望去。

"马克会在今晚宵禁前骑自行车过来。他还需要准备什么吗?那里够暖和吗?我一直在想有没有遗漏什么。"

卡罗尔举起蛋糕刀,笑着问马克:"你要再来块蛋糕吗?天黑之后我会给他送晚饭,早上再给他送些早餐。如果你需要什么东西就告诉我。屋子里有微波炉和水壶,还有蓄热取暖器。我和哥哥聊过了,他大概两周后会过来。他会用毯子把你包起来,然后放进货车厢。他说政府不会检查他的货车,你可以顺利越过边境。"

艾莉什要了一把剪刀,从包里拿出两部廉价的预付费手机,打开电源,分别在手机里录入另一部手机的号码,然后将其中一部递给了马克。"从现在开始,"她说,"我们就要用这两部手机联系。

第四章

你不能再用你的旧手机了,今晚你就要把旧手机交给我。"

马克低头看着那部新手机,摇摇头,将它推开了。

"那萨曼莎怎么办?"他问,"我该怎么跟她解释,你难道想让我就这样消失吗?"

"我会跟她解释,你通过边境的时候可以给她打个电话。"

他咬着下唇,露出的门牙有一颗稍短一些。他盯着地面说道:"我不喜欢这个样子,这一切的进展都太快了。我想在离开之前和萨曼莎聊聊。"

"那你想怎么办?直接打电话给她闲聊一番吗?你是想让我们都被抓走吗?"艾莉什叹了口气,低头看着自己的手,看着指关节上的褶皱。

她看向坐在椅子上的卡罗尔,看向她那双穿着拖鞋的大脚,看向那张憔悴而毫无生气的脸庞。她探寻着这个女人内心的悲伤,并与自己的伤痛摆在一起加以比较。她又转身看着自己的儿子,思考着她还要失去多少东西。她不仅失去了一个丈夫,还要失去一个儿子。悲伤接踵而至,而更大的悲伤仍在等待着她。她感觉眼前的儿子仿佛漂浮在梦幻中,刻印在她的记忆里。他走向水煮蛋糕,给自己切了第三块。

艾莉什准备把外套挂在衣帽架上时,发现罗希特·辛格并不在办公桌前。上周一整周他都没来上班,可往常他是第一个来公司的。她拿着外套再次看向罗希特的办公桌,发现桌子已经被清理干净。除了一个订书机和隔板上的几枚图钉,他的个人物品全都不见了踪影。

她向周围的同事询问，玛丽·牛顿一脸慌乱地抬起头，没人回答她。艾莉什茫然地盯着电脑屏幕，拿起手机拨打了拉里的号码。电话那头的他说："对不起，我现在不方便接听你的电话。"

她又在通讯录里找出罗希特的号码拨了过去，只听见无法接通的提示音。

头发蓬乱的爱丽丝·迪利笨拙地收着一把高尔夫雨伞，穿过办公区，走进了她的办公室，关上了门。艾莉什跟在后面走了进去，并没有敲门。

"罗希特·辛格去哪儿了？"她问。爱丽丝·迪利抬头看了她一眼，没有回答。她在包里翻找着，拿出一把梳子放在桌上，盯着它看了一会儿。

"请你把门关上。"她说。艾莉什双臂交叉，向前迈了一步。

"你觉得关门有意义吗？"

爱丽丝·迪利叹了口气，起身关上了门。

"我已经让迈克尔·瑞安接手这个项目了。所以罗希特就被赶走了。我没有必要告诉你。"

"没有必要告诉我？"

"我有什么理由需要将这件事告知你呢？"

艾莉什沉默了，不自觉地望向窗外。

"艾莉什，虽然还没有宣布，但我已经被通知需要无限期休假了。今天是我最后一天来上班。你觉不觉得，我们会一个接一个地倒下？"

第四章

科尔姆·佩里看着艾莉什走回她的办公桌,同事们都在看着她。她翻找着香烟,气到双手颤抖不止。她的包掉在了地上,科尔姆·佩里捡起那只包,跟着她一起进了电梯。她走到街上,迫不及待地点燃了香烟。

"罗希特·辛格被逮捕了。"艾莉什开口。科尔姆·佩里皱了皱眉摇了摇头,递给她一个警告的眼神。

"我今天早上宿醉得厉害。"她说,"昨天下班后我们去喝了一杯。之后的事情你也能猜到,我一直喝到了宵禁时间,费了很大力气才回到家。"

他越过艾莉什的肩头,朝前方点了点头。艾莉什转过身时,发现一旁一楼的窗户正开着。

贝利抱怨着他的鞋子,艾莉什努力将注意力集中在电视上。今天下午,一支军队在城市里巡逻时遭到袭击,两名士兵死亡。科克的某个巡回法庭在夜间遭到汽油弹袭击。她想知道,除此之外还能有什么其他的新闻。而政府宣布将延长宵禁时间。

联络手机的铃声在厨房里响起,贝利和莫莉跟着她进了厨房。大家都想和马克说话。莫莉的神情亮了起来,从贝利手里抢过手机,跑进客厅,站在镜子前看着自己。艾莉什站在厨房门口看着她,示意莫莉将手机交给她,然后拿着手机上楼回了房间。

"你那边还很冷吗?"她问,"前几晚应该还好。卡罗尔说你需要的时候就把取暖器打开。"他沉默了一会儿,艾莉什不知如何去理解这种沉默。

"我昨晚睡不着。"他说,"我不想待在这里,我还有其他地方可以去。"

"你还能去哪儿?你听我说,我们已经走到这一步了,这些都只是暂时的,一切都会好起来的。"

"你没听明白我的意思。妈妈,你为什么不听我说的话?"

"我在听你说。你真该看看你妹妹现在的表情,他们都很想你。贝利总是提起你,他真的很爱你,你难道不知道吗?"

"你联系上萨曼莎了吗?"

"我说了不要说出名字。"

"我问你有没有联系她。"

"是的,我联系了。"

"她说什么了?"

"你觉得她能说什么?她很伤心。真是个可怜的姑娘,她不理解你的处境。"

艾莉什沉默了片刻,想起了一些她不该说出口的事情。当时,穿着肥大外套的萨曼莎站在门口,满脸失落。她知道这个女孩已经很久没睡觉了,而且还会继续失眠下去。而这个女孩正在经历的事情也是她曾经历的。她带走了这个女孩的男朋友,却要仿佛戴着假面具一般站在女孩面前,并没有开口邀请她进屋。

"妈妈,你还在吗?"

"我还在。我跟她说你要离开一段时间,一有时间就会给她打电话的。"

她不知不觉间走到了男孩卧室门口,不由得呼吸停滞。冷白的光透过百叶窗，以最快的速度猛冲而下，却又陷入一种仿佛静止的幻象之中。房间里还留有马克的生活痕迹，堆在一起的羽绒被和没关上的抽屉，还有扔在地上的脏衣服。艾莉什将衣服捡起来，抱着脏衣服坐在床上。她眼前浮现出马克在卡罗尔的厨房里的模样，手里正拿着一把刀。她想起自己当时做了什么，她将那把刀抽了出来，为了拯救她的儿子。

艾莉什木然地坐在厨房的餐桌前，面前放着笔记本电脑。夜色顺着敞开的窗户飘进屋内，城市正在对梦中的树木低语。她望着坐在宝宝椅里的小儿子，那双笑眼来自一个纯洁而欢喜的世界。他的金发上沾满了苹果泥和米饭。艾莉什下意识望向自己的手，看着皮肤上那些难以察觉的细小纹路。这双手已经上了年纪，并且会愈加衰老。它们的皮肤会松弛，会长出斑点。她揪着皮肉，让骨头周围的皮肤重新变得光滑起来。

莫莉在楼上叫喊着什么，楼梯拐角处传来雷鸣般的脚步声，贝利在客厅里大喊大叫。艾莉什走到窗前，看到门前停着一辆黄白相间的警车，两个身穿黑色制服的警察正朝大门走来。很长一段时间里，她总在梦中听见他们的敲门声，但如今她不想看到这个场面发生。她快步朝门口走去，为自己的获胜而欣喜。

她打开前院的推拉门，踏入潮湿的夜晚中，望着灯光映照出的那两张面孔。那是穿着相同的一男一女，警察制服外面套着防水的外套。女警察的举止干脆利落，不带任何情绪。

"晚上好，我是费里斯警官，这位是蒂蒙斯警官。我们想和马

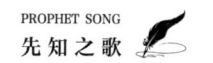

克·斯塔克谈谈。"

艾莉什露出一个积极配合的微笑，朝街对面看了一眼。

"马克·斯塔克的确是我儿子，但他不在这里。"

她注视着女警察的眼睛，寻找隐藏在眼底的东西。那张冷漠的脸没有流露出丝毫的情绪，帽檐下露出几缕鬈曲的头发。

"您能告诉我他什么时候回来吗？"

"他已经不住在这里了。"

蒂蒙斯抬手抹了抹嘴，从裤子后袋里取出一本黑色笔记本。他点了点头，从艾莉什身边经过，走进了客厅。

"斯塔克夫人，我们能进来待一会儿吗？"艾莉什顺手拿过暖气片上的一个婴儿磨牙环，进了厨房，两个警察跟在她身后也走了进去。

她将磨牙环放在桌上，又拿起来，放进了水池。她招呼两人坐下，开口问道："我正在给自己泡咖啡，你们两位要来一杯吗？或者我给你们泡杯茶？"

两个警察摘下帽子放在桌上，蒂蒙斯对着一旁的孩子微笑，打开了他的笔记本。

"斯塔克夫人，法院已经发出了传票，但您的儿子没有出庭为自己辩护，我们现在必须和他谈谈。"

艾莉什站在原地握着水壶，思索了一会儿该如何回答。她告诉自己，他们不可能看穿自己的心思。

"传票。"她转过身来，"那是传票吗？我看到了一只信封，但没有打开看过。茶里要不要加些牛奶？"

蒂蒙斯说:"一点就好。"

费里斯点点头说:"我喜欢多加些奶,香醇又丝滑。这里是您儿子的户籍住址吗?"

"是的,他从出生就一直住在这里,但现在已经搬出去了。"

"斯塔克夫人,您知道他现在在哪里吗?"

莫莉光着脚走进厨房,站在水池边,动作缓慢地接了一杯水,然后站在艾莉什身后,张开双臂搂着她的肩膀。贝利则是站在门外偷听着。艾莉什伸手去拿桌子对面的糖罐,蒂蒙斯将罐子推到了她跟前。她低头看着杯子,往咖啡里舀着糖,即便她从不在咖啡里加糖。

"马克两周前就离开家了。"艾莉什开口,"这边的麻烦接连不断,他要去北爱尔兰上学,并在那边定居。他才十七岁,一直想要学医。但在政府抓走了他爸爸之后,他改变了主意,想要学习法律。"

两个警察一直盯着她,她也毫不示弱地回望过去。她将两人的面孔从制服中剥离了出来。说话的是那身制服而非那张嘴,国家正通过制服传达着它的意志。当他们换上便服,你只会在街上和他们擦肩而过,绝不会回头思考是否见过这张面孔。

蒂蒙斯缓缓吸气,放下了笔记本:"斯塔克夫人,您的意思是您的儿子已经不在国内了吗?"

"是的。"她答道,"我就是这个意思。"她看见男人的手放松下来,脸上浮现出微笑。

"好吧。"他搓着手说,"那我们也没什么能做的了。"费里斯拿起勺子把玩着，又将它放了下来。

"我跟您说句心里话，许多人的儿子都出了国，您需要知道这意味着什么。像您儿子这样的年轻人会因拒绝加入军队受到军事法院起诉，并最终被法院宣判缺席。如果您儿子回到家中，或被发现他仍居住在国内，他会遭到逮捕。我们需要将他交给军事警察。但如果您能主动来警察局里做一个事实陈述，那会好很多。"

蒂蒙斯不停转动着手里的杯子，叹了口气，示意他们该离开了。他侧身将笔记本塞回了口袋，开口道："我能问问您的丈夫发生了什么吗？"

艾莉什答道："他被国服局逮捕了，他不能面见律师，也没有经过法院审判，但至今被拘留着。他是工会的成员，只是在完成自己的工作。他被带走之后我们就失去了他的消息。我原本下周要去加拿大度假的。孩子们现在都非常难过。"说出这些话时，艾莉什感觉自己游离在了时间之外，自己仿佛背负着某种长久的责任，而这一切都已经发生了无数次。

警察的脸上露出了无声的愤怒，伤感地撇着嘴，摇了摇头。

"你们家的情况并不是个例。"他说，"但如今的情况就是这样。我如果说两句真心话，那可能会变成对警察誓言的一种嘲讽。但关于您儿子的事情，我的同事说得没错。如果您亲自过来说明，确保情况属实，我们就可以通知有关部门，暂时停止对您儿子的调查，直到他重新入境。但很显然，谁知道以后会怎么样，或许等到那个时候，他就可以平安归来了。"

她像是漂浮在梦中一般，看着眼前的面孔。她不敢说话，生怕

第四章

咒语被打破。她从椅子上起身,张开双手,感觉自己有些失重,而远处的教堂敲响了准点的钟声。

本的外套被安全扣的锯齿卡住了,尖叫着,用一只可怜的小手捶打着空气。艾莉什奋力地想将他从婴儿座椅里抱出来。放在仪表盘上方的手机响了起来,她能从孩子的眼睛里看出,在他眼里,她不再是母亲,而是一个邪恶的女巫。莫莉坐在副驾驶梳着头发,艾莉什转头厉声对她说:"是谁打来的电话?"

她抬起头,在后视镜里看见了陌生的自己,一个素面朝天的女巫。

电话铃声停下来,莫莉斜倚在座位上开口:"是外祖父打来的。要给他回电话吗?"

艾莉什抱着孩子穿过街道,抬手捂住他的小脸,挡着冰冷的雨滴,走进了托儿所。她低着头匆匆走回来。狭窄的巷子里,途安车后等着两辆车,她挥手向后面的车表示抱歉,准备开车离开。电话铃声在此时再次响起。

"妈妈,你就不能接一下那个挨千刀的电话吗?"贝利说。

"你怎么说话呢。"艾莉什责备道,"我现在没有精力处理他的事情。"

莫莉将手伸到仪表盘上,接起了电话。

"喂,外祖父,是我,我是莫莉,你怎么了?"艾莉什一言不发地看着前面的道路,她的父亲也沉默着,似乎在听着车内所有人的声音。

"你妈妈在吗?还是你自己开车去上学?"

艾莉什古怪地看了莫莉一眼，两人都忍住没有笑出来。

"爸爸，我在，孩子们都在车里。我们开着免提呢，我们周六的约定你没问题吧？"费力的呼吸声告诉她，他已经忘记了。她可能要提醒他今天是什么日子。

她在红灯前停下车，闭上了眼睛。她可以这样休息一整天。

"你看报纸了吗？"他问，"我猜你还没看。"

"爸爸，我五点半就起来照顾本了，我刚把他送到托儿所。他的衣服又被婴儿座椅钩住了。我现在要把孩子们送去学校。我还没时间看报纸。"她听见了一声清脆的犬吠。

"没必要这么生气。"她说，"你是在跟我说话还是在跟狗说话？"

"你得在送孩子上学的路上停下来，看看《爱尔兰时报》的第七版。"

"发生什么事了，爸爸？"西蒙对着狗大喊起来，她听见电话里传来一阵杂音，厨房门被砰的一声关上了。西蒙再次凑近电话，有些上气不接下气。

"那只该死的狗咬破了地毯。"他说，"我过会儿再打给你。"

艾莉什放慢车速，驶入了一条拥堵的道路，抬头望向阴沉的天空。贝利又伸手扯莫莉的安全带，莫莉转头拍开了他的手。

"贝利，我说过了，别捉弄你姐姐。"

莫莉指着右前方说道："妈妈，前面有个加油站。"

艾莉什不想停车，也不想听从别人的命令，但她还是驶过马路，停在了加油站前。

第四章

空气中弥漫着汽油的气味,收银员正用手机看着足球比赛,结算报纸费用时甚至没有抬头看她。艾莉什走出商店,将体育副刊塞进垃圾桶,翻开了报纸的第七版。除了政府刊登的整版广告以外,没有什么可读的东西。版面顶端有一个竖琴标志,那是一则公告,上面用密密麻麻的小字,公布了几百名逃兵的姓名和住址。

艾莉什丢下报纸抬起头来,看见贝利正在途安车的玻璃窗上嘬着嘴。她屏住呼吸,浏览着名单,看见了儿子的姓名和住址,她想起了自己向警察做出的陈述,那本来就是真实的。她又看了一遍儿子的名字,在黑色的铅字上看见了即将来临的黑夜,看见了他们将如何诅咒她的儿子。这种事情非常有可能发生,毕竟它就刊登在报纸的第七版上,以公告的形式告知了所有人。

艾莉什站在办公桌前,不记得自己是如何下了车,又走进办公室的。她感觉心已经跳到了嗓子眼。她转身将外套挂好,想取下白色雪纺围巾,却不小心系得更紧了。这时,保罗·费尔斯纳的办公室门被关上了,莎拉·霍根走过来和她搭话。她可以等这个女人把话说完,但她并不想。

"我明白,但不行。"她说,"我午餐时有约了。"

她看着对方在细节中流露出的不悦,嘴角的轻微抽搐,一种只能依靠沉默表达的团结姿态。

包里的联系电话在此时响起,她没有理会。莎拉·霍根盯着她的包,艾莉什的手机正放在桌子上。

"只是孩子打来的电话。"艾莉什说。铃声再次响起时,艾莉什关掉了手机电源。

艾莉什穿着冬装外套,独自坐在一家露天咖啡馆里,漫无目的地吃午餐,口中呼出一股忧郁的香烟烟雾,她想起莫莉之前闻到了她身上的烟味,把她拦在门廊的玻璃门外,眼神透露着浓浓的怀疑,宛如一个小家长。当时,艾莉什一边笑着,一边转身捂住了嘴。现在,她正盯着放在腿上的手机,屏幕上显示着联系人界面。她想联系马克,手机却在这时响了。

她看见一个灰色的男人幻影在她一旁的桌边坐下,用瘦削的手指夹着一支点燃的香烟塞进嘴里,伸手翻开了报纸。艾莉什转身望向街道,看着世界在一种古怪的伪装中流转。那些苍白而冷漠的面孔正匆匆赶回工作岗位,他们大多是公务员。每天都有新的国际公司因为某些说辞而被迫关门。这座城市很快就会被清理殆尽。

隔壁桌的女人回到了座位上,灰色西装裙下是一双荧光粉色运动鞋。她想起贝利想要一双新鞋,想起昨晚曾从梦中惊醒。在梦里,她坐在桌前,桌上放着她的一只鞋,她一直在吃着鞋子里的食物。那是一只红色的乐福鞋,穿起来有些挤脚。她独自坐在鞋子面前,举着刀叉。

回到办公桌前时,同事们都进了会议室。保罗·费尔斯纳安排了一次下午两点的战略会议。艾莉什点开邮箱,并没有收到会议邀请。她看着聚集在会议室里的众人,看见保罗·费尔斯纳拿着报纸走了进去。艾莉什体内的某种东西被唤醒了,从腹部向四肢蔓延。

她穿过办公室,感觉指尖逐渐冰冷。她听见自己伸手敲门的空洞声响,清了清喉咙,靠在门边开口:"我没有收到会议通知,我需要参加吗?"

屋里窗帘半掩,保罗·费尔斯纳坐在办公椅上,胳膊搭在椅背上,正看着报纸,房间里的人越来越多。他转身看着艾莉什,那眼神似乎来自心灵深处的某处阴暗角落。而艾莉什在他的眼中看见了被压制得无助挣扎的自己。他身子前倾,挥了挥手示意她离开。

艾莉什无措地站在门口,她想说:"这是我的客户,我怎么能不参加会议呢?"但她说不出话。她发现自己摸上了围巾,将手放了下来。这条该死的白色围巾,她真后悔买了它。看着保罗·费尔斯纳脸上爬上的一抹笑容,她真希望自己没有戴着这条围巾。她让到了一边,让同事们进屋。她失魂落魄地走进茶水间,握着一只空杯子发呆。人力部门的一个女同事正抱怨着有人将盘子扔进了水池。她将杯子放进水池,走出了茶水间。

她在屋子里不停走动,听着儿子在城市另一头说着话,站在了他的卧室门口。落入屋内的街灯光芒是某个冬月的游魂,落在床上变成了半透明的白色床单。艾莉什在那床上躺下,被安抚和环抱。她能听到他语气中的信息,能在他长长的吸气声中听到了思考的心绪。供着暖的燃气锅炉啪嗒作响,猛地一下沉默了下来。

马克低声说了些什么。他说:"我已经不知道自己是谁了。我被困在了这个房间里。这里不是房间,而是囚笼。妈妈,这是在坐牢,我怎么能睡得着。我已经做了两次相同的梦。我梦见自己被带到了街上,似乎是在接受审判。我是个罪人,被指控是个谎话连篇的懦夫。

"昨晚，我在半夜醒来，拉开窗帘，发现她家中还亮着灯。你猜猜是谁穿着婚纱站在厨房门口，俯视着这处小公寓，就好像知道我还醒着一般？妈妈，她真的吓到我了。有一天，她端着我的晚饭过来，却一言不发，就定定地站在窗边望着屋外，仿佛我不存在一般。接着，她转头跟我说，世间万物都是幻影。我问她是什么意思，她看着我笑着说，你迟早会亲眼看到的。"

艾莉什捏着鼻梁，她的脑袋疼得厉害。她睁开眼睛，坐起身来，伸出脚踩在地板上。

"她怎么能这么跟你说话？"

"妈妈，我做不到。"

"你做不到是什么意思？"

"妈妈，我很想他，我很想爸爸。我努力按照你说的去做，但我不能再这样袖手旁观了。我的一些熟人已经加入了叛军，参加战斗了。"

"马克。"艾莉什喊了他一声，但又沉默下来。她想说些什么，又不知如何开口，"你听我说，你还是我儿子，只有十几岁的儿子。"

"什么意思？"马克问，"我不明白。"

"意思是，我不能让你出事。"她听见了一声长长的叹息，接着便是宛如静止的沉默。这沉默仿佛一场能够感知到的黑暗之雨，雨在黑暗中落下，洗刷着他们所有人，正钻进她儿子的嘴中。

艾莉什从办公桌前站起来，拿起外套，把白围巾系在脖子上，告诉一个同事她要提前吃午饭。她敲响西蒙的家门时，屋内传出一声吠叫,然后一个高亢的声音喊道:"是谁?"

西蒙穿着海军蓝睡衣开了门,门厅里还亮着灯,时间刚过中午一点。西蒙嘲弄地瞥了她一眼,转头进了厨房。

"你来干什么?我自己过得很好。"

"爸爸,我只是来看看你。我多争取了一个小时的午饭时间。"

艾莉什关上门厅的灯,闻到了某种气味。各种陈旧物品混杂的气味中,混着一种新的气味,那应该是陈腐的烟草味。她不确定是不是自己身上散发出的。她眯着眼打量父亲,斯宾塞正绕着他的脚边呜咽着。

"爸爸,你上次喂狗是什么时候?"斯宾塞转过身来,咧着嘴看着她。她从那黑曜石一般的眼眸里看到了一种不属于狗的无情,而更像是狼的神色。

"你午饭吃了什么?"艾莉什问着,往水壶里灌着水。西蒙不停地翻着桌上的一堆文件。"午饭?"他说,"我还不想吃午饭。"艾莉什忍不住啜泣起来。

她拉过一把椅子,擦了擦眼泪,微笑望着父亲:"抱歉,只是我在公司被边缘化了,我有些不知所措。这一切都发生得太突然了,报纸上出现那样的公告,马克的处境变得很艰难。你总能给我最好的建议。"

艾莉什抬起头来,在他眼睛里看到了漫不经心,他的眼神四处飘着。

西蒙慢慢起身,似乎陷入了沉思。他走到水池边,打开了水龙头,并没有清洗什么东西,接着又关上了水龙头。他转身看着她,仿佛刚看见她一般。

"爸爸,我刚才说的话你听见了吗?"

"你想怎么样?"他问。

"我问了你一个问题,关于我的工作和马克。"艾莉什看着他嘴唇颤抖起来,似乎受了什么打击。

西蒙摇摇头,挥手避过了这个问题,转头指向岛台:"那个东西,叫什么来着?启动不了了。"

"爸爸,你是说微波炉吗?"艾莉什起身将自己的杯子放进微波炉,按下了启动按钮。微波炉嗡嗡作响,正常运转。

"它一切正常。"她说,"我不明白你的意思。"

踏上楼梯时,她突然感到一阵悲伤。在她眼前,时间并非水平展开,而是垂直向下。她站在父亲卧室门前,又闻到了陈腐的烟草味。推开门,她看见床头柜上有一只老旧的黄铜烟灰缸,里面有半满的烟灰,一旁还放着一包香烟。她抓起烟灰缸数了数烟头,又伸手摸了摸地毯上一处烧焦的痕迹。

她走进厨房,高举起手里的烟灰缸,把它放在了桌上。

"这是什么?"她问,"爸爸,你什么时候开始抽烟的?你已经把地毯烧了一个洞,你是想把房子都烧掉吗?"

西蒙移开视线,抱着双臂开口:"我不知道你在说什么。"

"爸爸,我不能再看着你这副样子了,你总有各种问题,我得和医生好好聊聊。"

他立刻气愤起来,眼神和那只眼眸浓黑的狗如出一辙。

"我说过了,等我准备好了就戒烟。"

第四章

艾莉什气息一滞，盯着他的脸庞，感觉自己双手都在颤抖。

"爸爸，你根本就不抽烟，你上次抽烟斗已经是三十多年前的事情了。"艾莉什看着他嘴巴张开又合上，转头望向窗外，似乎在寻找着屋外的什么东西。

"爸爸，你能说出今天的日期吗？"艾莉什看着他身子一僵，然后悄悄转头看了看腕上的手表。

他抬起头来，得意地怒瞪着她说道："今天是 16 号。"

"没错，那现在是几月？"她接着问。西蒙避开她的视线，环顾房间，朝墙壁上望去，又看了看那只狗。

他一脸怒气地瞪着她说："我没必要什么事情都告诉你。"他又转身看着窗外。

艾莉什望向庭院，回忆起她曾被锯齿状的金属划伤了膝盖，父亲将她抱到了车上。

"马克。"西蒙开口，"你刚才毫无意义的话语让我分心了，我们说回马克和你的工作。你需要考虑清楚如今的情况。国内各处都在出现武装反抗，许多士兵从国防军中叛逃，加入了独立军，或者随便你怎么称呼这个组织。叛逃者会被当场击毙，而叛军人数会不断增加。这就是马克想要加入的组织，也是他认为必须去做的事情。至于你的工作，三个月后就不会再有什么自由经济了。所以说实话，我并不担心。现在，你需要在边境加强警戒之前采取行动，把孩子们带出去。艾莉什，把他们带去英国，或者去加拿大找安妮。他们在报纸上登出了你的住址，你的儿子被公开羞辱，变成了追捕的目标。"

他低头看着自己的手，缓缓摇了摇头："你无法阻止吹起的风，这股风会吹遍全国。你不必担心我，我能照顾好自己，没人会找一个老头子的麻烦。"

艾莉什独自开着车，在车流中缓慢前进，接通了响起的电话。现在是八点五十五分，她将收音机的音量调小，听见了卡罗尔的声音。

"艾莉什，你能听到吗？"

"喂？卡罗尔，我能听见，我正在开车去上班。我刚买了个糕点，现在正吃着呢。"

"艾莉什，我不知道该怎么开口。马克昨晚没有回来。"

艾莉什嘴里塞满了糕点，她奋力地将它咽下去，感觉某种毒物爬进了她的喉咙。

"艾莉什，你听见了吗？真的很对不起，我也不知道该说什么好了。我昨晚睡着了，今天早晨才醒来。"

"我知道了，让我想想。我这就给他打电话，我想应该问题不大。"

艾莉什挂了电话，翻找出包里的联系电话，把包随手扔在座位上。她拨通了号码，一个声音告诉她拨打的号码无法接通。她想找个地方靠边把车停下，但运河边上没有能停车的地方。她缓缓朝前开着，在红灯前停了下来。海鸥正俯冲掠过河边的小路。艾莉什看到前面一辆车的后车窗上贴着一张纸，上面写着"最好的防御是有武装的公民"，下面还有一张贴纸，上面写着"结束司法独裁"。

第四章

她在十字路口掉头向北，朝着卡罗尔的家开去。她告诉自己事情可能没有这么复杂，马克很可能只是骑着自行车出门去了。他去了某处，错过了宵禁，又不敢冒着风险骑车回家。巡逻警车会把他拦下来，被发现踪影就会被当即逮捕。艾莉什抬头望着开阔的天空，寻求着某种释放。她能看到自己的愤怒在眼前飞舞，扑向了冰冷的失败。

当她将车停在卡罗尔的屋外时，前窗的窗帘猛地一抖。片刻之后，卡罗尔抱着双臂，僵硬地站在她面前。在厨房灯光的映照下，她仿佛一夜之间变得苍老了，脸颊凹陷，泪水从眼里涌出。艾莉什沉默着朝小公寓走去，发现大门没有锁。她看着整洁的室内，能想象出马克是整理好床铺，收拾好个人物品之后才离开房间的。可他的自行车仍然靠在墙边。

包里的手机一直沉默无声，直到入夜，直到夜晚悄然过去。艾莉什在黎明时醒来，几乎整晚辗转反侧。迎接她的仍是一片寂静，而寂静似乎已经成为某种嘶吼的抽象概念。她必须起床，装作若无其事地面对孩子们，招呼他们赶紧吃早饭，催促他们赶紧上车，告诉他们不用担心。她的意识飘进了车里，感觉自己似乎并没有在开车，而是某种自动装置在机械地驱动着车朝前开去，自己则全然坐在了时间之外。

她在工作时一直昏昏沉沉，心烦意乱。时间在身侧流逝而过，而她却独自坐在某间会客室中，等待着一扇上锁的房门被打开。时间很快就会来到晚上，又很快变成白天。手机被放在厨房的台面上，或被她握在手中，一遍又一遍地查看，仿佛屏幕随时都会因为他的来电而亮起。

她眼看着第二天夜晚降临了。她躺在床上，将手机放在枕边，在梦里听见了它虚幻的铃声，可醒来却发现握着的手机悄无声息。艾莉什抱着本走下楼梯，想给他找一双鞋子。

就在这时，卧室里响起了手机铃声。直到听见两声铃响她才相信自己没有听错，她喊着让楼梯上的贝利让开，一把推开他，跑上了楼。她关上房门，将孩子放进婴儿床里。

"马克。"她开口呼唤道，听见了缓缓的吸气声，接着是呼气声，她知道他害怕开口。艾莉什很想把他打倒在地，用尽全身力气挥出拳头。

"你怎么这么久才打电话过来，我们都急坏了。卡罗尔都快疯了，她为你做了这么多，你怎么能这样不辞而别？！"

电话那头沉默良久，接着叹了口气，清了清嗓子说道："我们不是说好不要提及名字吗？"

"现在哪里还顾得上这个。"

"妈妈，你是希望我挂掉电话吗？是吗？"

世界仿佛坍塌了，房间乃至整个房子都消失不见。她坠入了某处黑暗的空间之中，只能感觉到自己的呼吸，以及呼吸之下的思绪。她诅咒着那个责备了儿子的自己。

"马克，我太担心你了，我很怕你出事。"

"妈妈，对不起，但我做不到。"

一些原本稳固的东西正在动摇，那是她的心如碎裂的砾石般滚落。

"你做不到什么?"她问。

"你让我做的事,让我逃跑。但我再也受不了了。"

"那你现在是在干什么呢?"

"妈妈,这不一样。"

"有什么不一样?我们说好了,这就是最好的选择。如果你继续留在国内,被政府发现了会怎么样?他们会把你带上封闭的军事法庭,他们可以在法庭上为所欲为。他们会把你带走,就像带走你父亲那样。"

他似乎在咀嚼着什么,她听见了吸动饮料的声音,接着是大口吞咽声。

"妈妈,我现在在一个安全的地方。"

"我想知道你现在和谁在一起。"

"妈妈,我一切都好,我保证我会用这个手机和你保持联系的。对不起,这么久才给你打电话。"

艾莉什闭上眼睛,想起了梦里的情景。

她从一个房间走到另一个房间,不停呼唤着,却无人应答。她无法醒来,哪怕她知道自己正在做梦。她睁开眼睛,看见自己正伸手穿过某个盲目而又不断扩大的鸿沟。

"马克。"艾莉什开口,"你是我的儿子。求你了,回家吧,我们一起想办法。知道你走了以后我一直睡不着。我还是你的合法监护人。"

"妈妈,这是哪条法律规定的呢?现在这个国家哪儿还有什么法律呢？"他抬高了音量，艾莉什沉默了，"妈妈，你在试图否认，你不愿承认自己知道现状如何。"

"我是认真的。"艾莉什说，"你不能这样。

"你说的这些都不是重点。我们已经约定好了，但你却没有遵守约定。"

"你又来了。"马克反驳道，"你怎么就这么执迷不悟呢？你难道要等着他们找上家门，把我们一个个都赶出去吗？"

本站在摇篮的栏杆边，伸出一只小手。他的咿咿呀呀变成了呜呜的抱怨。艾莉什走过去把他抱在怀里，用拇指抚平他气呼呼的脸颊。

"我再也无法坐视不理，这一切都令我感到恶心，也令莫莉感到反感。我想夺回原本的生活，我想让爸爸回家，回到我们从前的生活方式。"

"马克，你听我说……"

"不，妈妈，现在你需要听我说。你需要听听我的想法。你要明白，我已经失去自由了。当我们向他们屈服时，就不再有思考、行动和生活的自由。我不想过那样的日子，唯一能获得自由的方式就是战斗。"

艾莉什从某个漆黑的山顶滚落了下来，她的话语散落开来，融进了大地。她重新爬起来，在黑暗中快步穿梭，搜寻着儿子的踪影，却只看见了他的意志从她眼前飘过，宛如一团虚幻的光。她睁开双眼，将本放回摇篮里，在房间里不停踱步，抓着自己的头发。

这一切都发生得太快了。她眼看着儿子投身进了这个世界，而这个世界已然变成了泥沼。马克沉默着,只能听见他的呼吸声。她不知道该和他说些什么。她最终开了口:"宝贝,注意安全。你听见了吗?别做傻事,别关机,我希望能跟你保持联系。"

"你能让莫莉接电话吗?"他问。

"她在楼下,我不想让她知道发生了什么。你让她怎么接受这一切。你爸爸被带走对她来说已经打击很大了。"

"听我说,妈妈,我得走了。告诉她,一定要告诉她,我也很想她。"

艾莉什想起了一些关于天气的回忆。阳光普照的天空,身形敏健的燕子,羽毛漆黑的雨燕。她从归来的鸟儿身上看到了逝去的时光,在拿起水果时看到了纯真的曾经。这就是她心中的想法。她从递出水果的那只手中接过那颗果实,咬了一口,没有仔细品尝其中滋味,最后随手扔掉了果核。

她独自走在凤凰公园里,想要摆脱自己的情绪,可它却始终萦绕在眼前。阔叶树低头向下张望,她抬头思考着在树下流逝而过的时间。树木能通过年轮的增加来计算时间,她却无法把握过去的每一天。日子一天天过去,但流逝的并非时间,而是此外的某种存在。而她也随之一同被带走了。

沿着开伯尔路朝坡下走去,她在一个后背宽阔,牵着孩子的男人身上看到了拉里的影子。当男人在汽车后备厢前转过身时,她看到了相似的红色胡子。看到他把孩子抱上车时,她以为自己被欺骗了,拉里似乎一直过着双面人生,是他自编自导了一场被捕的戏码来欺骗她。

她爬上玛格辛堡旁边的小山丘,希望这一切都是真的。她擦掉白色长凳上的雨水,坐下来眺望着利菲河。水面上已经不见划船的大学生桨手,只有空气在流淌着。她和拉里坐在其中一张长凳上,感受到了那个孩子的飞速成长,而他最终会成为马克。那个孩子会第一次扇动翅膀,仿佛会从他的体内长出羽翼。

| 第五章 |

噪声在梦中盛放，向上空蔓延，飘散着穿过两个世界。听着踩在砾石上的脚步声，卧室窗下传来一声轻笑，宛若从梦中飞出的一道影子。艾莉什突然来到了一个漆黑的房间，血液中突然翻涌上一股寒意，她知道有东西撞击在了楼下玻璃门上。听着那声音带着空洞的震颤之声在屋里扩散，艾莉什拖着沉重的身躯从床上爬起来，走到了窗边。

屋外的车道上有三个男人，旁边停着一辆未熄火的白色越野车。有人将什么东西砸在了门廊的玻璃门上。身后传来砰的一声，卧室的房门也被猛地推开了。莫莉扑进她怀里，大喊着有陌生男人想闯进家里。艾莉什用手捂住她的嘴，从窗边退了回来。

这一刻，一切仿佛慢了下来，在另一个时间流中开辟出了某种空间。她在没有光线的空间里艰难前行，在浑浊的黑暗中穿梭，时刻惧怕着环伺的群狼。她在远处呼唤着自己，却听不见自己的名字。又有某个巨大的物体砸在了玻璃门上，莫莉惊恐地抓紧了她，嘴里发出一声低低的呻吟。

艾莉什冷静地走到婴儿床边，将熟睡的孩子抱了起来，放进莫莉怀中，带着他们走出卧室。莫莉在楼梯前停下脚步，呼吸急促，惊恐地睁大眼睛。艾莉什摇晃着她的肩膀说："冷静点，没时间了，抱着弟弟去卫生间里，别出声。"贝利一边揉着眼睛，一边走到卧室门口，艾莉什也让他进了卫生间，叮嘱他们锁好门，没有她的命令不许出来。

　　艾莉什走到卧室窗边，将外面发生的事情收入眼底。听着屋外的笑声，她心想，如果他们真想闯进来，倒不如别锁门了。她在黑暗中摸索着手机，却忘了自己将手机放在了窗边。拨通电话，紧急电话接线员的声音显得从容而坚定。透过窗帘，她看见一个男人爬到了途安车顶，手臂和脖子上都有文身，另一个男人则靠在车旁。车上的男人举起球棍砸在挡风玻璃上，拉开裤子开始小便。男人拉上裤子拉链，跳下碎石地面，咧着嘴笑了起来。越野车开走时，街对面一间卧室里的灯亮了起来，接着再次熄灭。

　　艾莉什看着月光从屋中踱过，熹微的晨光笼罩了摇篮里的本；细碎的光点洒在沉睡的莫莉身上，她正像婴儿一般蜷成一团。黎明已经到来，可白日已然消逝。这驱散了黑暗的光明是多么的虚假，黑夜依旧如此的真实而不可动摇。她怎么能将孩子们揽在怀里，说些虚假的安慰之词。

　　这栋房子已不再是他们的庇护所。她从莫莉身旁悄悄起身，走到椅子旁，轻手轻脚地穿好衣服。转身看去，缎带般的柔光轻抚着莫莉的脸庞，睡梦中的她依旧眉头紧皱。顺着门口望向男孩们的房间,艾莉什看见贝利正睡在马克的床上,身上穿着马克的衣服,身子下压着羽绒被。

艾莉什下了楼,走到屋外,捡起车道上的一块石头,站在途安车破碎的挡风玻璃前。引擎盖、车身、墙壁、窗户和院门上,都用红色油漆喷涂着同样的词语。她将这一切都告诉了拉里,仿佛事情已经过去了许久,变成了记忆中的一个故事。他们坐在途安车里,她在拉里被释放的地方将他接上车,看着他衣服遮掩下瘦削的身躯,看他伸手捋着胡子。

她知道他血液里的什么东西被唤醒了,那是潜藏在每个父亲的血液里的东西。一种原始的暴力苏醒过来,却发现它已经被捂住了嘴。那个男人知道自己无法保护家人,心中的某种东西悄然破碎了。看来,还是不要告诉他为好。

街对面的一扇大门打开了,格里·布伦南拿着一个黑色垃圾袋走了出来。他将垃圾袋扔进带轮子的垃圾桶里,扫了一眼艾莉什的房子。发现自己已经被注意到了,他挥了挥手,将大门锁上,朝艾莉什走了过来。这个利落的老人穿着拖鞋,边走边系上睡袍的腰带。

"天啊,艾莉什,他们都做了些什么,你肯定吓得不轻。"他弯腰捡起一块石头,用大拇指摩挲了几下。

"人渣。"他说道,"贝蒂通知了警卫,但他们来的时候我们应该已经睡着了。这些混蛋闹得太过分了。"

艾莉什看着他一遍遍读着红色油漆喷出来的"卖国贼"几个大字。他眯着眼睛看着那个词,眼神疑惑地望向她。

"是我眼神不好了,还是字写错了?"

"我不知道。你觉得这个词应该怎么写?"

"等等,我得戴上眼镜才能思考。没错,应该是'贼',右边是'戎'而不是'戋'。"

"……格里,对我来说,他们已经表达得够清楚了,掷地有声,简单明了。我也通知了警察,但我一直等到半夜也没有人过来。"艾莉什看到他不可置信地扬了扬眉毛,接着又沉下了眉毛,仿佛某种想法模糊地落在了他们面前的水泥地上。

"国家已经陷入了混乱。"他说,"警察肯定整晚都忙着处理各种闹事者,就像是昨晚那群文盲。想必遭殃的不止你家。"

他伸手摸过车身,接着说:"这车得送去修理,但房子的墙壁可以自己清理干净。我的小屋里还有一些白色外漆,我这就去拿过来,你等我几分钟。"

艾莉什抱着胳膊望向街对面:"格里,就让他们看看,看看我们家都遭遇了什么。看看一个努力生活的普通家庭遭到了怎样的对待。这不就是一次很好的宣传吗?让大家知道,居住在这样一个国家会是怎样的处境。"

格里转身望向自己的房子,阳光透过房屋的缝隙散发出来。

"放心,我一定会把油漆找出来的。"穿过街道时,他的睡袍腰带松了,但他懒得再去系紧。

艾莉什面朝街道,看着一扇扇紧闭的房门,数着窗户上挂着国旗的房子,一共有六栋。她怒气冲冲地回到屋里,气愤地上楼翻找除漆剂,它之前就放在卫生间的壁柜里。她在楼梯下翻找着油漆刮刀,却再次感到了一股屈辱。那股屈辱仿佛就摆在面前的架子上,羞耻、痛苦和悲伤在她体内翻涌。艾莉什想象着这一切会如何传到所有人的耳朵里，社区里的人又会如何评判他们。他们目睹了昨晚发生的事，却不会提及半个字。

孩子们换好了衣服，该去上学了，可几人都不愿出门上车。贝利跟着艾莉什走进厨房，看着她从壁柜里拿出午餐盒，台面上摆着面包、奶酪和火腿。

"妈妈，我们就不能请一天假吗？我不想上学。"

艾莉什从餐具抽屉里拿出一把餐刀，屁股一顶将抽屉关上。

"我让你把地上的毛巾捡起来，你捡了吗？"

"妈妈，你听见我的话了吗？"

"你说你不想去上学。"

"没错，我不想去。"

"行，那你打算做什么呢？你不可能一整天都坐在家里，盯着电视看得眼球都快要掉出来。快去穿上外套。"

贝利不愿意上车，抱着胳膊站在门廊里。艾莉什将怀里的本抱进车里，走回门廊里看着贝利，然后拿起他的书包塞进他怀里，将他拉出了家门。

她再次走回屋里时，看到莫莉正蜷着身子坐在楼梯上，低垂着眼眸，环抱着膝盖。她看起来就像是个孩子，原本抱着某物入睡，醒来时却发现怀里空空如也。艾莉什拿起莫莉的外套和书包，开口道："你没有吃早饭，一会儿该饿晕了。要不要在车上吃点烤面包？"

莫莉望着艾莉什身后的街道，几不可闻地呢喃着："要是他们回来了怎么办?

"妈妈,他们可能还会回来的。要是他们下次再来,我们该怎么办?"

看着女儿的神色,艾莉什蹲下身来,握住她的手,用拇指轻轻摩挲着。

"宝贝,他们不会再回来了。他们再来还有什么意义呢?他们已经闹够了。他们在报纸上看到了马克的名字和住址,就想吓唬吓唬我们。其他家庭肯定也遭遇了同样的事情。我待会儿就打电话给警察,然后告诉你事情进展。我保证,一切都会没事的。"

当她说出这些话时,心里有一个声音在告诉她,不要对女儿说谎。可当她站起身时,她相信自己所说的都是真的。她有些不耐烦,抓着莫莉的胳膊,催促她赶紧出门。

"我们要迟到了。"她说。莫莉不愿意坐在前座,贝利便顺着座位中间的空隙从后排爬过来,坐进了副驾驶,抬眼望着破碎的挡风玻璃。

艾莉什将门廊上的门关上锁好,站在原地看了看眼前的房子。格里·布伦南已经来过了。他手脚麻利地将外墙刷得洁白如新,又用除漆剂擦拭了窗户。看着如今的房子,没人会想到他们已经遭到了批斗,被人用血红的油漆打上了国家公敌的烙印。

她坐进车里时,贝利正弯腰穿着袜子,抬头瞪了她一眼。

"你不许把车开到学校附近。"他说。

艾莉什启动途安车,开上了街道。她透过车玻璃仔细观察着过往的每一辆车,看着那些骑在自行车上,正瞪大眼睛盯着红绿灯的人们，看着那些对着她的车指指点点的小学生。

她开着车，手心里握紧了愤怒。汽车在车流中行进，仿佛被她那汹涌的血液所驱动向前。她开着车，满意地展示着所遭受的草率审判和荒诞罪名。让他们用眼神鞭打我们吧，艾莉什心想，就让他们看看我们是怎样的卖国贼，看看他们将世界变成了什么样。莫莉一直捂着脸，当她开口时，艾莉什没有听清她的话语。

"宝贝，你说什么？"艾莉什问。

贝利愤怒地瞪着母亲说："妈妈，她说她不想去上学，她说她想死。"

艾莉什担忧着家里人的安全，感觉浑身都不舒服。每晚躺在床上，她总也睡不着，一直竖着耳朵听着屋外的动静。一辆经过的车意味着许多可能性，可能是纵情狂欢的夜归人，也可能是早起出门的上班族。

她转过身去，发现莫莉躺在拉里常躺的那一侧。艾莉什不记得她是什么时候过来的。她搂着女儿，希望能好好睡上一觉，希望一觉睡醒就能身处全然不同的世界。警察没有打电话到家里来，她给警局打了三次电话，又打电话要求和蒂蒙斯警官通话，却被告知他已经调任离开了。她知道有其他家庭同样遭到了袭击，全国各地都发生了类似的事情。汽车的挡风玻璃被钢管和棍棒敲碎，商店的橱窗被砸破，房屋的大门也遭到破坏。

有传言称，其中一些破坏者是军队的士兵，还有一些是警察。

"是不是很巧？"安妮说，"这些全都发生在一夜之间，仿佛他们都有心灵感应一般。我们现在每晚都在新闻上关注着你那边的情况。我已经忍不住开始低声祈祷,虽然我其实并不信仰宗教。我也一直很思念马克。"

"安妮,求你了,别在电话里提起他。"

有一种急迫感在推动着她做出行动。体内仿佛有某种装置,能够感知到空气中的力量。她能感知到热气从温暖流向了冰冷,气流从高处流向了低处,能量从有序流向了无序,而没有足够能量的事物就此消散。

一辆汽车在屋外放慢车速,停了下来。艾莉什静静地躺着,屏住了呼吸。一扇车门打开又合上,她伸手摸向枕头底下,将拉里的锤子握在身侧,走到了窗边。一个邻居从出租车旁朝家门口走去,在口袋里掏着钥匙。

艾莉什扯下贝利床上潮湿的床单,不自觉地翻找起床边的抽屉,自己也不知道为什么要这样做。抽屉里有各式的笔、贴纸和姿势各异的塑料玩具士兵,一个士兵在扔手榴弹,其他的士兵则单膝跪地,正举枪瞄准。这些都是马克以前的东西。她伸手探向抽屉深处,摸到了一只打火机,又摸到了另外两只。艾莉什将它们掏出来,发现这是从自己包里拿出来的东西。她捡起地上的一件连帽衫,凑到鼻端嗅了嗅,并没有烟味。真不知道他在干什么,艾莉什心想,或许他是想让她戒烟。

艾莉什和贝利走在康奈尔路上,树木上方的空气嗡鸣着。她将贝利走路姿势的变化看在眼里。他迈步时姿态大胆而勇往直前,仿佛在不断尝试。艾莉什摸了摸口袋里的打火机，想开口和他说说话。两人一同抬头看向从头顶飞过的一架军用直升机。

"蠕虫在活动。"他说，"你怕虫子吗？"

艾莉什沉默着，小心翼翼地望着他，忍着不去皱眉。

"蠕虫吗？"她问。

"是的，蠕虫。"

"你在说什么？"

"我在说蠕虫。"

"什么蠕虫？"

"我不知道，这很难解释，我以为你明白的。"他说话时，脸上出现了一道皱纹，他的指尖滑过墙上的常春藤，接着说，"蠕虫在盘旋，它的力量在增强，可以为所欲为。"

他们停在了艾拉莫德咖啡厅外，看着破碎的玻璃窗。艾莉什数了数，玻璃被球棍或石头砸出了三处裂痕。窗户上交叉贴着胶带，门上贴着强制停业通知，执行日期是下周。咖啡馆里亮着灯，但一个客人都没有。正将咖啡豆倒进咖啡机的男人转过身来，脸上混杂着两种情绪，勉强挤出的微笑难以掩饰他的悲伤。

"天啊，伊萨姆。"艾莉什说道，"他们都做了什么，我还以为你暂停营业了。"

两人低声交谈了一会儿。贝利挑了一个座位坐下，艾莉什也坐在了一旁靠窗的位置。她压低声音，靠近贝利开口道："我希望你别再说什么蠕虫的话了，我不喜欢。"

"可蠕虫的确存在。"他说，"它可不在乎你喜不喜欢。"

"贝利,我跟你说实话,我们将面临一段艰难的时刻,我真的很需要你的帮助。"

贝利不停转着盐罐子,艾莉什一把拿过,放在了自己面前。

"你现在还在尿床。"她说。

"我的脚很疼,我想要一双新鞋。"贝利说。

"我明天就去给你买新鞋。我想知道怎么做才能让你不再尿床。"

"我没有尿床。"

"贝利,我希望你能认真对待这件事情。你想在马克的床上睡觉吗?如果你愿意,那没问题,你之前就一直想睡在窗边。你可以等马克回家之后再换回原来的位置。"

艾莉什端详着那张带着孩子气的坦率脸庞,看到了他尚在襁褓中的模样,仿佛也看到了他垂垂老矣时的面容。一抹光点在无尽的黑暗中闪烁,但下一刻,就变成了布满雀斑的鼻头和熟悉又陌生的眼眸。那双眼睛的主人似乎已经改变,他只能每天在失去父亲的房子里睁眼,在没有哥哥的房间中醒来。

"要是他不回来了呢?"贝利问道。

"你听我说,爸爸和哥哥会回来的。"

"要是他们不回来了呢?"

"别说这种傻话,等这一切都结束了,他们不回家还能去哪儿。"

"可是蠕虫可以为所欲为。"

"我说了,别再提什么蠕虫。你要相信我说的话,他们一定会回来的,这是我最为坚信不疑的事情。我们现在只能尽可能把眼前的事情做好,你明白吗?"

第五章

"我明白了。"贝利答道,"但蠕虫不在乎我们做什么。"

"那我们就反抗。"艾莉什说,"掐住它的喉咙,拧断它的脖子。"

伊萨姆穿着运动鞋朝他们走过来。艾莉什点了鸡蛋和咖啡,贝利则点了分量很足的早餐。伊萨姆低头看着他,微笑着问道:"你想要喝什么?牛奶、可乐、果汁还是水?"

"我想喝咖啡。"

对面的艾莉什皱了皱眉。

"咖啡吗?"

"对,我已经是大人了。"

"好的,我这就给这位小伙子来杯咖啡。"伊萨姆说道。

距离午餐时间还有十五分钟的时候,艾莉什突然收到人事部门的通知,让她去开会。电脑屏幕上突然弹出会议信息时,艾莉什正在打电话。她看向办公室的另一头,会议室里亮着灯,百叶窗也拉上了。保罗·费尔斯纳并不在办公室。艾莉什一言不发地挂了电话,拿起杯子朝茶水间走去。同事们都心不在焉地盯着电脑屏幕,担心着突然而来的新一轮约谈,思考着渗透进公司的政党势力是如何逐步加强控制的。

艾莉什看着咖啡机将咖啡液注入杯中。她把杯子扔进了水池里,打算让他们多等几分钟。艾莉什走回办公桌,从包里拿出联系电话,给马克发了条短信。她给他拨了个电话,但他的手机关机了。马克已经三天都没有回短信了。会议室的百叶窗被拉开,她桌上的电话响了起来。艾莉什麻木地拿起外套,一言不发地打电话通知律师,即便她知道这只是徒劳。她像是个提线木偶一般,动作僵硬地朝会议室走去。

保罗·费尔斯纳坐在椭圆会议桌旁,身边是人事部门的一个陌生黑发女人。艾莉什走进会议室,拉过一把椅子坐下,盯着那个女人勉强挤出的笑容。保罗·费尔斯纳开口说:"艾莉什,感谢你能出席这次会议。"

艾莉什不愿与他对视,视线下移看向他薄薄的嘴唇,歪歪扭扭的下排牙齿,放在桌上的短粗的双手,还有一旁那份代表着解雇的文件。

有一瞬间,艾莉什陷入了痛苦之中。她看向窗边,嵌在墙中的人造灯光和屋外射进来的阳光相互交织着。艾莉什低头看着自己的双手,有一种不真实的感觉。她悲伤、愤怒,还感到可笑,辛勤工作了九年,最终却换来了这样的结局。她上下打量着那个黑发女人,微笑着说道:"需要我教你该怎么开始吗?"她盯着保罗·费尔斯纳的眼睛,看到了隐藏在这张面孔背后的无尽深渊。

镜子映照着昏暗的房间,映出了她的脸庞,仿佛她正经历着黑夜,而非身处午后。屋里拉上了窗帘,本在摇篮里沉睡,贝利在庭院里大喊着。艾莉什看向镜中的自己,却认不出那张脸庞。她伸手摸向抽屉里的过往,拿出了母亲的黄金婚戒和梨形切割的订婚钻戒。

她将两枚戒指托在掌中掂量着,搜寻着遗忘在记忆深处的画面。安妮铁青的脸庞浮现在她眼前,又如同幽灵一般消散。母亲去世后,妹妹不愿收下母亲的其中一枚戒指,这让艾莉什十分难过。她闭上双眼,在流淌的记忆中寻找着过去,但她只能隐约感知到过往的流动,通过母亲嘲弄的目光,通过她曾说的那些痛苦的话语。

"你的父亲还是更适合结婚。"

艾莉什低头看着戒指,暗自计算着它们的价格,又伸手抚摸着床边的其他物品。铅制玻璃花瓶、外祖母传下来的祖传银质椭圆托盘,还有她自己的洗礼匙。每件物品都凝结了一段记忆,但它们本身并没有价值,也与自己毫无关系,只是所谓的传家宝和躺在抽屉深处的装饰品。

莫莉站在门边看着她。

"你别生气。"莫莉说道,"昨晚马克给我发了条短信。"艾莉什的视线从门边移开时,镜子映出了她眼中的光芒。

"我说了,你别生气。"

"天啊,莫莉,他说了什么?"

"他昨晚一点十分给我发了短信,他说他很好,让我不用担心。他说他这么做是为了爸爸。"艾莉什盯着房间的角落,仿佛能看见她的儿子正身处某个无声的空间之中。

她转过身来,看到莫莉坐在床上,正摩挲着铅制玻璃花瓶。

"你把工作的事告诉贝利了吗?"莫莉问道。

"我不知道应不应该告诉他。"

"你为什么不找安妮要钱呢?"

"莫莉,我说过了,一切都会好起来的。"

"我们复活节的时候还能吃羊羔肉吗?"

"当然,但我已经不知道庆祝复活节还有什么意义了。"

艾莉什无意识地看向房间远处的镜子,发现母亲也在回望向她,这也是属于母亲的镜子。毫无疑问,琼也看到了她的母亲,她的母亲也同样看见了自己的母亲。时间在这一刻突然陷入了混沌。而当艾莉什睁开双眼,镜子仍然呈现着真相,存在的只有此时此刻。艾莉什将母亲的订婚戒指戴到了自己手上,拉开了窗帘,展现出一个沉闷的午后。

律师安妮·德夫林步伐均匀地走在路上,带着一种职业特有的习惯。她双手轻握成拳,直视前方。艾莉什站在原地等她走过来,跟着她穿过奥康奈尔大桥。她身材修长,穿着深色西装,红色长发盘在脑后。

艾莉什跟在她身后走进一家服装店,从后门出来,进入了王子街。两人一前一后走进一个购物商场,又拐进了亨利街,律师站在街道一旁等着艾莉什走近。许多商店都已经停业,但这条街上依旧十分热闹。体育用品店还开着,意式冰激凌的香气吸引了许多人。

"我的助手失踪了。"安妮·德夫林开口道,"他上星期回家之后就再没人见过他了。国服局宛如一堵高墙,没有传出任何风声。他独自居住,所以我得安抚好他的父母。我的丈夫和孩子都吓坏了……"

一个身着运动服的女性瘾君子从她们中间穿过,对着电话叫喊着。艾莉什瞟了一眼安妮·德夫林憔悴的脸,那双忧心忡忡的眼睛望向街道尽头,盯着美杜莎。

"我觉得自己还是安全的,因为我在国际新闻频道露脸,还为国际媒体撰稿。但他们很快就会找上我的,新闻中心的同事都劝我休假,丈夫也让我去避避风头。"她说,"如果我被抓走了,除了知道消失的客户们都去了哪里,没有任何其他意义。"

她用力抓着艾莉什的胳膊说道:"艾莉什,很抱歉,我没能给你带来什么消息,但我会继续努力的。我已经做了大范围的调查,还通过秘密渠道收集了情报,但没人知道拉里在哪里。我真的不知道该和你说些什么了,我们只能寄希望于他还被关押在牢中。我们现在什么都做不了,只能继续祈祷。"

她用力抓着艾莉什,接着松开了手。艾莉什感觉自己正在坠入无尽深渊,仿佛整个地球都在不断下坠。她看着街上来来往往的人群,不知有多少人都被抓走,从此消失无踪。

"艾莉什,我仿佛能看见面前出现了一个黑洞,而我们已经进入了无法逃逸的范围。即便政权被推翻,这黑洞也会继续膨胀,在几十年内吞噬整个国家。"艾莉什朝着自己的车走去。听着女人的话语,看着不真实的街道,她感到一阵窒息,心中恐惧而孤寂。她得想想,自己将车停在了哪里。她走近途安车,感觉有些不对劲。车胎被划破了,前灯正亮着,后视镜掉在了地上。

贝利抓起遥控器关了电视,将它扔了出去。遥控器砸在沙发扶手上,掉落在地。就在刚才,艾莉什挤出一丝笑容,告诉贝利自己已经卖掉了汽车。如今,这笑容仍旧僵在脸上。

"那我们现在该怎么生活?"贝利问,"我们该怎么去上学?"

"你听我说,汽油价格飞涨,我们真的已经开不起车了。你可以和其他学生一样坐公车去上学。我们肯定可以渡过这次难关的。"

贝利眼神怨恨地瞪着她。艾莉什盯着那张陌生的脸庞,他放在身侧的手攥紧成拳,仿佛想冲上来揍她一顿。

"你让我们看起来像个傻子。"他说,"我该怎么和朋友们解释?"

莫莉从椅子上起身,走到弟弟面前。

"闭嘴。"她说道,"不过就是一辆车,这些又不是妈妈的错。你还没明白发生了什么吗?"

艾莉什茫然地寻找着什么,站在原地,似乎一时间陷入了虚无之中。她拿起一本杂志,接着又把它放下。

"你把我的钢笔拿去哪儿了?"她盯着莫莉问道,"我说了多少次,不要乱动那支笔。"

莫莉的脸痛苦地皱在了一起:"你为什么要用这种语气跟我说话?"

莫莉甩着胳膊冲出了厨房,贝利仍旧一脸凶狠地瞪着母亲。

"你看。"他说,"这个家就是一个笑话。还有,你他妈也是一个笑话。我真希望从来没有你这种妈妈。"

艾莉什逃进了厨房,感到一阵不适,但贝利仍嗅着血腥味跟了过来。艾莉什站在水池边,不敢去看那张陌生的脸庞,不敢去看那双刀子般盯着她后背的双眼。艾莉什望着窗外的雨,树木在雨点和即将来临的黑暗中弯腰臣服。她这才意识到,蠕虫已经吞噬了她的儿子,或者说是儿子吞下了那蠕虫。她要将他嘴里的虫子拽出来。

第五章

艾莉什转身看着他。

"你怎么能这么跟我说话?"她说着,抬起他的下巴,低头俯视着他,"你站在这里挥着胳膊大呼小叫,但你只有十二岁,现在还会尿床。很快你就要十三岁了,还什么都不懂。如果你还不明白发生了什么,你就该赶紧闭上你的嘴。"

有一瞬间,她将那条虫子攥在了掌心,看着它在自己面前蠕动。贝利的眼中闪过一丝恐惧,恶毒的面具滑落而下,艾莉什看见一个孩子站在她面前。她很想把他拥入怀中,但他的表情再次冷了下来,浮现出轻蔑的神情。

"又来了。"他说,"你又在说这些蠢话。"

在她反应过来之前,手掌就已经扇在了贝利的脸上。贝利不可置信地看着她,摸了摸脸颊,似乎是在确认那一巴掌是不是真的。他挤出一个难看的笑容,泪水从眼中流了出来。接着,他眯起了眼睛,仿佛在挑衅地说:"有本事你就再打一巴掌。"

艾莉什感觉自己在他心中的模样正在破碎消失。艾莉什凝视着他的眼睛,寻找着儿子的模样,却一无所获。艾莉什看着他盲目地撞进内心的某处黑暗,在其中抓住了什么。男孩与男人正在进行某种新奇而禁忌的会面。

贝利皱起了脸,像孩子一样哭了起来。他摇着头,抗拒着艾莉什的怀抱。但她还是将贝利揽在了怀中,不肯放手,感受着心中满载的爱意。贝利推开她出了厨房,推过马克的自行车,朝着屋外走去。

"你要去哪里?"艾莉什喊道。

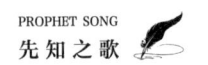

"我要出门。"

"不行，你看看时间，已经快宵禁了。"贝利仍旧推着自行车穿过了客厅，砰的一声关上门廊处的门。

贴着蓝色瓷砖的肉店外排起了长长的队伍。现在是下午五点十五分，艾莉什推着睡在婴儿车里的本排着队，看着天上形态各异的云朵。她看向东边发灰的云，感觉那是她内心感受的外化。透过玻璃窗能看见店内的肉贩帕迪·皮金和他的儿子文尼，两人默默地干着活，伸出白皙修长的手臂去拿托盘里的肉。艾莉什思索着应该打电话给谁去争取一份新工作，尽可能不去听队伍里的交谈声。一个男人用手指敲着叠起来的小报，和一个老妇人交谈着。男人眼球突出、神色不安，看起来很像是马克的足球教练。

"留给这些混账叛徒的时间已经不多了。"他说，"我们会把他们像老鼠一样消灭殆尽。现在正是关键性时刻。"

艾莉什盯着自己的脚尖，想起在英国广播公司的报道中了解到的消息。叛乱在全国范围内不断扩大，反叛军已经在南部站稳了脚跟。队伍缓缓向门口移动，艾莉什掏出钱包，数着里面的钱。一种疲惫感遍布全身，她只想在无梦的睡眠中醒来，伸手探入体内，抓住这种如坠黑夜般的感觉。每天夜里都有什么东西在徘徊，残留在血液中，存在于肩膀、后背和后腰。总有一天，她会从沉睡中醒来，身体却丝毫没有得到休息。

她终于走进店里了，原本排在她身后的女人已经离开了。一个老人颤抖着手摸着一盒鸡蛋，文尼正将玻璃柜台的一个空托盘抽

第五章

出来。

"艾莉什,你等一下。"帕迪·皮金回头望去,视线越过艾莉什,落在了她身后,塑料桶里装着咖喱鸡,冷冻柜的门敞开着。他将几枚零钱放在柜台上,对儿子耳语了几句。艾莉什看着两人走进冷库,店里只剩下了自己。她听见了电锯的声音,只想就地躺下,让那电锯锯开自己,她的骨髓会像沥青一般漆黑一片。

一位老妇人走进店里,帕迪·皮金再次走了出来,朝她打招呼。

"塔甘夫人,您今天怎么样?"

艾莉什眼神锐利地盯着肉贩,肉贩看着老妇人伸出戴着手套的手,指向了玻璃柜台。帕迪靠在柜台上说:"塔甘夫人,我现在只有这些货。各地的供应都很紧张,但下周可能会进一些新货。"

他旋转拧紧装着香肠的袋子,用胶带封口机封好,将袋子放在柜台上,接过了老妇人递出的钱币。艾莉什走到了玻璃柜台前,但帕迪·皮金转身走回了冷库里。门口的透明塑料门帘哗啦作响,悬挂刀架旁钉着一本褪了色的宗教挂历。日历上的那一页并不是今天,甚至不属于今年。

艾莉什试着回忆,日历上的那一天她都做了什么,却怎么也想不起来。她应该还是和往常一样,开车送孩子们去学校,再将他们接回家,只是平凡的一年里再普通不过的一天。

艾莉什将手指压在钥匙的锯齿边缘,大声喊道:"帕迪,别让我在这儿干等着,我没有那么多时间。"她听见冷库里传来拖动沉重箱子的声音。一个丰满的女人气喘吁吁地走进店里,擦着胖乎乎的双手站在一旁,看着帕迪·皮金挥着手臂从冷库里走出来。帕迪的

145

目光掠过艾莉什，微笑着和那个女人对视。

"玛格斯，我马上就要打烊了，你得挑快些。你想要点什么？"

看着那张挂着赘肉的脸，那双发红的手，还有那副无视她的模样，艾莉什觉得自己快要吐了。

"别闹了，帕迪，我在这里站了好久了，你都不招呼一声吗？"女人有些惊恐地转头看向她，接着对肉贩皱了皱眉，肉贩转身系着一袋香肠。

"你的香肠。"他说，"今天大家都来买香肠。"他拿出找零放在柜台上，目送着女人离开。接着，他靠在玻璃柜台上，叹了口气，将一个卖空了的托盘抽了出来。

街道上传来一个孩子在蓝色瓷砖上奔跑的脚步声，又逐渐消失在橘黄的夕阳下。肉店里的气味钻入了艾莉什的身体。那脂肪与血液的气味和她自身的脂肪和血液混合在了一起，让站在原地的艾莉什感受到了巨大的死亡气息。街道上，一辆运着石灰的卡车缓缓驶过。

艾莉什盯着那块羊羔肉，用长柄勺给它抹上油，送进了烤箱。她听见有人走进了客厅。视线越过莫莉，她看见萨曼莎正抱着双臂站在客厅里。

"妈妈，我邀请了萨曼莎过来吃晚饭。"莫莉说道。

"这样啊。"艾莉什应着，逼迫自己露出一个微笑，对上了莫莉挑衅的表情。艾莉什挂好烘焙手套，走到水池边，听见沙发上的女孩们正在讨论着各自了解的事情。看到这个女孩，她不禁担心起儿子的安危。这种恐惧早已深入骨髓。她闭上了双眼,当她再次睁开眼时,她看到了几近泛黄的夕阳,看到了树下那只胖乎乎的画眉鸟。她看着鸟儿享受着当下,过着自己的生活,在广阔的天空下自由翱翔。

艾莉什将烤土豆从烤箱里端出来,招呼众人吃饭。萨曼莎懒洋洋地靠在门边,依旧抱着双臂,但还是高兴地和大家互动。艾莉什打量着这个女孩,仍能感觉到自己的轻蔑,这让她觉得自己仿佛有些格格不入。她对上萨曼莎的视线,露出一个微笑,招呼她坐下。艾莉什知道,她们都被抛弃了,都陷入了同样的无知之中,都在寻找着马克的下落。

贝利透过烤箱门向里张望。

"妈妈。"他说,"你烤得太久了,肉会变干的。"艾莉什看着他的脸庞,在男孩说出的话语中寻找着马克的痕迹。

"烤箱已经停了。"她说,"你可以把肉端出来了。"贝利把肉放在台面上,站在一旁仔细端详着,对自己的举动十分满意。

莫莉问道:"妈妈,你不是说没能在肉铺里买到烤肉吗?"

"这是我走到基尔梅纳姆去买的。你不知道吗?现在食物供应很紧张。"

晚餐时,泛黄的阳光变成了金色,黄昏悄然来临。艾莉什忘了打开顶灯,看着众人逐渐陷入了阴影之中。莫莉仿佛变成了一个陌生的孩子,待在萨曼莎身边,她显得格外开朗。贝利喝了口牛奶,问起国家如今是否处于战争状态。艾莉什盯着他唇边的一圈奶渍,又望向他眼中的疑问。

"他们在国际新闻里称之为叛乱。"莫莉答道,"但如果你想给战争安一个恰当的名字,那就称它为娱乐表演。我们现在对世界上其他国家来说,就是一场大型电视娱乐节目。"

萨曼莎将刀叉放在盘子上,开口说:"我爸爸说这是恐怖主义。他曾对着电视大喊,这些人不过是恐怖分子,他们都会得到应有的报应。"

艾莉什移开了目光,莫莉默默地看着自己的盘子。

"你们不觉得这羊羔肉很棒吗?"艾莉什说道,"可惜马克不在。"她的刀在羊肉上移动着,却没有切下去。她起身打开了灯,在贝利的注视下再次坐下。

"所以马克去哪儿了?"贝利问,"是加入反叛军了吗?"艾莉什假装端详着盐罐,而萨曼莎的脸上闪过一抹隐约的痛苦。贝利抬起袖子擦了擦嘴。

"我不知道你是什么意思。"艾莉什说道,"我说过了,马克去北爱尔兰上学了。"

"那我为什么不能和他通电话?你觉得我是傻子吗?你为什么总说这种屁话?"贝利用刀扎起一块肉,塞进了嘴里,"听说前几天有三个叛逃者被当街处决了,一枪崩在了后脑勺上,砰、砰、砰。"贝利用手比着枪说道。艾莉什放下刀叉,往后靠了靠。

"我不想听到这种话。"她说,"贝利,你要是吃饱了就把餐具放进洗碗机里。萨曼莎,你想留下来吃些甜点吗?我们可以在客厅里看看电影。"

莫莉和萨曼莎走进了客厅,艾莉什跟在她们身后。莫莉上楼去了洗手间,萨曼莎看着摆着的一张张照片,犹豫地开口:"我不是故意要……你知道的。我只是不太喜欢我爸爸,我觉得他是个阴谋论者。"

艾莉什搜寻着隐藏在女孩面庞之下的情绪,看着她整齐的牙齿和贴心却拘谨的举止。

"那你妈妈怎么想呢?"艾莉什问。

"我不知道,她应该只是听从爸爸的意见。对了,你在这栋房子里住了多久?"

"让我想想,这栋房子是在马克出生之前买的。"

两人目光交汇,艾莉什突然明白了什么。她开口问道:"你是不是收到他的消息了?你的情绪都写在脸上了。"

一瞬间,她清晰地看到了女孩的悲伤,看到那情绪像是一团火焰一般不停颤抖。女孩抱着双臂,望向客厅门口。就在这时,莫莉走了进来。她看了看母亲,又看了看萨曼莎,双手叉腰问道:"这是怎么了?谁要吃甜点?"

艾莉什说着走进厨房:"家里有水果罐头和冰激凌,莫莉你可以去挑电影了。"

艾莉什在运河堤上等着电车,空气翻涌了起来。军用直升机在天空中盘旋着,天空显得拥挤而昏暗,整座城市仿佛被瘟疫包围了一般。艾莉什对这些已经快要麻木了。站在身旁的一位老爷爷抬起头来,伸手挡住刺眼的阳光。他说:"你永远不知道它们是在前进还是在归途。"

艾莉什的视线越过等车的人群,只看到一种平静的冷漠。有人目光呆滞地盯着手机,两个女人又聊起了天,一个小女孩在路边玩着跳房子游戏。本对着太阳皱起了眉头,艾莉什放下了婴儿车的车篷。抬起头来,老爷爷正露出一个微笑。她低头望向他那双破旧的黑鞋,发现有一边的鞋带松了。有轨电车向着路口驶来,发出了铃声。老爷爷依旧望着天空,声音柔和地说了什么。

"抱歉。"艾莉什说,"我没听清您说的话。"她指着老人的鞋子说道,"您的鞋带没系好。"

老人靠近她,指着天空说道:"五代表银,六代表金,七代表一个从未说出口的秘密。"她在老人古怪的笑容中转身朝有轨电车走去,在上车前回头看了一眼身后的运河。一只天鹅正在洁白的阳光波纹中滑翔着。

卡罗尔·塞克斯顿踏上老咖啡馆的楼梯时,艾莉什只装作没有看见她。她端详着那扇彩色玻璃窗,然后装出一副吃惊的样子。她伸出被阴郁缠绕的手,拉开椅子站起身来,嘴角勾起一个痛苦的笑容,那是画出来的小丑式微笑。

卡罗尔将包放在地上,小心翼翼地环顾四周。有人在小声交谈,也有人只顾着闲聊,服务员在桌边穿梭着。一位有着柔顺银白长发的老妇人捏着一块酥粒司康,正读着放在膝上的报纸。

"我一直很喜欢这里。"卡罗尔说,"虽然毕业工作之后我就很少来了,但这里一点都没变。你觉不觉得这里让你仿佛置身一个不存在的时代,那些彩色玻璃窗外面,仿佛空无一物。"

艾莉什正端详着装饰玻璃上的红色女子,并不知道她是谁,应该是一个虚构神秘少女，正在歌颂着自己的自由。艾莉什将服务员叫到跟前，问卡罗尔想点些什么。她心中觉得两人应该选在他处见面，例如圣斯蒂芬公园的凉爽树荫下。卡罗尔转着结婚戒指问道："他们把你安排到了哪个区？我们在 D 区，他们似乎是随意安排的。"

"我在 H 区，这区域划分类似于邮政区或县区划分。很显然，在之后的一段时间里，这种划分方式会变成一种主流。"

"我试过穿越城市高速公路来看你，但他们已经把建桥用的混凝土梁横在了 M7 车道上，还有装甲车和军队警戒着。看来他们真的很紧张，反叛军已经逐渐逼近城市了。士兵把我拦了下来，让我从岔道口回去，倒是显得很有礼貌。我认识一个人，能帮我弄到一封基层工作者的证明信，这样我就能去我想去的地方了。"

艾莉什试图想象卡罗尔二十岁时的年轻模样，她脖子修长，神色傲慢，在一群男学生中宛如一只高贵的天鹅。可现在却只能看见那只不安的手在抠着拇指的死皮，皱巴巴的衬衫上满是污渍，红肿的眼皮下，瞪大的眼睛似乎被某种思绪缠住了，让她彻夜难眠。这个女人带来了一些东西，某种涌动的恐惧从她的体内蔓延到了室内。

"我想办法搞到了一封信，证明我是我爸爸的主要照顾者，但这花了不少时间。他年纪大了，还会忘记自己的病。有时候他怀疑某些事情不对劲，却理不清自己的想法，于是便将怀疑的对象转向了外部。如果他的记忆不是虚假的，那么虚假的就是这个世界，他总能找到可以怪罪的对象。"

卡罗尔抬起头，看到服务员端着托盘走过来，将饮料放在桌上，笑了笑就快步走开了。

"你看起来就像是已经一个星期没合眼了。"艾莉什说，"你有好好睡觉吗？"

"睡觉……"卡罗尔念叨着，声音冷淡而缥缈。她隔着桌子看向艾莉什，眼神依旧涣散。

"我根本睡不着。"她说，"我每晚都梦见安静的沉眠，但这对现在的我来说是根本不可能的。我花了一段时间才明白，那就是我睡着时的状态。你应该明白的，我一直都在沉眠，即便是在我清醒的时候。我试图看清立在我面前的那个问题，那个如同无尽黑暗般的问题。这种沉默消耗着我生命的分分秒秒。我以为我会被它逼疯，但我却清醒了过来，看到了他们正在对我们做的事情。

"他们的表演很精彩，他们夺走了你身上的某些东西，用沉默取而代之。在你清醒的每一秒钟，都要和那种沉默对视，让你简直活不下去。你不再是你自己，而是成了沉默面前的傀儡，只知道等待着沉默结束，只知道跪在沉默脚边终日低声祈求，只知道等待着失去的东西被归还，让你能够重归原本的生活。但沉默不会结束。你看啊，他们就是要给你希望，让你觉得渴求的东西总有一天能够回来。所以你依旧妥协着，被束缚住了手脚，就像一把钝了的刀。沉默不会结束，因为这就是他们的力量源泉，也是它不为人知的意义所在。"

艾莉什抱着双臂靠回了椅子上，看着卡罗尔从包里拿出一个文件夹，放在了桌上。"现在一切都很清楚了，他们一直在撒谎。"卡罗尔接着说，"这种沉默是永恒的，我们的丈夫不会回来了，因为他们再也回不来了。大家都明白这一点，就连街上的狗都知道。所以我要自己动手……"

她打开了文件夹，里面放着一沓打印纸。纸上印着吉姆·塞克斯顿的彩色照片，写着"被国家绑架并杀害"，照片下方的小字详细说明了具体事实。艾莉什猛地起身，合上了卡罗尔打开的文件夹。

"你疯了吗？"艾莉什说着，下意识地朝四周看去。女服务员正靠在桌边，将杯子和茶碟放进托盘里，老太太则正将报纸叠起来。

"卡罗尔，你不能做这种事。否则，你会害我俩都被逮捕的，我还得为孩子们考虑……"卡罗尔将茶杯举到唇边，眼睛却依旧盯着她，一脸神秘，仿佛知道了什么与现实背道而驰的事情。

"艾莉什，我知道你心里有数，现在已经没必要再隐藏了。我们都知道，他们根本不在库拉夫，反叛军占领那里时就说过了。他们从一开始就不在那里，那么你觉得他们在哪儿呢？"

艾莉什不知该看向哪里，只能闭上双眼。她的心脏剧烈跳动着，眼前的黑暗并不是眼睛看见的，而是感知到的。某种巨大的阴影快要将她吞没了，她感到了恐惧，害怕被拖入那黑暗之中，不断地向下陷去。她睁眼望向上方，看向楼梯，然后转向了卡罗尔，心中升起了一股愤怒。就在这时，太阳突然散发出明亮的光芒，透过装饰玻璃照了进来，花儿般落在了卡罗尔身上。她的心灵仿佛被照亮了，脸上洋溢着对丈夫满是爱意的回忆。

"卡罗尔，我不想再听这些话了。我不想再听你说这些市井传言，这些话有弊无利。没人知道事情真相，事实早已缺席了。你只是不愿再相信自己的信念。但你必须继续相信，有怀疑就不会绝望，有怀疑就总有希望。"

艾莉什伸手将外套的袖子翻了出来，感觉拉里就站在门边等她。她又朝楼梯看了一眼，感觉有些恐慌。她抓起外套，打开钱包，掏出一张纸币放在桌上。

"这应该足够付我们的餐费了。"艾莉什说。一只指甲被咬得光秃秃的手从桌子对面伸过来，将纸币推开了。

卡罗尔问道："你的大儿子怎么样？他有让你感到骄傲吗？"

艾莉什拉外套拉链的手停下了，她在卡罗尔脸上看到了一抹隐约的微笑。

"你对我儿子说了什么？"她问，"你到底跟他说了什么？"

卡罗尔的眼睛里闪烁着潜藏的了然，那只修长的手伸到空气中，悠悠地朝艾莉什挥了挥，仿佛在打发她走一般。

"你儿子会让你骄傲的。"她开口道，"反叛军势不可当，他们会把杀人犯赶出去，结束这场恐怖统治。这个国家的鲜血将被清洗，并将保持永恒的纯净。记住我说的话，这将是一场美好的战争。"

第六章

艾莉什将垃圾袋放在带轮垃圾箱的盖子上，四处看了看，黑色的垃圾箱已经三周都没人清理过了。扔在墙角的一只黑色垃圾袋旁，一只海鸥正在翻找着食物。垃圾袋被某种动物撕开了，或许是夜间出没的狐狸干的。袋子里的垃圾都散落在了小路上。

艾莉什朝海鸥比了开枪的手势，拍了拍手。那只海鸥眼神冰冷地打量着她，张开嘴，露出了漆黑的喉咙。她要上楼给莫莉准备洗澡水，然后热一杯牛奶，一边听国际新闻，一边在壁柜里找可可粉。反叛军已经逼退了政府军队，战火很快就会蔓延到都柏林。

艾莉什站在门边，看莫莉靠着枕头，屈着腿看着手机。她的模样陌生得仿佛是另一家人的孩子，她几乎不再和家人交流，很少开口说话，仿佛远走异乡一般。艾莉什将一杯可可放在梳妆台上，拿起一只陈旧的泰迪熊玩偶。玩偶失明了，眼睛处缝着两枚扣子。艾莉什不记得什么时候在上面缝过扣子。

"趁热把可可喝了。"艾莉什开口道，"我去给你准备洗澡水。"

莫莉从手机屏幕前抬起头，眼神空洞地看着母亲。

"妈妈。"她说,"我们得走了。我们得趁现在还来得及,赶紧离开。"艾莉什低头脱下右脚的鞋。双腿承受着身体的重量,而每只脚的前脚掌都承受着全身的重量。跖骨吸收着强大的压力,柔软的脚趾一整天都在遭受挤压。她想让拉里帮她揉揉脚,然后去洗个澡。

"那你外祖父怎么办?"艾莉什问道,"谁来照顾他?他的病情一直在恶化。如果你爸爸突然被释放了怎么办?你都没有考虑过这些。"莫莉伸手拿过那杯可可,双手抱着杯子,闭上眼睛抿了一口。

"同学们都去了澳大利亚或加拿大,还有人去了英国……"

"可我们还能去哪儿呢?我们无处可去,搬家要花很多钱。"

"我们可以去找安妮,在那里等爸爸被释放,你也可以申请学术签证。"

"莫莉,政府不会给本签发护照的,也不会让马克更新护照,这些你都知道的。"

艾莉什茫然地走进浴室,堵上了浴缸的排水孔。她打开热水,伸手探了探水温,享受着这种带着刺痛的谴责。她抱着胳膊走回莫莉身边,伸手抚平着羽绒被。

"你听我说。"艾莉什开口,"我早就不是什么学者了。但不管怎么说,这种情况不会持续太久的,我们并非生活在世界的某处阴暗角落。你也知道的,国际社会会商量出一个解决方案,相关人士正在伦敦谈判呢。事情总要经历这些阶段的,一开始是严厉警告,接着是制裁。当制裁不再起作用时,大家就会坐在谈判桌前。他们很快就会说服双方停火的。"

莫莉看着母亲,似乎能自由地进入她的思绪之中,在其中四处漫步,在谎言中探寻真相。艾莉什只能移开视线。

"妈妈,马克会怎么样?"艾莉什正转身朝门口走去,一时间停下了脚步。

"马克吗?"她念叨着,"我不知道。我不知道该怎么回答,但我只知道他会没事的。我明天要带你外祖父去做扫描检查,你也知道他的性子,要花很长时间才能把他劝出门。"

"妈妈,我试着打过马克的电话,但他的号码打不通。"

某种东西从艾莉什嘴中滚落而出。她在房间里走动着,弯腰捡起地上的衣服,又走到浴室里盯着热水,看着热气蒸腾而起,又逐渐消散。有某种无法言喻的东西一点一点地浮现了出来,这种感觉总能给她带来一丝希望。她想走进卧室,握着莫莉的手告诉她,一切都会好起来的。她站在柳条脏衣筐前,将衣服塞了进去。她感觉自我从她的臂弯中滑落而下,她们向着某处坠落而去,而穷尽毕生所学都无法理解那究竟是何处。

艾莉什知道门内是怎样的场景,咨询师的动作总像小鸟一样麻利。父亲坐在一旁,正在抚平裤子上的折痕。她想用指关节抚摸他那满是苍白胡楂的脸颊,想握住他的手,但她最终没有动。父亲已经说了两次想要回家了。艾莉什看了眼国家电视台的新闻,标题上讲的是一些无关痛痒的事情。过去和如今的世界仿佛形成了两条诡异的平行线。在一个世界里,政府发布着关于新任命官员和预算削减的公告。而另一个世界里，弥漫着政府军队大肆屠杀的流言，平民遭到关押和处决。

玻璃窗口后的接待员正用外带杯子喝着茶。

"爸爸。"艾莉什说，"我想让你搬来和我们一起住，直到这些事情过去。我不想再让你一个人住了，这对孩子来说也好。"

西蒙开口拒绝："我很满意现在的生活，你妈妈去世之后我就一直自己住。我要是搬出去了，你和你妹妹就会当着我的面把房子卖了。我可是知道你们俩是什么人。"

"爸爸，你这是什么话。好多人都离开这个国家了，谁还会在这种时候买房子。你可以把狗带上，我们可以在后院建个狗屋……"

"我说了，我现在很好。我家里有食物，我要是需要什么东西，也可以和斯宾塞一起散步的时候顺路去多伊尔夫人的店里买。"

"爸爸，多伊尔夫人的店二十几年前就已经关了。"

她从椅子上站起来，低头看着父亲。

"我要去买杯咖啡。"她说，"我看到走廊那头有一台饮料机。你想喝茶吗？"

"我们什么时候回家？我说了我不喜欢坐公交。"西蒙怒瞪着她，她盯着他身后那幅画，画中的牡丹突然绽放开来。

"爸爸，我问你想不想喝茶。"

西蒙摇了摇头。艾莉什蹲下身子，看着婴儿车里熟睡的孩子。本抬着小手，手背压着红扑扑的脸颊，下嘴唇缩在小嘴里。

"我很快就回来。"艾莉什说，"要是他醒了你就牵着他的手。"

第六章

她走在长长的走廊上,身后的红色大门砰地关上了。饮料机并不在她以为的位置,她走到安检处询问,发现自己完全记错了,那机器在医院入口附近。

她站在机器前摸着硬币,手机就在这时响了起来。

"对。"她答道,"我是斯塔克夫人。"

电话那头的女人介绍自己是贝利学校的某某。她没有听清对方的名字,但想来是某位行政秘书。

"斯塔克夫人,你儿子在最近两周时常缺课。我们给了他一封信让你签字,但他交上来的信上的签名好像是伪造的。"

等在艾莉什身后的男人开始不耐烦起来,她回头做了个抱歉的口型,离开了机器。

"不好意思。"她说,"我不知道这件事。之前一直是我送他去上学的,但最近他开始坐公车去学校,等他今晚回家我会问清楚是怎么一回事。"

"斯塔克夫人,上周学校发生了一件事,与你的儿子有关。"

"一件事,是什么事?你叫我艾莉什就好。"

"事情发生在教室里,你儿子严重违反了学校的言论和骚扰政策。"

"我很抱歉。他做了什么?"

"你儿子发出了不合适的笑声。"

"不好意思,我不明白你的意思。"

"意思是贝利在课堂上嘲笑老师,扰乱课堂秩序,严重违反了学校规定。"

"是的,我明白你的意思,我只是有些疑惑。贝利很喜欢伊根老师,她不像是那种废话连篇的人。"

"斯塔克夫人,伊根老师已经不在学校任教了,她在三月份时就休了长假。现在由我来负责主要教学工作。"

艾莉什沉默了一阵,眼前浮现出伊根老师被押出教室的场景。她试图勾勒出电话那头的女人的形象,脑海中浮现出一个模糊的轮廓,她有一张窄窄的嘴和刻薄的脸。

"不好意思。"艾莉什开口道,"我不知道伊根老师的事情,贝利没有告诉我。"

"对了,你刚开始自我介绍的时候我没听清你的名字。我叫露丝·诺兰,斯塔克夫人……"

"叫我艾莉什就好。那贝利现在的老师是谁?"

"伊根老师的课现在由我负责。"

"噢,他嘲笑的那个老师就是你啊。"

"很不幸,就是我。"

"那他为什么会嘲笑你呢?"

"斯塔克夫人,我希望你能明白,他当时的笑声是不合时宜的。"

"我知道,但我还是想问一下。诺兰小姐,党内让你管理学校之前,你有过长期的任教经验吗?"

"我不明白这和贝利的事情有什么关系。"

"如果我儿子放声大笑,那他肯定是看到了什么值得让他发笑的事情,即便他的行为构成了违规。你放心,他回家后我会和他谈谈逃学的事。但如果你没有其他事情,我得挂电话了。"

第六章

艾莉什将硬币投进饮料机时，手一直在颤抖。她抱着胳膊，看着机器里的咖啡往下流。她又投了币，给父亲买了杯茶。虽然他嘴上说不要，但最后都会喝。她走在走廊上，很想抽根烟，儿子的脸却突然浮现在她眼前。她拐错了弯，记忆里门诊的指示牌在走廊的另一头。当她重新穿过红色大门时，看见本独自坐在婴儿车里，西蒙不在候诊室。

她敲了敲接待处的玻璃，询问父亲是不是被叫进了诊室，得到了否定的答案。或许他是去上厕所了，艾莉什告诉自己。她将热饮放在座位上，打开婴儿车的固定锁，拉着婴儿车倒退着推开大门，穿了过去。她站在男厕所门口，朝里面呼喊，却无人回应。她向医院门口的保安询问，保安抓起对讲机说了几句。另一个保安走了过来，让她描述一下父亲的模样。而她正在心里为西蒙找借口。他可能只是想随便走走，结果迷了路，或许他能自己找回原处的。

当她找到父亲时，他正坐在食堂的电视机前，面前放着一个三明治。他拿起一只不锈钢壶，倒了杯牛奶。艾莉什走到他对面的座位上坐下，将手放在桌上，盯着他的眼睛。而他则靠在椅背上，一脸困惑地看着她。

"所以，你是想吃午饭了？"艾莉什问。

"你妈妈在看医生，我要抓紧时间吃点东西。"西蒙说，"趁着我们在等她，你应该去给自己买个三明治。"他在微笑，而艾莉什一瞬间仿佛变回了孩子。她看着父亲吃着三明治，粉色的舌头将逃跑的虾仁卷了回去，嘴角还沾着一抹蛋黄酱。西蒙四处找着餐巾纸，艾莉什递给他一张。他擦了擦嘴，伸出手抚摸了一下她的脸颊。他说："别担心，一切都会好起来的。"艾莉什看着他的脸庞，努力想要回应他的微笑。她低头看向父亲的手，那布满皱纹的皮肤仿佛是海边层叠的沙子，而潮水已经退到了他的指关节。

晚上，艾莉什搬来梯子，在昏暗中看着上方的阁楼，抬脚爬了上去。她举着照出窄窄光柱的手电筒，搜寻着顶灯的开关，但并没有找到。她得和拉里聊聊，他是阁楼物品的首席搬运工。

"这里是你的地盘，你肯定想不到，你不在的时候我拿着一个手电筒就爬了上来。"

手电筒的灯光照亮了马克堆在阁楼上的圣诞树和装饰盒子。它们四周是装满旧衣服的垃圾袋，装在箱子里的孩子玩具，装满杂物的手提箱和她不想扔掉的各种杂物。马克将这里弄得一团糟。艾莉什拉出一个老旧手提箱，打开了卡扣，但她其实并不想去看箱子里是什么。她低头往里看去，看见了不愿看到的东西，将箱子重新合了起来。

她站在漫天的烟尘气味之中，一动不动。她感觉这阁楼并不属于这栋房子，而是一个独立的空间，是一个充满了阴影和混乱的前厅，仿佛这个地方就是由回忆构筑起的房子。她眼前的是年轻的他们遗留下的碎片。自我被折叠放进盒中，套进袋子里，最终被丢弃在这里，迷失在了那些消失和被遗忘的混乱之中。灰尘落在他们的岁月之上，他们的生活也逐渐化为了尘土。他们对自己知之甚少，自我已所剩无几。当闭上一只眼，他们就消失了。就在这里，她感

第六章

觉拉里就在她身边。

她转身望去,看到了自己的悲伤。她搓着手,身体摇晃,在心中一遍遍地告诉自己,卡罗尔说的不可能是真的,没人知道真相是什么。她告诉自己,自己感受到的并不是悲伤,肯定是其他的情绪,委屈是披着希望外衣的悲伤。她必须逃出阁楼,逃到日光之下。艾莉什打开手提箱,拿出她刚才看到的东西,一个拉里的皮手镯。她定定地站着,指尖感受着拿在手里的手镯。

莫莉站在梯子下喊着。艾莉什想起了她上来的目的。便携收音机被装在一个塑料袋里,她将它从阁楼入口处递了下去。她将收音机放在厨房桌上,用毛巾擦了擦。莫莉站在她身后看着。

"你把这个东西拿下来干什么?"她问。

"我想听听新闻。"

"不,我不是说收音机,我是说你手上的东西。"

"噢,这是你爸爸以前的东西。"艾莉什摸了摸手镯,将收音机的天线拉长,打开了开关。她没想到收音机还能正常使用,她转动频道时,房间里充满了令人平静的电磁噪声。一种奇怪的电流声减弱变为了沙沙声,那是属于她童年的声音。她来到了遥远的城市,在夜晚里用陌生的语调吟唱着。

莫莉伸手去摸收音机的镀铬边缘。

"我感觉我们要回到过去了。"她说,"很快我们就要骑自行车出行,手洗衣服,把吃晚饭说成喝茶。很快我们就会忘记我们原本的样子。我实在无法想象自己脱离互联网的模样。"莫莉眼里闪着光芒,她心里藏着一丝开心。

艾莉什将手腕上的皮手镯取下，递到了她跟前。

"他肯定希望你能收着它。"艾莉什说，"但不要告诉你弟弟。也不知道他去哪儿了，快到宵禁了，他很清楚自己会回不来的。"

"我不知道，你刚才去阁楼的时候他就出门了。我让他别出去，但他警告我不要告诉你。"

艾莉什站在窗前朝外看着，又给贝利打了个电话，但他仍旧没有接。七点时，她走到街上，盯着街道出了一会儿神，接着穿上外套，冲莫莉叮嘱："我去去就回。要是他到家了我还没回来，你就给我打电话。"

艾莉什走在路上，双手紧握着，时刻注意有没有车开过来。街道仿佛被按下某种开关一般安静了下来，她低声重复着被巡警拦下时要说的话。

"对不起，我的孩子还没有回家，我只是想在街区周围找找他。"贝利并不在他常去的地方，街边的墙角和学校附近的操场都没有看见他的踪影。艾莉什打算回家时，看到他正一脚将足球踢到街上，和一个陌生的男孩聊着天。接着，他和男孩挥手告别，运着球懒懒地抬眼与她对视。

艾莉什无法形容她此刻的恐惧，那种感受就像是墨水一般将血液染成了漆黑，让她的嘴角扭曲成了愤怒的样子，只能瞪着面前那张乖僻的脸。

贝利开口道："行了，我这就回家，别这么大惊小怪的。"

超市外的队伍一直排到了拐角的自助空瓶回收机器的位置。两名士兵每次放三四个人进去，队伍就往前挪一点，接着再次停下不动。艾莉什停好婴儿车，推过一辆购物车，想将本抱进购物车的婴儿座椅里。可他尖叫着蹬着双腿，仿佛一棵刚从土里被拔出来的小曼德拉草。本哭喊得太厉害了，艾莉什只能让他站在了购物车里。身旁一个同样推着购物车的女人冲着本微笑点头，说："他真可爱。"艾莉什回以一个微笑，但并未看向女人。

她看着高兴得直蹦的儿子，皱起了眉头。她应该列一份购物清单才对，大家都在抢购商品，她却不知道自己最应该买些什么。大家需要的东西都是相同的，面包、意大利面还有大米。所有的瓶装水也已经售空了。艾莉什在罐头食品区前停下了脚步，货架上的商品所剩无几。她和本说着话，他正坐在手推车里，把玩着里面的商品。

"我们要给你买奶粉，再给大家买炼乳，以防普通牛奶喝完了没法补充，你预料不到接下来会发生什么。但这或许也是无济于事，囤了某种食物，或许就会缺乏另一种食物。"

艾莉什在熟食柜台前看见一个衬衫领带打扮的男人，他盯着手里的书写夹板，侧身在过道里走过。

"不好意思，您是经理吗？"艾莉什说着，跟着男人来到了意见办公室门前。那扇大门和墙面一样被涂成了灰白色，要不是男人开门进去，艾莉什压根儿不会注意到这扇门。男人再次走了出来，将一张纸夹在书写夹板上。

"所以，"他说，"你是想来超市里应聘，你带简历了吗？"

"没有。"艾莉什答道，"我只是看见了外面公告栏里的招聘告示。我现在很需要兼职工作，但我之前没从事过食品零售工作。"

"好的。"男人说，"我先把你的详细信息记下来，如果合适会联系你的。但你得先等我把这支挨千刀的笔修好。你之前是做什么工作的？"

艾莉什一时沉默，男人的对讲机里传出一个有气无力的声音，在呼叫着收银员。接着，音乐又响了起来。不对，那根本不是音乐，而是一种令人愉悦的模糊噪声。艾莉什开口说道："我有将近二十年的全职工作经历，之前一直在生物技术公司做高管。我是一名分子生物学家，拥有细胞与分子生物学的博士学位。但现在这个环境之下，我的工作机会并不多。"

男人已经停下了记录，看着自己的眼神让艾莉什觉得自己像个傻瓜。她觉得自己说得过于华丽了。经理转头看向本，他正在手推车里上下摆动着腿。经理摸了把蓄到一半的小胡子，想露出一个微笑，但还是止住了。

"好吧。"他说，"我先把你的姓名和电话记下来。兼职工作只需要在夜班负责整理货架，已经有几个人应聘了。说实话，应聘的人很多，但我们会尽快给你答复的。"

艾莉什记不住男人的脸，她只能看见那些已然望向别处的脸庞，带着平淡而忧伤的神色。她能看到这张脸庞被告知结果时是何神情，而其他人又是怎样的神情。这张脸庞诉说着一切的创造，诉说着恒星的可怕能量，诉说着碎成尘埃的宇宙在疯狂的创造中一次次被重构。

艾莉什抱起儿子，将他塞进了手推车的婴儿椅里，对他的哭喊充耳不闻。她将购物车装满,加入了收银台前长长的队伍之中。她盯着手推车里的东西,足够吃两个月的罐头食品、婴儿奶粉、卫生纸和洗涤剂。她突然觉得如今正在发生的一切都是那么不可理喻,让她想大笑出声。

排在前面的微胖男人脖子上汗毛浓密,满是汗水,手推车里塞满了啤酒和卫生纸。艾莉什看着周围排队的人,对自己所看到的一切感到鄙夷。人类的命运都是相同的,他们都是动物,都屈服于肉体的需要。

她经过守卫士兵走出超市,本舔着一根奶酪棒。艾莉什不敢把他抱出来放进车里,因为她不记得自己把途安车停在哪儿了。她沿着停车场走了一圈,又转了回来,看到了手推车放置区里的婴儿车。"你这个蠢货。"艾莉什自言自语地说,"你在想什么呢?你现在打算怎么把这些东西带回家?"她站在原地盯着手推车里的东西看了一会儿,接着把婴儿车收起来放进了手推车,朝出口走去。

艾莉什走上马路,思索着自己忘记买了哪些东西。洗洁精、孩子们的零食、父亲喜欢的饼干。手推车的轮子撞到了人行道,其中一个轮子卡住了。她踢了踢轮子,看了眼手表,朝家的方向走去。天边阴影勾勒出了午后时光的尽头。

艾莉什在战火声中醒来,宛如一个来访人间的上帝。一种猛烈的愤怒撞击着她的心灵。她找不到电灯开关遥控器,只能用手摸索着,最后发现它掉在了床头柜后面。屋外空无一物,只有一只孤独的海鸥立在烟囱上，羽毛闪动着蓝色的微光，细雨薄纱般笼罩在它身上。

这时候，社区里的狗都因为这股噪声而狂吠起来。艾莉什找不到自己的睡袍，只能拿过挂在门后的拉里的睡袍。她的胳膊卡在了袖子里，总也伸不出来。她在屋子里踱着步，想看清眼前的景象，世界正逐渐分裂成愈发难以理解的模样。从厨房窗户透进室内的光线越来越亮，那可怕的东西清晰可见。两股黑烟在南郊上空升起，屋子附近有架武装直升机。她判断不出具体有多远，或许有三四公里的距离。

艾莉什打开收音机，等待着新闻播报。她走到屋外的晾衣绳前，看着映照在玫瑰色光线下的树木。她想知道树木们了解些什么，或许它们所说的是真的。树木感知着空气，透过土地诉说着恐惧，让其他树木知道危险已然来临。天上盘旋着一股噪声，仿佛一团吞没一切的火焰正啃噬着木头。

她将衣服放进洗衣筐里，低头看着自己的手。她不明白为什么自己仍旧如此平静。她能看见，另一扇门已经打开了。她仿佛在其中寻找着某种毕生追求的东西。某种隔代遗传的烙印在血液中苏醒，她在想，有多少人会在人生中的某一时刻，目睹战争一点点逼近他们的家园。他们观望着，等待着命运的到来，进行着无声的谈判。他们窃窃私语，苦苦哀求，心中的猜测都有了结果，只是无法看见幽魂的身影。

电力时有时无，灯光昏暗。一股恶心的感觉在她的胃里翻涌着。"蠕虫正在蠕动身躯。"贝利说道。艾莉什望着他的脸庞，发现他已经比同龄人高出了不少。这几周里,他的个子猛长,站起来已经比莫莉还高了。他的嘴唇周围也出现了一圈细细的胡子。

莫莉也在盯着艾莉什,等着她宣布些什么,但她不知道如何开口。

"我们要做好停电的准备。"她说,"你们快去吃早餐,准备去上学。"

"上学?"贝利反问,"我会吃早餐,但我不打算去上学。在这种情况下,学校不可能继续上课的,我不明白为什么还要准备上学。"

艾莉什将一盒早餐麦片放在桌上,将电视调到了国家电视台的新闻频道。政府颁布了一系列新法令,所有的学校和第三级教育机构即刻关闭,市民必须居家,除了购买食品及药品或照顾老人和病人,所有人不得外出。

艾莉什转过身时,贝利正站在她身后,双手叉着腰。

"你看。"他说,"我就说学校会停课的。"

"把你的笑容收起来。"艾莉什说,"你去房子周围转一圈,把所有的电池和蜡烛都收集起来。"她还有事情要办,她需要烟和酒。她得换上靴子,将几张健康档案表寄给父亲。

艾莉什给西蒙拨去电话,直到第四次才终于接通。他说:"那只狗发疯了,它还以为外面在过万圣节。"

"爸爸,你看新闻了吗?"艾莉什问道,"你一切都还好吗?"西蒙又朝着狗大喊了几声。

"抱歉。"他说,"我没听见你刚才说的话。"

"没事。"艾莉什说,"我在家里能看到外面的黑烟。"

"有人在敲门。"西蒙说,"等我一下……"艾莉什听见电话被放在小茶几上的声音,前门打开又关上,西蒙又对着狗吼道,那里没有人。

"外面全是挨千刀的惹事者。"西蒙在电话那头说道。

"爸爸,你要待在家里,不要再带斯宾塞出门散步了,你听到了吗?"电话那头陷入了沉默,她能听见犬吠声,仿佛得了允许,正替她父亲辩驳。

"我需要在花园里撒上一些表层土。"西蒙说,"我们这周晚些时候开车去买好吗?"

挂了电话,艾莉什定定盯着拇指内侧根部的软肉,她的指甲在上面掐出了深深浅浅月牙状的痕迹。她上楼换上牛仔裤和黑色毛衣,抱着本下了楼,将他放进了婴儿椅里。

"我喂本吃完饭就去街角的商店。"她说,"我要去自动取款机取些钱,我还需要买些杂货。"

面前的莫莉一脸吃惊,艾莉什问她怎么了。

"把本留在家里吧。"她说,"你不需要带着他一起去。"

"亲爱的,我说过了,现在外面很安全,而且我只是去一趟街角。"

贝利走到冰箱前,打开门看了看里面。"一定要多买些牛奶。"他说,"家里的牛奶又快喝完了。"

艾莉什走在路上,听着天空中传来的声音。陌生的事物与熟悉的景象混杂在一起。远处时不时传来枪炮声,之后便留下一种诡异的寂静。路上只有一两辆古怪的车和零星路人。婴儿车的刹车线坏了，轮子一直咔嗒作响，艾莉什思索着是否还能将它修好。走到自动取款机前放下伞，她才发现雨已经停了。取款机不仅坏了，还没有供电。机器屏幕似乎被砖头砸过，已然裂开。街对面的一个男人抬手挡着阳光，正朝天上望去。三架武装直升机正朝南边飞去，仿佛一个逐渐碎裂的箭头。

马具店关门了，果蔬店的百叶窗也拉了下来，一旁用蓝色油漆潦草地写着"武力决定历史"，还画上了一个拳头。艾莉什沿路寻找着其他的自动取款机，想起了妹妹说过的话。她在电话里的声音显得扬扬得意，她说历史是无声的记录，记录着那些不知何时会离开的人们。

但这个说法显然是虚假的。艾莉什将这件事告诉了拉里，看着他坐在厨房的桌子对面，盯着手机假装在听她说话。历史无声记录着那些无法离开之人，记录着那些没有选择之人。你无法离开，因为你无处可去，因为你的孩子拿不到护照，因为你的脚已经在这土地里扎了根，而离开就意味着要自断双腿。

道路尽头的自动取款机的屏幕上显示着机器故障的提示框。街角商店的窗户上用记号笔写着"牛奶和面包已售空"，一旁还画着一张哭脸。商店里的货架已经空了一半，艾莉什拿了些有磕碰痕迹的香蕉，一卷垃圾袋和电池，又挑了两块巧克力。她伸手指向自己想要的香烟，当店员把烟拿出来时，她皱眉看着眼前的烟。

"不好意思。"她问道，"你说这香烟多少钱？"收银员摊开双手，懒洋洋地朝门口看了一眼。

"我也没办法。"他说,"物价都在飞涨,你在其他地方也买不到更便宜的。"

愤怒笼罩了艾莉什眼前的一切,她将垃圾袋放在昨天的报纸上,在电池和巧克力之间纠结着。她将电池放在了一边,询问巧克力和垃圾袋一共多少钱,最终也没有买香烟。她将手里的零钱递出去,话语脱口而出,将她推向了门口。等特殊时期结束,你就会显得像个白痴,所有人都会知道你是怎样一副嘴脸。

本咿咿呀呀地挣扎着想要离开婴儿车,艾莉什拐进了圣劳伦斯街,看到一辆重型军用卡车拦住了道路。路上站着全副武装的政府士兵,其他士兵穿着黑色短袖和敞开的夹克衫,正在距离她家五十米左右的检查站旁堆放着一袋袋水泥。

站在角落的一个士兵弯腰拿起武器,而另一个士兵抬起戴着手套的手朝她走来,示意她停下。艾莉什的呼吸一滞,仿佛那只戴着手套的手掐住了她的喉咙。她想示意对方,自己并没有威胁,但她不敢将手抬起来。

"不好意思,"艾莉什开口,"我住在这条街上,我正准备回家。"士兵在空气中挥舞着手,仿佛在命令一辆汽车掉头开走。他说:"这条街已经封闭了,行人不许通行。"艾莉什看着士兵,一时间感受到了某种侵略而来的气息。那对眉毛威慑地挑起拧紧,向下则是绿色的双眸,全副武装的身躯彰显着绝对的武力,但艾莉什在他眼中看到了一丝动摇。

第六章

她正在和一个并不比贝利年纪大的男孩说话。

"是这样的。"她开口道,"我住在47号,我得带着孩子回家吃午饭。"她将婴儿车推到了士兵跟前,他的眼里满是慌乱,冲着对讲耳机说着什么,另一个士兵则示意她停下来。

一名戴着黑色贝雷帽的军官步伐利落地走了过来。

"不好意思。"艾莉什说,"我只是想回家,我家就在那里。"那位军官并没有看向她指的方向,而是让她出示身份证。"我得从钱包里拿出来。"她说,"我的钱包在我包里,我得先把背着的包取下来。"

两个普通人正在协助修建检查站,她认得其中的一个人。那人住在附近的公寓里,靠打零工为生。他以前是个瘾君子,嘴里的牙几乎都掉光了。艾莉什记不起他的名字,拉里去年曾付给他二十英镑,雇他帮忙打扫排水沟。

士兵让她把包放在地上,把包敞开来。她双手颤抖地拉开钱包拉链,拿出了身份证。军官的视线从她的脸上移到了孩子的脸上。

"这里是战区。"他说,"我的下属奉命击毙可疑人员,你们需要待在家里等待进一步通知。"

"好的,我明白。"艾莉什低头回答,快步离开。她看见一袋水泥从卡车上掉了下来,袋子在地上崩裂开来。微风抓起尘土,吹散到了士兵四周,仿佛托钵僧从某个国外的战场来到了他们身边,闭着眼展开双臂。

战火在四周现了形,枪声像是机器钻孔时的噪声一般。炮弹轰

173

击着大地，令房屋震颤，窗户和木地板都嘎吱作响。贝利坐在电视机前，将音量调大。艾莉什坐在收音机旁收听着反叛军的动向，南部地区已经被警察包围了。

"外面天气真好。"艾莉什说道。一年里能遇到几次这样的好天气？他们本应该在庭院里摆上冰激凌和柠檬水，本在充气泳池里玩耍，莫莉和贝利则在吊床上打闹。可如今，她透过破碎的柱廊看到多地升起了浓烈的黑烟。六月的闷热被困在了屋中，她一直紧闭窗户和法式玻璃门，只在夜晚才会打开。

她又试着拨通父亲的电话，可网络瘫痪了，他的座机也断了线。艾莉什数着两人已经有几天没有联系了，眼前浮现出父亲遛着狗不知往何处去的身影。艾莉什站在莫莉房门前，女孩不愿下床，不愿吃东西，也不愿看她母亲一眼。

"好了。"艾莉什说，"你得振作起来，战争很快就会结束的。"她轻轻抱住莫莉，然后松开手。艾莉什看着眼前的女孩，仿佛能看透她的心，她的心正在飘荡中逐渐消散。

电力断断续续的，突然的断电消融了恒定输送电力时的嗡嗡声，四周归于寂静。战争尖锐而持续地侵扰着她，势不可当地闯进她的思绪中。艾莉什告诉自己，那是鹅卵石在铁皮屋顶上滚动的声音，是钉子敲击房屋的声音，是老旧汽车的排气声，是附近房屋的警报声。她如此想着，直到那些声音逐一沉寂下来。

贝利上楼和莫莉一起坐在床上，两人共用一副耳机，用笔记本电脑看着电影，艾莉什在楼下读着小说。屋外突然传来一阵噪声，艾莉什拿着书上了楼。她走进洗手间按下马桶的冲水按钮，可她并

第六章

没有上厕所。她记不起自己将书放在了哪里。

午后,本在婴儿床里小睡,艾莉什坐在卧室的窗边,等着英国广播电台进行详细报道。新闻开始播报,艾莉什气得发抖,一把关掉了收音机。她心想,这根本称不上新闻。

真正的新闻是普通人看到家门外的士兵,他们懒洋洋地躺在沙袋上玩着手机,是架在沙袋上的突击步枪,是士兵咧起的嘴角,是散落在柏油路上的速食品包装袋和咖啡杯;真正的新闻是街道上的退休夫妻想好了该往何处去,是他们在车道上的争吵,是女人拍着手念叨哪些东西无法塞进车里,是丈夫对着妻子掩面无言,是女人怀里那个宛如孩子的黑色包裹,是包裹里的内容物;真正的新闻是车里的一切,是男人需要关上的后备厢,是最近一次封闭的车道,是夜晚里漆黑的房屋,是亮了一周的红灯后最终暗下来的信号灯,是无法通过检查点的汽车,是街道上微妙的气氛,是关门停业的商店,是用胶合板封上的窗户,是彻夜不停的嘶哑犬吠;真正的新闻是不与任何人联系的大儿子,因为他知道打电话意味着危险,以至于没人知道他到底是死是活。

艾莉什看见一名军官骑着一匹垂着脑袋的黑马沿街走过。看那马的体型,她猜测那是一匹弗里斯马,骑者的手平静地放在大腿上,高到膝盖的深色长靴闪闪发光。他以一种平静而威严的姿态前进着,仿佛是武力的使者。检查站的士兵们都站了起来,但军官并没有下马,而是挥舞起手中的马鞭,仿佛在空中施咒。艾莉什看见那匹马的一只耳朵动了动,但没有转头。它在侧耳倾听着,似乎在这种令人不安的寂静中听到了什么弦外之音。一棵高耸的针叶树正窃窃私语着，阳光洒在它的叶子上，它能听见死亡张开双臂圈住了整座城市，安静地等待它从天而降的那一刻。

突然，屋里开始嗡嗡作响，床头灯亮了起来。贝利在楼下开心地喊着，客厅里的电视又开始播放新闻。有那么一瞬间，她以为这并不是真正的战争，而是屋外大街上在进行某种军事演习。马匹平稳地转弯，骑者的穿着似乎并非战斗着装，而是为了骑马外出而作的打扮。他上身穿着棕色背带，打着翠绿色的领带。马蹄在柏油路上踏出军队的烙印。楼下的电视里，穿着短袖的和蔼男人正在示范烹饪手法，微波炉的电子时钟闪烁着霓虹般的绿色，冰箱和往常一样，时刻发出低沉而稳定的嗡嗡声。城市又变回了电气化的时代，艾莉什有很多事情要做。她得把待洗衣物塞进洗衣机，选定一个时间短的清洗模式。她得给笔记本电脑和手机充电，重新加热米饭和砂锅菜。她再次试着联系父亲，仿佛能看见他独自吃着冷饭，借着烛光看书，对着狗大声呵斥。

艾莉什将贝利叫到桌边吃饭，又将砂锅菜舀进一只碗里，给不肯下楼的莫莉送去。电力仍旧断断续续，当她走上楼梯转角时，又停电了。她将碗重重放在床头柜上，盯着那张不愿看向她的脸。艾莉什扯下莫莉的耳机，拉起她的胳膊，让她坐在自己身边，把碗放在了她的腿上。艾莉什说："我把晚餐给你拿上来了，我都不求你下楼跟我们一起吃饭，至少你得趁热把饭吃了。"

艾莉什下了楼，桌前的贝利看着她，本拍打着盘子，将勺子扔在了地上。

"我们该拿莫莉怎么办？"贝利问。

第六章

"我不知道。"她答道,"我真的不知道。你能帮我从餐具抽屉里再拿一把勺子吗?你听我说,你姐姐身体不舒服,我感觉她很萎靡不振,但现在很难预约到医生。"

贝利噘着嘴思考着。

"她得吐出来。"他说,"她必须这样才能有所好转。"

"吐出什么?你能帮我拿把勺子吗?"

"蠕虫。"贝利继续说,"我说的是蠕虫。"

沉闷的热度让头脑变得混沌,艾莉什陷入梦境之中。她穿着睡袍,光脚走出室内。她得将儿子的情况告知那些士兵。她站到了那匹马跟前,它浑身闪烁着黑夜中最为真实而深沉的色彩。动物的体温传到了她的手上,她知道鼻端嗅到的气味并不属于马而属于人。那声音属于警探约翰·斯坦普。他垂下眼眸望着她开口道:"你来找我是为了真相,那我就让你看看真相吧。"他手里拿着一面镜子,可艾莉什看见的不是自己,而是一张老巫婆的脸。约翰·斯坦普抽走了镜子,当她定睛再看时,他手中已然空空如也。

他说:"你无法看见真实的自己,只能看到虚假的,或是你希望成为的模样……"那匹马缓缓后退,抬起头来,"真相一直在你眼前,只是你对其视而不见。或许这并非你的选择,目睹真相会将现实拖入到某种你无法生存的深渊。如果你能清醒过来……"那匹马低了低头,走开了。

"我忘记穿鞋了。"艾莉什说着,低头望向自己的脚,"我感觉有些冷,我得进屋了……"

贝利站在她的卧室门口喊她起床。

"我起来了。"艾莉什喊道。她听见一声哨音,接着是剧烈震动,似乎有什么东西在爆炸中砸进了泥土里。

贝利说:"距离越来越近了。"艾莉什不敢往窗外看,只让贝利站在门边等着。清晨的街道上,检查站里空无一人,只有一个年轻人独自把守在路口,仿佛只等一声令下,他就可以放下武器去上学了。一辆丰田牌兰德酷路泽车缓缓驶过,停在了检查站前。两名全副武装的士兵走了出来,抓着打开的检查站大门冲年轻人喊着什么。

贝利坐在拉里从前躺的那侧床边,翻着床头柜的抽屉。

"这是什么?"他问,举起来一个艾莉什看不清是什么的东西。

"把那东西放回去。"她说,"快点,我们得把这张床垫搬到楼下去。"

她将羽绒被和床单从床上扯了下来,和贝利一起将床垫搬到了门外的楼梯旁,在心中和拉里低声交谈着。

"我们把床垫搬进屋里时遇到了不少麻烦,但之后在这床垫上也躺得很舒心。"

艾莉什想将床垫拽下楼,但贝利没能将它压弯送过旋转楼梯拐角。他刚将床垫推过去,床垫又反弹回了原本直挺挺的模样,将墙上挂着的一幅画撞了下来。那画从艾莉什身边摔下去,砸在了走廊地板上。她用身体支撑着床垫的重量,贝利推得太用力了,或许根本没有抓住床垫。

"你能慢点吗?"艾莉什开口道,"你快要把我撞倒在楼梯上了。"

"我什么都没干。"他说,"床垫有它自己的想法。"

两人将床垫搬进了客厅,摆在面朝街道的窗户下。一团黑烟在远处的屋顶上缓缓盘旋升腾,士兵和兰德酷路泽车都不见了。

"你是怎么想的?"贝利问道。

"我觉得我们最好在楼下住一段时间,战火不会靠得太近,但我们还是在楼下比较稳妥。"艾莉什放在楼上的手机响了,她跑上楼去接起。

"爸爸。"她喊道,"太好了,你的电话终于通了。我一直在给你打电话,我们已经好几天没联系了。你那边一切都好吗?"

"我刚才在花园里。"西蒙说,"隔壁院子的常春藤窜了过来。他是故意的,我去年把长到这边来的藤蔓剪了,但它们又沿着墙头和屋顶斜坡钻过来了。它们会把我种的植物都弄死的。我去敲过他的门,但他没有开门。我找不到长柄园艺剪了,是不是你不问自取了?"

艾莉什屏住了呼吸,试图想象出那张她这辈子都十分熟悉的面孔,却只看到了倒映在水面上的支离破碎的面容。

"爸爸。"她开口道,"我一直很担心你,不知道什么时候才能去看你。"

"你不用担心我。"他说,"我没事。"

"对了。"艾莉什说,"我刚想起来,我把那些东西放在棚屋里了。"

"把什么放在棚屋里了?"

"园艺剪刀，我当时要修剪倒挂金钟，你就把它给我了。爸爸，你确定你一切都好吗？你的食物还够吗？需不需要什么其他东西？"

挂掉了电话，艾莉什低头看着倒扣在地面上的那张照片。她捡起照片，看着照片里还是个孩子的马克正从水上滑梯上滑下来，抬手竖着大拇指。木质相框已经松动了，但玻璃仍然完好无损。艾莉什想不起这照片是在哪里拍的。是圣让德蒙，她大声告诉自己。

"你说什么？"客厅里的贝利问道。

"什么说什么？"艾莉什回问。她看着贝利的脸庞，看到了马克的影子，毕竟两兄弟的确有相似之处。

艾莉什要快速地洗个冷水澡，接下来几天可能都没办法洗澡了。她让莫莉到楼下去，锁上了房门。她站在冰冷的水流边，咬牙钻到花洒下面。头发散落在手上，像是梦中的生物。发丝仿佛某种黑色水生植物，顺着水流从她脚边滑过。走出淋浴间时，艾莉什将地上的头发捞起来，冲进了马桶里。

重武器交火的声音突然传来，她走到窗前朝外看去，但根本分辨不清战火离了多远。暖色的蓝天挂在枝头，莫莉不知道已经多少天没有系丝带了，肯定已经有两个星期了。

艾莉什双手叉腰站在莫莉跟前说："我让你下楼去。"

莫莉神色古怪地望着她，大喊起来："我们要死了，我们要死了！"

艾莉什拉着她的手把她从床上拽起来，让她别再喊了。艾莉什

第六章

把她拉进浴室,将花洒打开,脱了她的衣服,将她拉到喷洒而下的冰冷流水中。莫莉瘦小白皙的身躯没有反抗,只是抬起一只胳膊遮住了胸部。

"你不会死的。"艾莉什说道,"我只是想让你到楼下去,战事不会靠近房子的。"

艾莉什走进淋浴间,用毛巾麻利地帮莫莉擦洗着身体。她弯下腰给女孩洗脚,而莫莉浑身颤抖。艾莉什还穿着衣服,裤子的膝盖部分已经湿透了,手肘处的衬衫也湿了。

"你必须振作起来。"艾莉什说,"你希望爸爸回家的时候看到你是什么样子?是他许久未见的可爱女儿,还是如今这副失魂落魄的模样?"她抬头望向莫莉,看到了一副微笑着却茫然而空洞的神情。

"可爸爸回不来了。"莫莉说道,"他回不来了,因为他死了。你不知道吗?他们没告诉你他已经死了吗?你怎么会不知道呢?"

艾莉什擦洗身体的手顿住了,呼吸哽在了喉咙里,毛巾从手中滑落而下。她缓缓起身,伸手捏住了莫莉的下巴,抬起了她的脸,好看清楚那双闪烁着不愿与自己对视的眼睛。

"你不要再说这种话了。"艾莉什开口道,"也别再有这种想法。你爸爸死没死不是靠别人说的。我不知道你都听说了些什么,但那些传言都是假的。现在根本没有人知道真相,你不知道,也没有人能知道。一切的真相我们都无从知晓。"她埋藏在身体里的东西,封锁在心中的东西,经由莫莉之口被释放了出来,变成了啜泣声。她双手握紧,将莫莉拉入了怀中,抚摸着她的脑袋,轻声安抚。

艾莉什说："我们已经踏入了一个隧道，失去了退路，只能一直往前走，直至看见另一头出口的亮光。"

她将莫莉头发上的洗发水揉搓起泡，轻轻揉捏着她的头皮。莫莉的思绪顺着指尖传递到了艾莉什的心中。她必须为之后的生活做打算，她脑中满是这世界的景象，可原本的世界已然崩塌，从她的眼中奔涌而出。

艾莉什用一条黄色毛巾帮莫莉擦干身体，用它将她裹住，让她坐在椅子上。

"你以前聊起曲棍球时是怎么说的？你说你永远不会输，即便你不能赢得比赛，也能从中学到些什么。你不觉得我们如今也正在学习吗？我希望你变回以前的样子，现在是我最需要你的时候。"

莫莉抬起头来，神情空洞而麻木，仿佛所有的痛苦都消失了一般。她仿佛只是单纯地注视着，从一具空荡荡的躯壳中注视着外界。她呢喃着开口："如果他没死，我为什么会有这种感觉？为什么我无时无刻不感觉有东西压在胸口？无论是我睡着还是半夜醒来的时候，这种感觉都挥之不去。我身体里好像有什么东西正在逐渐死去。没错，我害怕死去的是爸爸活在我心中的东西。所以我才这么害怕，我太想将他留在心中了，可我不知道该怎么办。"

艾莉什伸手想握住莫莉的手，但莫莉抬手拒绝了她。

"有天晚上，我梦见他回来了。"莫莉继续说道，"梦里是晚上九点，他一如往常地走进家门，甩掉脚上的靴子，换上了拖鞋。

他一直忙着工作,所以才没时间查看手机,理由就是这么简单。他端着晚饭坐在我一旁的沙发上,伸出胳膊搂住我。接着,我就醒了。"

艾莉什摩挲着莫莉的手,从她瞪大的眼睛里看到了她心中的压抑,看到她喉咙深处跳动的心脏。

"你爸爸一直与你同在,"艾莉什说道,"即便他不在了。这就是你那场梦的意义。你爸爸回家是为了提醒你,他一直都在你身边。因为他一直存在于你心中,他如今就站在你身边,伸出胳膊搂着你。他会一直存在,因为在儿时获得的爱会一直留存在我们的身体里。你爸爸非常爱你,他对你的爱没人能够夺走,也无法抹去。我没办法解释其中的原理,但你只要相信这是真的,就足够了。爱就是如此,这是人心的一个规律。"

艾莉什在黑暗的客厅里醒来,分不清自己到底有没有睡着。手机显示时间是一点二十分,她怀里搂着莫莉,贝利睡在一旁的床垫上,婴儿床靠墙放着。炮击和枪战持续了很多天,终于在这天晚上停了火。但她的身体不相信这种寂静,某种感觉刺痛着她的神经,炮火声回荡在脑袋深处。

艾莉什转头看向莫莉,嗅着她身上散发出的茉莉香气,感受着她沉眠呼吸下的平静心绪。艾莉什想伸出手去,将她心中的恐惧连根拔起,抚慰她的心灵,直到她变回原本的模样。某种思绪从艾莉什脑中的阴暗处闪了出来,让她一时僵住了。她转过身去不再看莫莉,走进了厨房。墨色的天空中闪烁着朦胧的星光,艾莉什望着扎根泥土的树木，想象着美好生活再次降临的模样。这里会重新出现欢乐的交谈声，换拖鞋的脚步声，自行车轮穿过门廊的骨碌声。她看见一抹闪光划过夜空，宛如在漆黑深海中漫游穿梭的发光鱼。她原本抛在脑后的想法再次贴了上来，跟着她进了厨房，站在她面前。但她不想听它说的话，它说她的儿子将他们推向了毁灭的深渊，她儿子只有等到一切毁灭之后才能再次回家。

当她再次醒来时，她听到了一连串猛烈的重武器射击声。本站在婴儿床里喊着妈妈，艾莉什将他抱在怀里安抚着，又让他坐在腿上，轻拍着他的背。每当附近有爆炸声响起，艾莉什都忍不住肩膀一缩。原本放着咖啡桌的地板上躺着沉睡的孩子们，透过厨房窗户照进来的晨光映出了他们长长的影子。靠墙的桌上放着孩子们的课本，课本上摆着昨天晚餐用过的杯盘。密集枪声的间隙之中，夹杂着几声互相呼喊的男声。

在这个瞬间，艾莉什脑海中浮现出了周日上午的足球赛，一个胖男人呼喊着要队友将球传给自己时，另一个声音响了起来。她听见政府士兵机械而重复的声音从扩音器中传出时，喉咙深处仿佛被堵住了。街区的所有人都能听见这个声音，他或许原本只是个在肉类柜台前吆喝打折力度的超市经理。

"我们会派人去找你的，等我们找到了你，就会知道你的身份，知道你的家人是谁，我们也会找到他们。"

一枚炮弹炸开，在地面上留下一道褶皱，男人的声音消失了。艾莉什告诉自己要深呼吸，她再次躺了下来，将本抱在怀中。她努力入睡，但总也睡不着。但她最后肯定是睡着了，因为当她睁开眼

第六章

时,发现贝利已经不在客厅。他不在厨房里,而是去了楼上的洗手间,还锁上了门。

"快下来。"艾莉什喊道,"我说了多少次了,不要上楼。"

她抱着本上了楼,挥拳砰砰地砸着门,喊着让他把门打开。洗手间里传来按动马桶冲水按钮的声音,贝利一脸尴尬地开了门。他指着马桶水箱说:"冲不了水了,水龙头里也没有冷水了。"

艾莉什看着洗手池,似乎不相信他的话:"我跟你说了多少次,不要上楼来,实在忍不住就用厨房里的水桶解决。"

贝利脸色阴沉地扭过头去,仿佛这都是艾莉什的错。

"不用帮我找借口。"他说,"我就是忘了。你也知道,连熊都习惯在树林里拉屎而不是在该死的厨房里。"

艾莉什看着他把手搭在楼梯扶手上,走下了楼。她打开洗手池的水龙头,的确没有水,厨房里的水龙头也没了水。她已经提前灌了几个塑料瓶的水以备不时之需,但可能还是不够用。

几人在客厅里用煤气炉烤了面包当早餐,打开笔记本电脑看卡通片。贝利盯着莫莉吃剩的一片冷吐司,伸手抓过,三两下就吃完了。艾莉什在收音机旁听着新闻报道。政府军正在撤退,她说道:"反叛军已经沿着南部城市逼近运河边了。"

十二点过后,贝利伸出手指碰了碰她的手腕。

"你听见了吗?"贝利问道,"交战声好像停了。"几人午饭吃了些凉的金枪鱼和面包,淋上了些橄榄油。他们并不相信这种安静能持续到午后。沉寂变得愈发密集而令人不安,这种寂静代表着战力的集结,代表着下一轮炮击来临前的等待,代表着恶狼敲响稻草屋门之前的停顿。

艾莉什让孩子们先安静一会儿，听着街道上迟滞的汽车引擎声，那里传来男人的说话声，她朝窗外看去，却什么都看不见，她不得不走到楼上去。她透过卧室窗帘向外窥视，看见检查站旁停着一辆日产皮卡车，车旁站着两个胡子拉碴的男人。其中一个男人穿着临时作战服和棕褐色跑鞋，胸前举着一把突击步枪，似乎正在寻找手机信号。另一个男人穿着短袖和牛仔裤，肩上同样挎着武器。男人抬起头上的棒球帽，挠了挠后颈。街对面的一间房屋窗户里，一条长着尖耳朵的杰克罗素梗犬朝外张望着。

四名全副武装的男人走了过来，脸上满是灰土。几人的服装各不相同，有穿便服的，也有着军装的。他们拉开检查站的大门，抓着沙袋一角将它们拖到路边堆起来。那个因为毒瘾掉光牙齿的男人回来了，给几人递去香烟，帮着拆除自己搭起来的路障。所以这就是所谓的自由，艾莉什想着。但她的心里无法说服自己，看着那些反叛军，她没办法生出欢喜。那不是欢喜，而是一种解脱。甚至也不是解脱，而是她内心最深处的恐惧，是无法用温暖驱散的寒冷，是萦绕在每一缕思绪上的疑问：如果她的丈夫和儿子回不来了怎么办？

站在街上的男人点着烟，四处寻找着手机信号。艾莉什俯视着他，被厌恶感淹没了。她眼中所见不再是一个男人，而是自黑暗中滋生而出的阴影在光天化日下肆意游荡，他们与死亡正面交锋，以死亡终结了一切。各处房屋上的旗子早已被取下，一面不剩。半小时后，士兵们离开了，道路也清理干净了，人们陆续走出了家门。

第六章

格里·布伦南打扫着院子，一个身材魁梧的秃顶男人穿着粉色短袖，一旁的贵宾犬正抬起一条腿撒尿。一个年轻人从街上经过，贝利说："我想出去，我想去买冰激凌。"

| 第七章 |

战火席卷了康奈尔路，仿佛冲毁房屋和院墙的凶猛洪水。一辆丰田牌小火车被烧成了骨灰般的灰白色，横躺在路边。柏油路上满是坑洞和飞溅的脏污。艾莉什向拉里诉说着这一切，仿佛他永远不会相信一般。已经过了好几天，但主干道旁的一栋商业楼仍在冒着烟。水泥粉末和灰烬落在树叶上，落在车窗和车身都被炸毁的汽车上。灰白的尘土让空气变得浑浊而模糊，又缓缓落在学校门外那棵屹立不倒的梧桐树上。它的树干被烧焦了一半，看起来像是破坏公物的人想要将树点燃。

沿街的窗户都用垃圾袋或塑料布封住了。一个老人正站在一家民宿前，将胶合板钉在飘窗上。整条街道成了重叠的两个世界，仿佛将国外战争场景的透明胶片叠在了城市景观之上。夏日的缤纷色彩和遭受摧残后的灰白色调复杂交织。

没人知道在水罐车前等着取水的队伍还要排多久。艾莉什和贝利站在队伍里，看着人们摇晃着手里的油罐等各种容器，孩子们在斜阳下挤在一起。

第七章

"这些塑料瓶装不了足够的水,我们需要找到更好的容器。"艾莉什说。她有种城市已然静止的错觉,嗡嗡作响的割草机诉说着夏天的白日梦,鸟儿在庭院中举办宴会,人人都在讨论着通货膨胀,所有东西的价格都翻了十倍,甚至是二十倍。街口站着一个男人,支付十元纸币就能让他用发电机给你的手机充电。即便电力恢复,你也不敢打开家里的任何电器,因为担心支付不起昂贵的电费。如果现状持续下去,货币将会不断贬值。

一辆载着反叛军士兵的皮卡车驶过,艾莉什在他们之中搜寻着马克的身影。看着把守水罐车的反叛军士兵,她仿佛看见了自己的儿子和他们一起聊天、抽烟、盯着手机的模样。他们似乎很享受现在的状态。不久前他们还是职业各异的上班族、学生、实习生和失业者,可转眼已经饱经风霜。

贝利问马克为什么没有打电话回家。

"我们现在应该能收到他的消息才对。"他说。艾莉什看着他的脸庞,看到他上唇柔软的绒毛开始变得硬挺。她不忍心让他剃掉,这不是一个母亲的职责,应该之后让拉里或马克告诉他。

"我不知道。"艾莉什说,"我真的不知道。我们可能一段时间都收不到他的消息。国内各处都在打仗,打电话给我们可能太危险了,你永远不知道谁在监听着你的通话。"

"让我靠一下,我的靴子里有异物。"艾莉什将手搭在他的肩上,脱下靴子,向袜子里摸去。那异物甚至不是石头,而是石头的种子。它会缓慢而坚定地生长成锐利的岩石。她将袜子翻过来抖了抖,又重新穿上。她动了动脚,感觉那种子消失了。可等她踩在地上,那种异物感又从脚掌上传了过来。

艾莉什骑着贝蒂·布伦南的老旧自行车，城市在呼吸间展现着自己的存在。同瓦砾一起被扫到路边的碎玻璃闪闪发光，公交沿线的广告牌上已经张贴上了新的告示。或打印或手写的纸张上印着各种男女的照片，他们都失踪了，有的被逮捕，有的被行政拘留。上一刻你还在床上睡觉，下一秒醒来就看见国服局的人员站在卧室里，让你穿好衣服，还将鞋子给你拿了过来。

艾莉什仔细查看着每一张告示上的面孔，轻声念叨着上面的名字。请帮忙寻找我们的兄弟，寻找我的朋友，我们亲爱的母亲失踪了，我们的儿子失踪了……一架直升机在城市上空盘旋，艾莉什跳下自行车，推着车朝父亲家走去。她低声念叨着心中所愿，希望一切顺利。

前院的门关上了，狗还在屋内，可惜事实和她希望的并不一样。她将残破的门挪开，推着自行车走了进去。她转头打量着街对面的房子，但视线只是扫过，没有注意到塔利太太映在窗户上的影子，也没有注意到那些阳台上的盆栽的悬铃花，已经二十年都没有开花和凋谢了。她刚走到父亲家门前，突然听见街对面有人喊她的名字。

"噢，艾莉什，你好。我只是想问问你父亲一切都好吗？前几天我看见他出门了，他手里拿着遛狗绳，但另一头的项圈里却空空如也，就那样拖在他身后的地上。"

艾莉什打开门，朝里面喊道："爸爸，是我，艾莉什。"

推着自行车走进屋里时，她闻到了狗的气味，但烟味已经消失了。厨房里传来斯宾塞的低吠声。走进门厅，她看见了父亲熟悉的笑容,但他脸上的白胡子令人感到陌生。

"我喜欢你的新造型,"她说,"显得你很有气势。"

"我可一点都不喜欢。"他指着自己的下巴说,"你管那个该死的东西叫什么来着,我不知道怎么用它。你从哪儿弄来的自行车?我得找人帮忙修一下车,车链子总是卡住。"

"我得在宵禁之前赶回家,家里只有孩子们。我穿过了两个反叛军武装检查站,到达第三个检查站时,他们让我掉头回去,但我只是绕了过去。他们不停制定新的规则,跟政府一样无可救药。他们安排了一辆货车绕着我们的街区兜圈,用扩音器大声播放着一连串的禁令。晚上七点之后,所有人都不许外出。"

"你应该想喝杯茶。"西蒙说,"家里没有牛奶了,电力也断断续续的,但至少煤气还没停。"

"至少你还有自来水。"艾莉什说。她仔细端详着父亲,能看到他将脏盘子放在台面上,堆在水池里,看到他没有刀叉杯盘可用。她看着父亲的手,仿佛他一直都是用双手捧着喝水。

"现在是盛夏,你点着炉灶干什么?"艾莉什问。眼前的人疑惑地看了她一眼,接着转过身去端详着那只狗。

"太阳没有温度。"他说,"我能感觉到脚上弥漫的湿气。你知道这条该死的狗都干了什么吗?前几天,它在公园里跑丢了。上一分钟它还戴着项圈呢,转头就不见了。我回到家发现它正在庭院里等着我给它喂晚饭,真当这里是五星级酒店了。"

艾莉什悲伤而吃惊地望着父亲,看见一个衰老的指挥官坐在高位,那不屈的精神正注视着一个逐渐消失的世界。斯宾塞不悦地瞥了他们一眼,眨了眨眼睛,低下了头。

茶泡得很浓,艾莉什一边清洁着餐具和台面,一边转头和身后的西蒙聊天:"我早该知道塔夫托夫人不会过来的,现在没人有工夫过来帮忙。要是你搬过来和我们住一段时间,就不用担心这些了。你不用担心吃饭问题,也不用打扫卫生,可以做你想做的事情。你可以在那里住到这些事情都平息,家里重新多个男人也是件好事。"

"她还在从我这里偷东西。"他说。

"爸爸,家政工已经好几个星期都没过来了。爸爸,我真的很希望你能搬过来,我不知道你自己怎么能应付之后的生活。超市全都停业了,你得排几个小时的队才能买到物资。我希望我们能住在一起,直到这一切结束。我可以叫辆出租车送你过去,应该还有一两辆营业的出租车。我们可以现在就收拾行李,今天就搬过去。"

"你付薪水给她了吗?"西蒙问道。

"付给谁?"

"塔夫托夫人,因为你没有付薪水,所以她才不愿意来。"

"爸爸,我当然给塔夫托夫人付了薪水。你听我说,现在连在城市里活动都很困难,道路交通仍旧一团糟,到处都是路障。现在局势不稳,我可能很长一段时间都没办法来看你……"

"我已经说过了,我现在很好。是不是啊,斯宾塞?我搬过去只会讨人嫌,我还有补给。我们聊聊别的吧,你说话的口气越来越像你妈妈了。"

艾莉什推着自行车走进家里时,看见一个陌生的女人坐在厨房里。莫莉猛地从椅子上站了起来，抬手做了个抱歉的手势。女人转过身来，与艾莉什四目相对，那绿色的眼眸里神情严肃。

"斯塔克夫人。"女人开口，"不好意思打扰了，我们能谈谈吗？"

艾莉什将自行车停在庭院外，走到水池边，用盆里的水洗了手。这屋里很安静，女人转头望向莫莉："你弟弟在楼上吗？"

"一个小时之前，贝利趁我哄本睡觉的时候出去了，我也不知道他去哪里了。"

"我不是让你们待在家里别出去吗？"艾莉什说着在牛仔裤上擦了擦手。莫莉耸耸肩，移开了目光。艾莉什示意她出去，拉上了玻璃门。

艾莉什挺起脊背问道："你来找我和我儿子有关吗？"女人带着爽利的笑容，双手和指甲都很漂亮，显得自信而得体。

"是你妹妹让我来的。"

"安妮吗？"艾莉什问道，"我还以为你是来告知我儿子的消息。家里没有咖啡了，你想喝茶吗？"她指了指野营炉上架着的锅，但女人微笑着婉拒了。门上映出一道影子，那是正在偷听的莫莉。

"我们到外面聊吧。"艾莉什说着，示意女人跟她出去。两人走进庭院，来到树荫下，年轻女人抬手挑起一根丝带摸了摸，接着又放下了。

"这里没人能听见我们的谈话。"艾莉什说，"你还没告诉我你的名字。"

"我是一个小组织的成员，你不必知道我们是谁。我们受雇于你妹妹那样的客户，他们住在国外，有能力帮助自己的亲人。"

年轻女子望着面前那几栋背朝庭院的房子，伸手从大衣里掏出一只牛皮信封和一卷用橡皮筋捆起来的钞票。

"收好这份文件。"女人说，"这是一封由某位高级官员签名的信件，加盖了司法部的印章。拿着这个你就能畅通无阻地进入政府管辖区域，能在那里给孩子买到新鲜的肉类、蔬菜和奶制品，而且不用支付世界末日到来一般的高昂价格。斯塔克夫人，我之所以来到这里，是因为你妹妹安排我们帮你和孩子，还有你的父亲离开这里。我们得抓紧时间行动了。"

艾莉什看着庭院里的这个女人，仿佛也看见了她身处多伦多家中的妹妹。安妮和丈夫交谈着，通过电话安排好了这些事情。她已经好几个星期没和妹妹通电话了。

"离开吗？"艾莉什问。

"是的，我需要你们的照片和个人资料。我们可以伪造护照和身份文件，帮助你们出国。你妹妹会安排你们出境，前往加拿大。"

某些东西无声坠落到了名为自我的地面上。艾莉什移开了目光，望着爬满常春藤的院墙。花坛里的花本该在春天重新栽种，庭院里有很多需要打理的地方。她闭上眼睛，眼前的一切都消失了，时间不断逼近，宛如一张黑洞洞的大嘴，内里隐约显现出某种她难以言说的失败。

"离开吗？"艾莉什又呢喃了一遍这个词，将那卷钞票攥在手里，塞进了牛仔裤口袋。

"是的。"

"就这么简单吗？"她说话时没有看那个女人。

第七章

"是有一些风险,但我们有经验……"树干上凹陷的树眼目睹了这一切,毫无视力的眼睛不会迎风眨动,而是一直睁开着面对世界。

艾莉什低头看着女人的黑色短靴。她说:"我很难接受,我想说的是,不,我不同意,这不是我想要的。"

女人的脸上毫无情绪波动,嘴唇平静地呼吸着,那双清澈的绿色眼眸细细打量着她。

"你还没有告诉我你的名字。"艾莉什说。

"你可以叫我梅芙。"

"我猜这肯定是你母亲的名字。梅芙,告诉我,我妹妹难道希望我就这样离开吗?她甚至没有提前告诉我。你知道这栋房子空置后会变成什么样吗?我的大儿子随时都可能回来,他会打开前庭的门,懒洋洋地走进厨房,仿佛从来没有离开过一样。他会打开冰箱,念叨一句没有火腿了,然后拉过一把椅子坐下,询问有没有他爸爸的消息。我的丈夫被抓走了,自从他失踪之后,我们再也没有收到他的消息……"

夏夜的庭院里,眼前橙红的熊熊火焰变为了一堆灰烬。艾莉什闭上双眼,看着拉里将酒倒进杯子里。当她再次睁眼,树上挂着悲伤,在微风中飘动的丝带仿佛伸出的手指,低语着要她离开。年轻女人抬眼笑了起来。

"欧洲甜樱桃。"

"你说什么?"

"你的樱桃树,"梅芙答道,"是欧洲甜樱桃树。我的奶奶是植物学家,跟她生活在一起,我感觉自己十岁就取得了拉丁文学位一般。它们看起来都有年头了,是不是种了很久?"

"应该是的,我们买下这栋房子时,它们就已经长成大树了。我丈夫想要砍掉它们,否则它们可能会在某场暴风雨中倒下。但我不这么想,我更愿意看它们成长,春天的花朵是一道美丽的风景线。"

"斯塔克夫人,你妹妹同我说了你丈夫的事。我不知道该说些什么,也不知道你都了解什么。"女人想说些什么,但最终抿起了嘴。艾莉什注视着女人无声诉说着什么的嘴唇和眼睛。她能听见那双眼睛想说的话,但她不想听。那双眼睛所说的都是错误的,那双眼睛什么都不知道。当一切都无从求证时,这女人自然不可能知道真相。

"斯塔克夫人,你面临着一个艰难抉择,离开家园是最为困难的事情。但我觉得你还不够了解如今的局势和接下来的发展。你觉得整天盘旋在头顶的侦察机在做什么?停火不会持续太久,反叛军已经没了势头,政府军队正在围剿他们。这座城市的南部将会被包围,军队会将这里变成炼狱。他们会将反叛军打到认输投降,你与外界的一切联系都会被切断,你的补给也会被切断。我告诉你的这些都已不是秘密,你要为孩子考虑,你父亲也需要医护……"梅芙喋喋不休地说。

"我父亲?"艾莉什念叨着,伸手抓起一片叶子,把它揉成了一团。

"我妹妹从没为我父亲做过什么,他需要的是待在家里,被记忆中的一切所簇拥着,伸手就能触碰到过去。总有一天,他将变得一无所有,只剩下虚无的阴影,只剩下古怪的幻梦。现在将他驱逐出去,无异于宣判他将成为一个不存在的人。"

"斯塔克夫人,我理解你的想法,但我应该跟你说明一下,你妹妹已经为此花了很多钱。"

"我明白,我想她应该付了很多钱,你看起来也不太像是个人贩子。"

"斯塔克夫人,我是一名医学生,曾经是一名医学生。如今我从事着这样的工作,等待着以后能重新变回医学生。安排这一切需要花很多钱,伪造护照和证件,贿赂相关人员,路上的交通,这些都不是毫无风险的。我相信你会改变主意,但我们真的需要抓紧时间了。三四天后,我会派一个年轻人过来收集我们所需要的东西,这是清单。到时候请你务必将东西交给他。同时,你可以靠这封信获得补给,也有足够的现金应对通胀,加元在很长一段时间内都不会贬值。"

贝利站在玻璃门旁,艾莉什在一瞬间看见了马克还在他这个年纪时候的模样。那张脸背后隐藏着什么,但又突然被另一张面孔和眼神所取代。艾莉什看向地面,摇了摇头。

"替我向我妹妹说声抱歉。"艾莉什说道,"我很感激她给我送来的钱,我真的很感激。如果有机会,我会亲自向她道谢。如今所有东西的物价都在飞涨,等我有能力了,一定把钱还给她。"

艾莉什目送女人走到街上,关上了前厅的门。贝利一身脏兮兮地站在厨房里,手里提着两个五升容量的灰白色方形大桶。他笑着把桶放在地板上，却不愿说出是从哪得到的。桶里残留着一些气味，得把从水车买来的饮用水煮沸清洗它们。艾莉什骄傲而欣慰地看着他，转而气愤地朝他斥道："我把你养这么大不是为了让你当小偷的。"艾莉什说完，愤怒地一巴掌扇了过去。贝利委屈而阴沉的眼眸眯了起来，仿佛要将她缩小。

"你为什么不高兴？"他问，"我做什么你都不高兴，但我不打算把它们还回去。"面前这张脸庞再次变化，这次变成了拉里的脸。拉里越来越愤怒，背过了身去。

他们在不安的睡梦中四肢交叠，艾莉什伸手搂住他的腰。拉里醒了，低声说着什么。艾莉什睁眼时，看见他正站在床边缓缓摇头，眼里满是悲伤。

"你为什么摇头？"她问道。拉里朝门口走去，门厅透进来的光洒在了他的脸上。艾莉什仿佛不认识他了，上一刻他是拉里，下一刻又变成了另一个人，一个被年纪和悲伤磋磨得空洞无比的人。当她定睛再看时，他已经消失了。

艾莉什浑身湿透地醒过来，心中满是失去亲人的悲痛。她在心中念叨着想和拉里说的话。

"你怎么敢来梦里找我？你这简直就像是已经死了一般。"

她哭着走进厨房，从水池里拿起一只玻璃杯，习惯性地打开了没有水的水龙头。在这天际发青的黎明时分，原本熟悉的世界显得格外陌生。雨点滴滴答答地落在树上，这是一场长久的雨，朝着滴落之地不断诉说着。樱桃树扎根在土里，每条丝带都代表着他离开

第七章

的一周。琥珀色的光线照亮了对面街道某栋房子的卧室窗户。

艾莉什看着那道光线照进卫生间,有人已经起床了,似乎准备去工作。

"我应该去洗手间,洗把脸,刷个牙。接着我要煮咖啡,再去叫孩子们起床,收拾好准备送他们去上学。这就是我的生活。"

等孩子们醒了,艾莉什督促他们继续完成作业。

"学校肯定很快就要重新开学,我不希望你们落下功课。"莫莉很乐意独自学习,但贝利并没有碰他的作业。艾莉什和他一起坐了一会儿,提起她得出趟门,穿过一个检查站去购买补给。

"尿布。"贝利提醒道,"别忘了买尿布、婴儿湿巾、卫生纸和巧克力,我们的灯也快没有电池了。"

艾莉什朝海豚仓区检查站走去。一排双层公交车停在运河边的小路上,掩护着反叛军士兵以躲避狙击手的射击。她在卡麦克大桥前排队等待身份检查,人们带着独轮车、手推车或是行李箱从她身边经过,朝着无管辖区域走去。从政府管辖区域回来的民众无一例外,都需要接受反叛军的全面检查,所有包裹都需要打开。一个头发乌黑的老妇人双手抓着包,冲着要检查包内物品的反叛军大声叫喊。她怎么也不肯松手,手里的包最终被一名士兵撕扯开,一只刚长毛的小鸡蹦了出来。小鸡扑腾着翅膀跑远了,老妇人追在后面。

艾莉什将身份证递给用墨镜遮住眼睛的士兵,一个毫无感情的声音询问她为什么要过桥,头顶上传来了战斗机的声音。过桥时,艾莉什看到远处路口矗立着的塔楼,高楼的窗户眺望着楼下。她瞟了眼红绿灯上挂着的小心狙击手的标识,不由得加快了脚步。她仿佛站在了某种权威的存在面前，只要它一声令下就能决定人的生死。

身边传来一个上了年纪的女人沙哑而气喘的声音。女人和艾莉什说起了话，仿佛两人原本就认识。

"谢天谢地，今天很平静。"女人说道，"我的老母亲住在奥利弗·邦德公寓，她吓得都不敢出门。上帝保佑，我这一整个星期都几乎过不了桥。有很多人都是这样，你呢？"

艾莉什甚至没有转头看那个女人，她在看大桥对面两百米处的政府检查站。那里堆着混凝土块和沙袋，旗杆上的国旗没有升起来。她看见一个男人低头骑着自行车，路过一只被丢弃在路中央的靴子时，一拐弯绕了过去，那只鞋看起来很像她摆在鞋柜里从没穿过的樱桃靴子。一个年轻的女人推着一辆婴儿车快步走着，车里放着一袋大米。一个脚踝肿胀的老妇人抓着一架格子花纹小推车，一个高个老人拄着棍子，一条没有牵绳的猎犬大步走着。艾莉什瞥见了那只跟高只有一英寸的樱桃靴子，发现它的拉链没有拉上，想来就是这样从主人的脚上滑了下来。

西蒙在前厅里抱怨着电视，艾莉什将背包里的东西倒在了厨房桌上。她走进前厅，叉着腰站在他跟前。

"我给你刮刮胡子吧。"她说，"如果你不介意，我们可以在这里刮。"艾莉什上楼拿了条毛巾，打开了浴室的壁柜。她拿了罐装的剃须泡沫和蓝色塑料剃须刀。架子上还放着一包抽了一半的香烟，艾莉什将它塞进了口袋。

第七章

西蒙坐在扶手椅里等着，双手摊开放在腿上，手指上沾满了黑色马兰草。他长长地呼出一口气。艾莉什伸手抬起他的下巴，端详着他的脸。纷纷扬扬的雪花落在了古老的土地上，她从未这样帮男人剃过胡子。

"你知道这不会持续太久的。"他说，"我是指停火。你收听新闻了吗？他们满嘴谎言，想来是把我们都当成了傻瓜。今天，他们说反叛军违反了停火协议，在过去的二十四小时内在城市中发动了二十八次袭击；又说有多少迫击炮和炮弹轰炸到了我们所在的区域，诸如此类。你可以自己听听，反叛军已经沉寂了几天，只传出一些古怪的步枪射击声。政府正在谋划新的一次袭击，你就等着看吧……"

"爸爸。"艾莉什抬手托住了他的下巴，"你不安静点我没办法给你刮胡子。制裁已经越来越严格了，他们现在不会打破停火局面的，所有人都希望战争结束。"胡子和剃刀交战着，在她已经刮平的道路上以极其缓慢的速度继续生长。

"那个高个子昨天来了。"西蒙说，"他在楼上翻了一圈。"艾莉什握着刀的手一顿，将剃刀放进了旁边的一碗水里。

艾莉什挽起父亲的胳膊问道："爸爸，什么高个子？"

"你知道的。"西蒙斜眼看着她，仿佛有问题的是她。

"爸爸，我怎么知道你说的是谁。"

"就是那个大高个，你那几个之一。"

"我的几个？"艾莉什念叨着，"你是说你的其中一个外孙吗？你是不是弄错了？"

"没错的。"西蒙说道,"就是他,他大约三点钟来的。"

"他在楼上找什么?"艾莉什看着父亲闭上了眼睛,她的目光顺着那半透明的眼睑搜寻着他的想法。她想将老人从脑袋里晃出来,让他变回原本理智的模样。她将剃须刀在水里蘸了蘸,用力刮着。西蒙抬手示意让她停下,鲜血顺着他的下巴流了下来。

"你是说马克吗?"艾莉什问道,语气已然变了。她扫视房间,目光落在了桌旁的椅子上。

"可你怎么知道那是马克?"她问,"你等等,我去拿张纸巾。"

"不是他还能是谁。"西蒙说道,"我问他是不是艾莉什的儿子,他说是,他进屋说是来帮忙的。"

艾莉什问道:"帮忙?帮什么忙?"

"我不知道,各种杂事吧,他说会帮我打理庭院。"艾莉什走进厨房,将凉水泼在手上,又用杯子接水泼在脸上。她站在玻璃门前望着庭院,树篱被修剪得整整齐齐,地上刚刚除过草。她眼前浮现出马克去年穿着工作服在庭院里忙活的模样。

她将一张纸巾按在父亲脸上,继续在他那张闭着眼似笑非笑的脸上刮着胡子。她开口和父亲说话,却发现他已经睡着了。她用毛巾擦着他泛红的皮肤,用手心轻抚他的下巴。艾莉什走进前厅,拿起父亲的外套,解开了扣子。她回到前屋,坐在母亲的椅子上,从口袋里掏出一张白色标签。标签上印着西蒙的名字和地址,还有艾莉什的电话号码。艾莉什将标签缝在了外套胸前的翻领上。

她听着空荡房间里的声音,听见楼上传来苍老的声音,是母亲在喊他们去吃饭。他们的脚步在楼梯上绽放,炉火的噼啪声如同疯狂的时钟在诉说着时间,仿佛火炉正倾吐着积蓄在木块里的时间。她思考着,时间是一场加减法,每增加一天就朝着未来更进一步,也离过去更远一分。面前的父亲呼吸均匀地睡着,他的身体在呼吸着思想。艾莉什心想,跳动的心脏驱动着他,直到他最终倒下。艾莉什不自觉地伸出手与他相握,低声说道:"我真的很不希望你变成另一个人。"

她放轻脚步走到前门,开门出去,点燃了一支香烟。暮色渐浓,黑夜即将降临,细雨洒在小路上。如今已是宵禁时间,但仍有一个人影走在街上。那年轻人弓着背朝前走着,同样夹着一支烟,抬手抵在嘴边。年轻人从屋前经过,下一秒,她听见一辆车从拐角处拐了过来。她后退一步躲在墙后,看见一辆四驱汽车驶过,前座上有两名反叛军警察。车子停了下来,刹车灯反射在邻近房屋的窗户上。艾莉什走到门口,小声提醒男孩赶紧跑。可男孩转身面对那辆四驱越野车,两个男人走下车来围住了他。男孩耸了耸肩,一名反叛军警察抓着他的胳膊让他面向自己,推着他朝汽车走去,准备将他铐起来。

艾莉什一边挽起袖子一边朝街上走去。她大喊道:"你们在对我儿子做什么?"两个男人还没反应过来,她已经走到了他们跟前。反叛军警察松开抓在男孩胳膊上的两只手,转过身来,与艾莉什对视的眼中带着她难以在黑暗中读懂的神情。

她不再身处街道,而是进入了某种自我之中。在那里,她就是绝对的真理。她嘴里衔着一把剑,而这个男孩就是她的儿子。她拽着他的袖子摇晃着他:"我都跟你说了,宵禁之后不要出门,立刻回屋去。"

艾莉什拦在男孩和两个男人中间,推着男孩让他离开街上。

她站在两个警察跟前,摊开手道歉:"真的很对不起,我知道现在是宵禁时间。但我的小儿子在长牙,夜里很闹腾,我没办法同时看着他们俩。他就是想溜出去玩,我保证这是最后一次。"

街道被虚假的寂静笼罩,艾莉什承受着眼神冰冷的打量和审视。越野车里的对讲机噼里啪啦地响着。艾莉什转身望去,担心男孩会再次逃跑。她冲着男孩喊道:"待在那里等我。"两个男人不再看那个男孩,艾莉什抱着双臂站在他们面前。其中一个男人清了清嗓子,带着流利的城市腔调开了口。

"这次算你走运,再让我看见你儿子在宵禁的时候跑出来,我一定把他抓回去,你听明白了吗?"

艾莉什一脸不满地望着男人说道:"你问我明白了吗?是的,我明白了。但我也想让你明白一件事情。我的大儿子离开了家,他和你们一起对抗着政府,可我现在却站在路上,遭受着威胁。我的确希望政府下台,但我不希望取而代之的是另一个相似的势力。我想说的就这么多。"

艾莉什沿着街道往回走,听着身后汽车发动机空转的声音。两个男人肯定通过后视镜看见她抓着年轻人的胳膊,将他带进了屋。她锁上前门,将他带进了厨房。莫莉和贝利从笔记本电脑前抬起头来,一脸疑惑。艾莉什让年轻人坐在椅子上。他真的只是个男孩,一副阴郁而畏缩的模样,全身都戒备着,仿佛下一秒就有人要揍他一般。艾莉什现在看得分明,他不可能是自己的儿子。他眼神机警,举止粗野,像是个在廉价公寓里长大的年轻人。她走进客厅,透过百叶窗看着屋外。

"你在这里待一会儿再走。"她说,"他们会沿着街区巡逻一圈,到时候你趁机快跑。"

年轻人脸上浮现出不悦,他走到水池边,冲里面啐了一口唾沫,神情怨恨地转过身来。

"阿姨,你为什么要干那种事?"他问,"我本来都要逃走了。"

爆炸声猛然传来时,艾莉什正站在厨房的水池边刷牙。一次又一次的冲击震碎了夜晚的寂静,一只伸出的手拢住她的心脏,接着收紧成拳。她低头看去,看见了掉在水池里的牙刷,也看见了从手中滑落的希望。希望就像是愚者手中明明握着一杯水,却在无垠的世界中不断找寻。

艾莉什知道贝利站在她身后的玻璃门前。

"最后那一声是火箭的声音。"他说。艾莉什转过身来,从他的声音中听到了胸有成竹的得意。她看到他只穿着短袖和四角裤,露出一双苍白的长腿,脑袋隐没在黑暗之中。

"可你怎么知道?"艾莉什说着,摇了摇头,重新看向窗外。

在幽蓝的夏夜里,教堂的大钟敲响了,那是报时的钟声。钟声尚未消散,另一声又响了起来,仿佛只是第一次钟声的回音。接着,她听见了另一次沉闷的爆炸声。她攥紧的手无法将愤怒尽数挤压而出。她关上窗户,转身朝客厅走去,心中涌起一阵悲伤。她胸中憋闷，被压得几乎迈不出步子。她伸手撑在厨房的台面上，闭眼深呼吸着。她的双脚冰冷，不记得将拖鞋扔在了哪里，可分明刚刚还穿在脚上。

几人蜷缩在羽绒被下，炮弹依旧在城市里炸响，伴随着缓慢而有节奏的军鼓声。艾莉什告诉孩子们，他们很安全，政府只是在攻击叛军驻地。可她根本不相信自己说的话。每当新一轮的袭击来临，莫莉就会从嗓子里挤出古怪的声音。本醒了，在婴儿床里不安地扭动着。艾莉什打开了收音机，等待着国际新闻。可没有新闻提及这里正在发生的事。她告诉孩子们，一切都会过去的，万事总有结束的一天；明早她就去政府控制区那边再买些补给，说不定能买到些巧克力。

一枚迫击炮在附近炸开，接着是另一枚。莫莉再次从嗓子里挤出那声音，但这次声音拖得更长，仿佛想要发出某种古老而肃穆的呐喊声。她在被子下摸索着母亲的手，艾莉什握住了那只手。艾莉什知道，她在孩子们面前谎话连篇，她没办法给他们提供什么，也无法安慰和帮助他们。她只能说谎，只能转移话题和逃避问题。她只能说一些自己的童年往事，哪怕他们早已听过。

"有次，我妹妹从树上摔下来，虽然后背没有受伤，却摔伤了屁股，连续好几个星期都只能坐在橡胶圈坐垫上。我的祖母怀孕时曾被闪电击中，摔倒在庭院外头，却毫发无伤；而你们的外祖父一出生，耳朵后面就有一道伤疤。"

凌晨两点，国外的新闻报道了这场炮火轰炸。政府军向叛军控制地区发动了战略进攻，打破了沉眠与黑夜的庇护。艾莉什只想闭上双眼,寻找一扇通往清晨的大门。可她只能看见坟墓中的漆黑,夜幕笼罩着众人,头顶的房子轰然倒塌。接连不断的轰炸声响起,艾莉什的右手开始颤抖,她伸出左手抓住它,将它藏在羽绒被下。她眼前浮现出那些正朝他们发射火箭弹和迫击炮的士兵面容,他们是在奉命给亲朋送去死亡,他们是自己曾在路上擦肩而过的陌生男人。

本又哭着醒了过来,怎么也哄不好。艾莉什将手指伸进他的嘴里,摩挲着牙床,而愤怒在手上喘息着。可怜的小家伙掉了一颗牙,可她没有止疼药能喂给他。她用拇指按摩着他的下颚,思索着这个年纪的孩子该如何认知世界。或许他嗅到了她身上恐惧的气息,当他逐渐长大,就会理解这种气息难以消除,也无法抑制。孩子会吸收母亲的创伤并埋藏在身体之中,只待将来取用。孩子在长大成人后,会被恐惧和无端焦虑所折磨,转而开始抨击身边的人。如今,她怀里正抱着一个伤痕累累的男人。

军鼓声有节奏地响着,爆炸的步伐也在平稳前进。有一段时间里,爆炸声变得越来越远,仿佛飘向海中央的一片雷雨云。艾莉什没有再听到任何新消息,抬手关掉了收音机。莫莉和贝利应该睡着了,黑暗中传来了警笛声和犬吠。本身子一抖,仿佛必须摆脱她身上的恐惧气息才能睡得更加香甜。艾莉什闭上眼睛,看见父亲独自一人待在家中,而那只狗正趴在门廊前。父亲半张着嘴在楼下睡着了,仿佛石块一般被埋进了地里。她看见陆地、海洋、山川和湖泊都被抹去了痕迹,世界变成了黑暗的虚无,却有死亡从天空中降下。死亡在爆炸声中伺机潜入梦乡,这让她害怕闭上双眼。

不知几点的时候,她听见炮弹在头顶呼啸而过。她原本已经睡着了,但耳朵还是警觉地留意着四周。两声轰鸣在极近的距离响起,屋子被震得摇晃起来,有什么东西砸落在地上。她喉咙里溢出动物般的呜咽,莫莉尖叫着坐了起来。艾莉什找不到手电筒,莫莉把它扔在了羽绒被下面某处。好不容易找到手电筒打开,她发现天花板上的水泥碎裂开来,落在了壁炉前的地上。贝利趴在地上干呕着。"我不知道自己怎么了。"他说,"我肯定是得了什么传染病,又或是食物中毒了。"

艾莉什走进厨房拿消毒液和抹布,手电筒的光在她手里颤抖着。她在窗边呆立了一会儿,望着闪烁着光亮的袅袅白烟。她不敢浪费一滴水,将一个盆放在贝利旁边,让他吐在里面。她用力擦洗木地板,走回了厨房。她发现自己的双手不再颤抖,她舒展开手指,让双手得到片刻的休息。又一轮轰炸再次带来震颤,艾莉什将地板上的天花板水泥打扫干净,开始清洁厨房台面、水池四周、水池后方的窗沿还有脏污飞溅的灶具四周。

附近的爆炸将地面震得发颤,艾莉什只能双手抓住水池边缘。她心想,抽油烟机上的脏污需要擦洗,自己这段时间以来一直在忽视这些东西。无数脏东西落在台面上,又被扫到了微波炉后的夹缝里。落进餐具抽屉里的食物碎屑被压在了刀叉下,随着面包盒和吐司机被带出来的面包碎屑洒得到处都是。她只切了一片面包,剩下的半条面包掉在了地上。水壶下方撒满了面包屑,还掉进了刚清洁过的餐具抽屉板里。

"妈妈,你在干什么?贝利又想吐了。"艾莉什紧握住莫莉的手,上下摇晃着，但终于找回了理智。

"等外面有光了，我们得在窗户上贴上胶带，以免玻璃碎裂后飞溅到屋里。几点了？只能希望本不要中途醒过来。"

艾莉什站在门厅的镜子前，用手指摩挲着外套上的纽扣。她已经好几天没有梳头了，她把头发放下，用手指梳理着，右手颤抖，仿佛有什么东西正在皮肤下不断钻取侵蚀，以肌骨为生。她拿起梳子，随即又放下，将头发绑了起来。她拿起电话，希望能听见拨号音。她走出门外，望着天际，寻找着飘动的烟雾从何而来。警报器发出刺耳的响声，格里·布伦南将一只垃圾袋甩到了路旁一堆鼓鼓囊囊的黑色垃圾袋上。

"有老鼠。"他指着街道说，"比猫还大的老鼠，我从没在这么肮脏的地方居住过。"艾莉什不知道该说什么，她早已不关心什么垃圾桶了。五天里，她几乎没睡过一个小时的安稳觉。身体的这种状态让她感觉一切都变了。血液里存在着幽深而黑暗的恐惧，这种感觉让人无处可逃。

格里·布伦南抬起手来，似乎想说些什么。但两人都只抬起了头，听着一架飞远的战斗机留下的声音，那仿佛是在天空的洞穴之中响起的隆隆回声。接着，飞机投弹位置几公里开外的地方传来了爆炸声。

"现在应该是早上七点。"格里说，"那些杀人的喷气机就是定好的闹钟。只有在即将轰炸或轰炸结束时，你才能听见它们的声音。"

艾莉什望着格里·布伦南胡子拉碴的脸庞。五十年来，他每天都对着镜子用剃刀刮胡子。可如今,他的脸颊上沾着闪闪发光的硅石粉末,原本的衬衫和领带被一件脏兮兮的背心取代,瘦弱的手臂缩在身侧。

"格里,你需要什么吗?"艾莉什问,"我打算试试能不能穿过检查站,我的包里还能装一些东西。"

格里没有回答,只是呆呆地站着,望着前方。艾莉什顺着他的视线,望向面前的庭院。这个男人该有多么难受。他曾为退休生活挑选了需要勤浇水的植物。他曾举着锄头,弯腰清理石板路缝隙里的杂草。他曾准备将余生都花在这些琐事上。庭院拖鞋磨破了脚后跟的袜子,他抬手将肥肉挂在种植床上晾晒。后院种满了成熟的卷心菜、半生的胡萝卜、甜菜根和白萝卜,为过冬做着准备。他在屋里进进出出,默默听从妻子的每一次呼喊。可如今,他正目光凶狠地扫视着街上的老鼠。

他说:"他们的目的很明显,想要将我们像消灭害虫一样赶走,所以才会做这些事情。他们想将我们像老鼠一样赶尽杀绝。这一切只是时间和精力问题罢了。我曾是一个城市规划师。你应该也知道,城市里的道路和建筑是有限的。只要你投下足够多的炮弹,很快就能将每一条街道都炸出大坑来。你可以轰炸每一处公寓、商店和房屋。接着你会夜以继日地继续投下更多炮弹,直到将一切建筑夷为平地。接着,你继续轰炸,直到将砖块轰成粉末,整座城市化为一片虚无,只剩下不愿离开的人们。"

格里转过身来,激动地看了一眼天空,问道:"可我们为什么要离开?"他说,"为什么?他们休想让我们离开。就算是躲进地下,我们也不会走的。我会在我这该死的庭院里挖一个洞。当你在一个地方住了一辈子,那你就不可能再搬去别处。那个东西叫什么来着?神经学上的一个概念,它连接着我们的大脑。我们要继续挖下去,这就是我们应该做的。除此之外,你还能做什么呢?除了给自己挖一个洞穴,我想不出还能做什么。他们可以把我扔进棺材里,再把我拖出去。"

艾莉什不知该做何反应,转身踩在混凝土地上。

"帮我再跟贝蒂说声谢谢,谢谢她借给我的自行车。"艾莉什开口道,"车总是掉链子,我让我儿子帮忙修了修,现在更严重了。"

"那辆自行车很旧了,"格里说,"后轮的齿轮可能变形了。你去找帕迪·戴维看看,他在埃米特路的薯条店旁开了一家小自行车店。我以前经常把孩子们的自行车送到他那里去修。你说是我让你去的,他会给你一个实惠的价格。"

艾莉什念叨着让拉里快去接电话,却无法从睡梦中醒来,她的胳膊被什么重物压着,是莫莉。醒来时,她听见了门厅里的电话铃响,附近的警报器也在响着。她快步朝门厅走去,天已经快亮了。接起电话前,她在和马克交谈。

"你肯定是把我的号码弄丢了,谁能记得住手机号呢?但你总该记住家里的电话,我从小就让你背下那串号码。"

她从对方清嗓子的特点听出了那是她父亲。他习惯性地吸了口气,颤抖着声音开口。

"你在听吗?"他说,"她走了,你听见了吗?我一觉睡醒她就不见了。"

"爸爸。"艾莉什说,"现在是什么时候?我已经好几天都打不通电话了,你是在说那只狗吗?"

"你听我说。"西蒙道,"我说的是你妈妈。我找遍了房子都没看见她,她把自己的东西都带走了,她的衣柜都空了。我早知道会发生这种事的,我早知道她会离开我。"他激动的声音变成了恐惧的呢喃,开始大口呼吸着。

"我要喘不上气了。"他说,"我无法呼吸……"

"爸爸。"艾莉什喊道,"天啊,你没事吧,需要我叫医生吗?"

"不用。"他拒绝道,"不用管我,那个女人就是想毁掉我。"艾莉什揉了揉眼睛,又捏了捏眉心。她看见了一个在梦中醒来的男人,他对妻子的死亡毫无记忆,你不能在这个时候告诉他。一阵情绪的震颤自全身流过,艾莉什抬起头来,看见莫莉正站在门边,便挥手示意她回屋去。

顺着满是黑灰的电话线,艾莉什搜寻着父亲的脸庞,想要抱抱他。她能看见父亲站在门厅里,屋里的灯都亮着,他忘了穿睡袍和拖鞋。艾莉什在电话里提醒他深呼吸。当她睁开眼睛时,看到门边探出两张战战兢兢的苍白脸庞。

"爸爸。"她背过身去,压低了声音,"爸爸,你得听我说,你要深呼吸。你听我说,妈妈没有走,我保证她很快就会回来的,她只是……"

"你骗我。"他说,"你总是骗我。我就知道你会和你妈妈串通一气,你总是站在她那边,像条小狗一样跟在她屁股后面哭鼻子。

这个家里没有你们,简直该死的寂静。"艾莉什听到了吸鼻子的重重一声,接着听到了父亲的呜咽,"我喘不过气了。"他说。

"爸爸。"艾莉什喊道,"你听我说,一切都会好起来……"

"我早该知道会发生这种事。"西蒙打断她道,"我早该想到的,可我选择了视而不见。我曾经很爱她,你知道的,我真的很爱她,现在依旧爱她。天啊!你说这爱都去了哪儿?你告诉我,我不知道该怎么办。跳动的爱曾握在我们的掌心,可如今它去了哪里?"

艾莉什吓坏了,低声呢喃着,肌肤之下蠕动着痛苦,她抓着自己的头发。

"爸爸,求你了,听我的话。事情不是你想的那样,你就听我的吧。我早上就过去看你,天一亮我就想办法过去。"

"不。"他说,"你别过来,我不想让你来关心我。我现在不需要安慰,你妈妈抛弃了我,抛弃了你们,她就是想看我这副样子。你就让我一个人待着吧。"艾莉什听见了一阵窸窸窣窣的噪声,父亲似乎用手盖住了话筒。

"爸爸,我没听清你说什么。"艾莉什气恼地冲孩子们挥挥手,让他们将门关上。

"亲爱的,"西蒙说,"我做错了什么?我不想听,不想听任何人的话。我要去找她,我知道她在哪里。我现在去应该还能拦住她……"

"爸爸。"艾莉什说道,"你认真听我说。你不能出去,现在才早上五点,两个小时后他们就要开始进行飞机轰炸了。你先待在家里,我会想办法过去看你的,我也会想办法给你找医生。"她听见电话被放在小茶几的声音，只剩下寂静在呼喊着他的名字。

艾莉什给塔利夫人拨去电话，想让她帮忙去看看父亲的情况，但电话并没有人接。医院的电话只有工作时间之外的自动应答音，将她从一条应答引导到另一条应答。

"你所需的服务已暂停提供，值班医生已与家人一同出国，或许永不回国。医生还带上了父母一同出国。若需要紧急治疗，请直接去最近的急诊室。"

当艾莉什告诉孩子们，她必须穿越城市去外祖父家时，莫莉露出了惊恐的神情。艾莉什伸手去拿雨衣，莫莉跟着她进了门厅。艾莉什转过身来，看见莫莉抱着双臂站在厅门口。

"妈妈。"她说，"你不能就这样出去，你就不能等一等吗？外祖父没事的，他会忘记刚才发生的事情，继续回去睡觉。他现在或许正坐在厨房里，对着一张旧报纸发牢骚，喝着加了变质牛奶的茶。他可能到处找着眼镜，可明明眼镜就挂在他胸前。你知道他是什么样的。"

艾莉什有一瞬相信了莫莉的话。莫莉抓着她的手腕，低声恳求着。

"好吧。"艾莉什说，"希望你是对的。我等到外面暂时停火了再出去，午饭后应该会消停一阵。"可炮击和空袭迟迟没有停止的意思，她感觉自己正走进一间漆黑的屋子，身后的门已然关上。白日在她的手中流逝而过，午后变为了黑夜。几人吃着冷食当晚饭，艾莉什听着英国广播电台的报道。尽管国际组织对政府的行为表示了强烈谴责,但轰炸仍在继续。艾莉什转到国内广播,政府宣称他们的轰炸针对的是恐怖分子。

艾莉什关了广播,但迟迟无法入睡,谎言在她的脑海中萦绕不休。她被本弄醒了,他却抱着她的脸闭上了眼睛。第二天早晨,她下定决心地站在孩子面前,一边挽起雨衣袖子,一边声音严肃地开口。

"我再也等不下去了。"她说,"我必须马上过去,我尽快回来。"

世上总有栖息或飞翔的鸟儿,艾莉什骑着自行车穿过城市时,鸟儿在天空中呼唤着黎明和摧毁的树木。原本昏暗的地方也亮起了光,建筑变为了瓦砾,只剩下孤零零的墙壁和烟道,还有戛然而止的楼梯台阶。

艾莉什将自行车藏在一所学校的墙后,继续步行前进。城市东南边充斥着炮击声和整片的浓烟,还能听见零星的枪声。艾莉什低语着将这些告诉拉里。反叛军和政府之间的界限已经移动,或者说现在早已没有界限。她快步穿过寂静的居民区街道和弥漫的尘土。原本的反叛军检查站已经荒废,孩子们滚动着轮胎,将它们堆到一起烧掉,好让升起的黑烟遮挡住战斗机的视线。

父亲家附近的街道一片死寂,路上一辆车都没有。艾莉什大声喊着斯宾塞,看见它趴在前门外的垫子上。它一跃而起,转着圈等着艾莉什让它进屋去。艾莉什停在它跟前,用指关节敲了敲它的脑袋。

"你自己在外面做什么?"她敲了敲门,听了会儿门里的动静,用钥匙开了门。门被反锁了,她走进门厅,知道屋子里空无一人。衣架上的外套被拿走了,灯也关了,原本放在小茶几上的无线电话也放回了电话底座上。西蒙卧室中的窗帘拉开了,床上也大致整理过,摆在睡袍边上的拖鞋是匹配的两只。艾莉什将狗送进了庭院里,拿起电话确认,但线路依旧是断的。

艾莉什关上前门,走到街道尽头,沿父亲每天必经的路线寻找,沿着主干道朝公园走去。个体小商店都已经关了门,她拦住过路的每一个人。但没人见过她所描述的男人,一个骑在自行车上的斜视青年还当着她的面笑了出来。

塔利夫人家的百叶窗拉了下来,房子上了锁,阳台上的植物正在枯萎。格斯·卡伯里慢悠悠地将门打开,伸出一只草莎纸般粗糙干瘪的手,抓住了门框。他探出长着白胡子的脸望着外面,一边来回打量着街道一边摇摇头。

艾莉什穿过街道,来到了加夫尼夫人家门口。夫人让她先进门歇一歇。走廊弥漫着百合花香,她跟着夫人走进一间昏暗的厨房,在餐桌旁坐了下来。

"你先喝杯茶,我们再一起想想该怎么办。"夫人点燃了煤气灶,将装在容器里的水倒进一只老旧的烧水壶里。

"我不知道该怎么办了。"艾莉什说,"所有机构的电话都打不通,城市南部似乎已经彻底失去了警察的管辖。我要试试能不能打通医院的电话。"

艾莉什看着正在煤气灶上加热的水壶,开口说:"你能帮我留意一下他吗?他随时都可能回来。我把我的电话号码留给你,等你能

第七章

打通电话了就通知我。在这段时间里,我不知道该怎么处理那条该死的狗,我知道它只会给人添麻烦。"水壶发出了水烧开的呜呜声,加夫尼夫人起身从壁柜里拿出两只杯子。

她说:"如果你能给它留些食物的话,我可以把狗接过来,我这里没有多余的食物能喂给它。"

艾莉什看着女人脸上的皱纹,试图回忆起她的几个儿子的脸庞。他们曾在街道上奔跑嬉闹,如今都长大成人,也有了自己的孩子。他们如今活在窗台上的一排排照片里。

"你的儿子们呢?"艾莉什问。

"他们都走了,两个人都去了澳大利亚。他们一直想让我离开这个老地方,但我不想走。"

"可是为什么呢?加夫尼夫人,你为什么要留下呢?"夫人沉默良久,满是斑点的手摸着下巴,想说些什么,但最终只是叹了口气,移开了目光。

"我们为什么要留下呢?"她说。

艾莉什沿路寻找父亲,在门后蜷缩躲避,然后匆匆朝家走去。穿过一个十字路口时,身后突然传来一阵马蹄声。艾莉什转身望去,看见正在路上驰骋的三匹马。两匹长着斑点的灰马和一匹长着白色斑点的棕马眼神犀利地从她身边奔跑而过。

时间在艾莉什手中流逝,夜晚的房屋在轰炸中凝视着她的父亲,仿佛他已经变为幽魂,站立在她跟前。西蒙走远了,步入了沉默之中。艾莉什又一次穿过城市,站在空荡荡的屋子里,蜷缩躲藏在街道上。她不会再离开孩子们了。她低声对拉里说:"我早该知道会发生这种事,我该怎么办?没错,我早该知道的,这都是我的错。"电话线路恢复了,加夫尼夫人打来电话,告诉她那只狗跑走了。妹妹从加拿大打来了电话,但艾莉什关掉了手机。她不知道安妮会对父亲的事做何反应。她眼睁睁地看着自己的失败和羞愧,她对孩子们撒着谎,祈祷着西蒙会自己回家。她早已对自己说了无数谎话。

安妮发来很多条短信,让艾莉什给自己打电话。

"我打不通你的电话。"她说,"我们需要谈谈,希望你一切平安。城市南部遭到了围困,轰炸日夜不停,英国广播电台表示,军方正在使用直升机投掷装满弹片和石油的炸弹。"

孩子们躺在楼梯下努力睡着,本因为牙齿生长的疼痛哭泣着,他的上下犬齿都冒了头。艾莉什体内的某种情绪已经紧紧绕成一团,无法得到释放。她的身体时刻保持着警惕,睡觉时会竖起耳朵留意声音,在水车和补给点前排队时,意识也会穿过头骨,注视着头顶上空的情况。

她在排队时遇见了一个学生时期的熟人,他憔悴的笑容背后隐藏的情绪让她一时不禁回忆起被拥入怀中是怎样的感觉。她想象着和爱人肩并着肩躺在一起,抛开了全部思绪,只关注着自身,在一时间完全失去了自我。艾莉什转过身,为自己如今的模样感到难为情。她已经不再梳头了,生怕看见掉落的头发。男人碰了碰她的手腕,告诉她有个走私商人在克拉姆林路的一家电器店里售卖补给品,她或许能在那里买到些想要的东西。

艾莉什走在满目疮痍的街道上,在民防志愿者们身边穿过。他们戴着白色帽子，在一栋公寓楼的废墟中搜寻着。一名带着武装的警卫将她带进了电器店，艾莉什在队伍中等待着。店里有些二手的洗衣机、滚筒烘干机、洗碗机和厨具，但没有了电，这些东西都没了用处。

艾莉什又穿错了鞋子，这双夏款乐福鞋挤得她的脚生疼。她从鞋子里抽出一只脚，看着自己的脚趾，心想她曾经有多么喜欢这双鞋。自从生了本之后，她的脚就和以前不一样了。很显然，如今她的脚足弓更平，脚掌更长，已经不再像是她的脚了。

包里的手机响了，她看了眼短信，眼睛盯着屏幕，又将消息读了一遍。

"我想告诉你，他很安全。"

艾莉什给妹妹回信问道："谁很安全？"柜台后面的人双眼疲惫，满脸胡子。艾莉什想给孩子买些奶粉和扑热息痛药片。男人走进了里屋，一个年轻人用计算器算着价格。她在心中快速算了一下，这里的扑热息痛价格是平时的十二倍。艾莉什望着手机，等待着安妮的回信，她快没有钱了，只能去祈求妹妹的救济。但安妮迟迟没有回音，她又发短信问了一次："谁很安全？"

她正一边咒骂着鞋子，一边匆匆赶回家。安妮发来了回信。她停下脚步，又将消息读了两遍。安妮说："爸爸很安全，我们的朋友把他救走了，我费了很长时间才把他救出国。"

| 第八章 |

　　自行车的后轮咔嗒作响，艾莉什将它推过门厅靠在墙上。厨房里的烤箱计时器响了起来。她喊着让孩子关掉那声音，四处找拖鞋。她又喊了一声，光脚走进了厨房。

　　"贝利在哪儿？"她问着，走到坐在床垫上的莫莉身旁。莫莉正戴着耳机看着笔记本电脑，本抓着一把木勺在婴儿床里打盹。艾莉什将烤盘里的黑面包倒扣在架子上晾凉，伸手在面包底部轻轻敲了敲，听里面有没有空腔。接着，她才想到要关上计时器。

　　现在随时可能断电，她得再洗一趟衣服。艾莉什想起了卡罗尔·塞克斯顿和她苦涩的嘴角。她走到莫莉面前，挥舞着烘焙手套问道："你为什么不照我说的把面包拿出来？"

　　那双从电脑屏幕前抬起的受伤眼眸属于卡罗尔，而并非她的女儿。

　　艾莉什转身朝厨房走去，天花板上传来的声音让她停下了脚步。下一瞬间，她抬手捂住了头，宛如世界崩塌般的巨响传来，脚底下一阵震颤，四周充斥着水泥碎裂砸落的声音。她冲向本，把他从婴儿床里抱起来，大声喊着让莫莉躲到楼梯下去。莫莉摘下了耳机，艾莉什在屋里不停张望着。

"贝利在哪儿？"她喊道，"你弟弟去哪儿了？"莫莉表情惊恐，慌张地躲到了楼梯下，张嘴想说什么，抬手指着门口。

"他出去了。"莫莉大喊着，"他说要出去买牛奶。"

艾莉什将本塞进莫莉怀中，将她拉到角落里躲好，念叨着贝利的名字，朝门廊走去。她推开前院的门，朝街道上望去，心想如今已经买不到牛奶了。

下一刻，她无声地双脚离地，腾空向后倒去。她的双臂在光影的交错之中向上挥动着，嘴里落进了水泥碎块。她躺在一片无声的黑暗之中，身下是一大片平坦的土地。她嘴里有什么东西，那不是血。血正从被咬破的舌头里冒出来，在嘴里蔓延。那也不是水泥碎块，而是什么别的东西。艾莉什睁开眼睛，看见满是玻璃碎片和尘土的走廊，身旁的莫莉正弯腰将压在她身上的自行车移开，怀里还抱着本。莫莉喊叫着什么，但艾莉什根本听不见，她被莫莉拉着手腕坐了起来。寂静之中突然传来一阵急促的声响，房屋的警报声中夹杂着尖叫和奔跑着呼救的声音。仿佛所有人都被闹钟叫醒，迎来了清晨。

莫莉擦着母亲的脸，艾莉什看见自己的血沾在莫莉的袖子上。她握住女儿的手腕，说不出话来。她挣扎着想要起身，但她在摔倒时似乎撞到了脑袋，只能晕乎乎地靠着墙。她双手撑着墙，奋力站起来。鲜血印在墙上，本哭喊着抱住姐姐，莫莉让她赶紧坐下。艾莉什拼命想要开口，说出那个被压在舌头下，满是鲜血的单词。那是一个名字,她必须说出那个唯一的名字。当她呢喃着说出贝利的名字,嘴巴仿佛就变成了死寂一片的洞穴。

艾莉什跟跟跄跄地走出家门,拼命朝前走去。某种难闻的化学气味扑面而来,往眼鼻和口中钻去。艾莉什来到联排房屋中间的街道上,弥漫整个空间的烟雾和扬尘呛得她喉咙生疼。她一边呼喊着儿子的名字,一边朝前走去。形形色色的男女从尘土中冒出来,玻璃碎片和水泥块在他们奔跑的脚下吱呀作响。民防队伍朝遭遇空袭的地点移动着,头上的白帽子互相呼应着。艾莉什可以透过尘土看见扎雅克家右侧突然出现的房屋废墟。水泥粉尘悬浮在空气中,烟雾在微风中盘旋着吹拂向前,仿佛在与第一次空袭时街尾炸起的浓烟相呼应。

艾莉什的思绪已然崩塌碎裂。她独自走在寂静的世界里,凝视着那些尘土,想不起马路对面住着谁,想不起任何她认识的人。有人抓住了她的胳膊,一张戴着白帽子的脸庞问她有没有受伤。有人给她披上了毯子,将她带到路边坐下。

"你不明白。"艾莉什开口,强忍着嘴里的痛苦,挤出一丝微笑,"我儿子正在从商店回来的路上,他出去买牛奶了。"莫莉走到她身边,胸前紧紧抱着本,两人的头发和脸庞都被尘土染成了一片灰白。本的嘴唇也变得苍白,直到他张嘴哭起来,她才看见他格外粉红的舌头。莫莉哀求她回家,钻进眼中的尘土让艾莉什不停眨着眼睛。

她望向街对面,看见一间卧室窗外挂着两块窗帘。艾莉什继续朝率先遭受空袭的位置走去,她手里拿着毯子,越走越感觉一阵恶心。空气中弥漫着煤气的气味,原本矗立着联排房屋的地方满是砖头、木块和电线,变成了一处冒着浓烟的残破废墟。人们聚集在这堆残骸之上,用双手挖掘着。一个没穿拖鞋的跛脚男人用胳膊扣住一个女人的腋下,另一个男人则抓着她的脚踝。等在一旁的两厢车的后备厢打开来,车里的一个男人放倒了座椅。

就在这时,艾莉什看见了她的儿子。尽管他背身弯着腰,正同志愿者和其他人一起在废墟上挖掘着,头发和身上满是尘土,但艾莉什还是一眼认出了他。她的声音哽在了喉咙里。他没有发现艾莉什,直到她拽着他的胳膊将他拉到街上,揽进了怀里。他眨着眼睛,长长的睫毛上满是灰尘,挣脱着想要挣脱她的怀抱。

"妈妈,我没事。"他说,"你能不能冷静一点,我得回去帮忙。"

艾莉什带着怜爱和痛苦地朝他喊着,难过却骄傲地看着他,伸手抚摸他的头发,接着,她抽回了手,低头盯着自己的手。她抓着贝利的肩膀将他转了过去,发现他脑后的头发上满是血迹。艾莉什声音嘶哑地喊着,慌乱地四处张望。她朝莫莉大喊,让她去找医生。一个穿着便服的女人走了过来,她戴着医用口罩,挎着单肩包。女人拍了拍艾莉什的手腕,安抚着她。女人让贝利坐在路边,让他低下头来,将瓶装水浇在了他的后脑上。贝利抬眼看着母亲说:"你看,我都说了,我肯定没事。"

蹲着的医生站起身,说:"他头骨里卡着一块弹片,问题不大,但需要做手术将弹片取出来。今早,克拉姆林的儿童医院被袭击了,但你还是得去那里试试。如果他们不愿收治,你可以去圣殿街医院看看。如果你愿意穿过战场前线到医院去,你可以在这里找人送你过去。"

空气中似乎盘旋着一股腐臭的烟雾,直直闯进了艾莉什的嘴中。有那么一瞬间,她仿佛被人占据了身躯,无法将那股烟雾呼出体外。那股燃烧的气味似乎潜藏着什么。医生已经朝一个独自坐在路旁的男人走去,男人双手抱膝,正凝望着天空。艾莉什无法思考,街上挤满了人,喊叫着,挥着手,指着那些需要被安置进车里的人们。只有莫莉还能说出话来,她低头望着母亲的脚说:"妈妈,你忘了穿鞋,脚上都是血。"

侧滑门关上,园艺货车被笼罩在树叶和树脂混杂的气味之中。一群男人抬着一个裹在床单里的女人朝出租车走去时,艾莉什和莫莉被人群分开了。艾莉什能看见莫莉的脸庞,她看到了女儿眼中的恐惧。当莫莉同意先带着本回家去时,艾莉什突然又在她身上看到了坚强。女儿站在仿佛静止的烟雾之中,她在女儿眼中看到了一夜成长的坚韧。

货车地上的工具叮当作响,坐在后排的乘客努力为一个躺在夹克衫上的年轻人腾出空间。年轻人声音尖锐而嘶哑地叫喊着,身边似乎没有人陪同。贝利探头想从座位中间的空隙望向前面,艾莉什低声让他坐回来,将毯子按在他头上的伤处。

司机扭着发红的脖子探出车外,将车倒到合适的地方便刹车,拉上车门。他打着方向盘,又将变速杆往前推,于是货车缓缓朝前开去,接着又再次刹车。艾莉什将毯子压在了贝利脑后,司机降下车窗,挥舞着手臂朝车外叫喊起来:"哥们,麻烦往那边让一让,我要把人送出去。"

路上的每一次颠簸都顺着货车的金属外壳传递到骨骼之上。艾莉什试图理清思路,但头骨的疼痛掐住了她的思绪。她记不清医院在哪里,也想不起医院的名字。货车里无人说话,只有司机咒骂着路况。他抬手拍着喇叭,朝前面拥堵的交通大喊着。他降下车窗,挥着手开过一个十字路口。

艾莉什闭上双眼,看着自己被推着朝黑暗中前进,看着自己成了一名乘客,正朝自己的生活前进。这一刻,她身处货车后座。她所拥有的只有这一刻,从刚刚过去的曾经中生长而出的这一刻。因此,未来并不存在。未来退回了带着死亡恐惧的沉默之中。而艾莉什想要抓住一星半点的希望,将未来从虚无中哄骗出来。

她尽可能考虑各种情况,用理性的思考打破这种沉默。她能看见货车停在医院的紧急入口之外,两人走了进去,贝利不得不等待一段时间,但最终被收治并接受了手术。或者因为没有得到救助,他们前往了圣殿街医院,两人走出面包车,贝利只得继续等待,但终于得到了救治。艾莉什感觉未来再次掌握在了自己手里,医院名称和建筑特点浮现在她的脑海之中。她低声呢喃着医院的名字,仿佛它会再次被忘在脑后一般。

"克林姆林。"艾莉什低声同拉里念叨着,看到了接待处的玻璃窗,等待着坐在电脑前的前台人员让他们进去。她和拉里在急诊室外等了很久,等着工作人员念到她儿子的名字。她搜寻着拉里的脸庞,却找不到他。她在记忆中寻找着,想要抚摸他的头发,可他的脸模糊一片。

当艾莉什再次睁开眼时,看见贝利又一次探出了身子,想看看前方的情况。艾莉什抓着他的短袖想把他拽回来。可就在这时,货车碰上了减速带，贝利向后一倒，摔在了她身上。躺在地上的年轻人痛苦地喘息，在车里呻吟起来。艾莉什大喊着让司机减速，看见带着歉意的手在空气中挥了挥，指甲里满是黑土。

"不好意思。"司机喊道，"我们马上就到了。"艾莉什想不起司机的脸，只能透过后视镜看见他发红的脖子上满是汗水，一头黑发在半个小时里被烟尘糊成了灰白色。上一刻他还在修剪树木，下一刻他就成了一辆临时救护车的司机。不知道当他今夜睡前会如何回忆今天发生的事情，他将脸上扎满弹片的孩子送进了车里，这一幕或许会在他脑海中无数次回放。

货车停在医院门前的坡道下，没再往前开。司机按了下喇叭，下车拉开了后座的门。艾莉什看见了一张与她想象中截然不同的脸庞——一个慌乱的男人眼中满是悲伤和震惊。

"医院似乎又遭到了袭击。"他说，"但应该不是太严重，人们还在尝试进入医院。"一个抱着孩子的男人从货车里钻出来，朝坡道上走去，其他人也跟着走了过去。司机呼喊着让人来救救躺在车里的男孩。艾莉什和贝利站在坡道下，看着医院后方升腾着浓烟，门前一片混乱。人们挤在入口处呼喊着，两名保安和一名护士站在门口，大喊着让人们往后退。两辆救护车被堵在了坡道尽头，鸣着笛想让前面的车辆退开。

艾莉什脑中一片空白，她握住贝利的手，闭上了眼睛，无视头骨那深入骨髓的疼痛。当她再次睁眼时，看见了几个护士、搬运工和普通人连成一排，他们将裹在床单里的孩子或抱或用平板车推着送下了坡道，朝停在小路边的一辆红色小巴车走去。一个男孩站在

第八章

街对面一栋房子的车道上,手里拿着一个橘子,看着人们朝医院外走着。一个戴着荧光绿色假发的小丑朝他们走来,小丑身子肥胖,四肢却显得格外细长。他穿着一件医生袍,示意众人跟着他走。艾莉什回头望去,想看看他在招呼谁,但那张涂着油彩的嘴呼喊着让他们赶紧跟上。贝利一直拉着她的胳膊,直到两人坐进小丑那辆破旧的卡罗拉汽车后座。

艾莉什抓住贝利的手,闭眼强忍着从头骨处涌出的恶心。她看着眼前所发生的一切,失去了思考。她看着自己仿佛被某种强大的力量牵引着不断向前,身体不再是在水中游动,而是被汹涌的奔流冲向前方。汽车驶出医院,汇入了跟在公车后的一队汽车中。贝利坐在后排中间,艾莉什将毛巾叠起来,按在他的后脑上。车子驶过曾经的购物中心,经过一排排大门紧锁的商店,朝运河开去。艾莉什透过后视镜看着年纪不小的小丑,他用抹布擦去了脸上的油彩,将左眼拉扯成一个忧郁的形状。座位上放着假发,男人有些秃顶的脑袋冒着汗,嘴唇真实的形状被掩藏在油彩之下。男人表示很快就能到达圣殿街了。

"那里的人认识我。"他说,"一切都会顺利的。"

运送孩子们的车队靠近运河时,四周弥漫起一股寂静。前方是沙袋和铁丝网,反叛军士兵指挥着车队穿过无人区。公车和汽车缓缓前进,一只手从公车里伸了出来,挥舞着一张似乎是从书上撕下来的一页白纸。小丑拿出一块白手帕,伸出窗外缓缓挥动着。

"我们很快就能过河了。"他说,"然后我们就能径直开向目的地。我都没问你们叫什么名字,对了,我叫詹姆斯,你也可以叫我吉米小丑。我都没时间换鞋,这鞋倒还挺适合开车的。"

他抬脚露出一只大大的红色漆皮鞋,鞋带上系着蝴蝶结。他把脚放下,将拳头放在嘴边,朝着车前吹出一团带着红色亮片的烟雾。一时间,整个世界都弥漫起闪烁的鲜红,那红色洒落在挡把上,落在化妆用的油彩棒上,落在前排座椅的假发上。

这个男人疯了,他们必须下车。贝利扯着她的袖子低声说:"妈妈,这到底是怎么回事?"

"这个小把戏总会惹怒护士。"吉米说,"因为总要有人把这些清理干净。好了,各位,我们走吧,呜呜呜。"

小丑摇下了车窗,艾莉什这才想起来自己出门时没有带身份证。她摸索着牛仔裤口袋,她连手提包和钱也没带。艾莉什低声告诉吉米,但他装作没听见,举起医院通行证,递出了身份证,指着后座的贝利开了口:"这孩子脑袋上有弹片,需要去圣殿街医院治疗。"

士兵靠近车窗,打量着贝利和艾莉什,让两人出示身份证。小丑笑着打圆场,他指着已经通过检查站的公车和车队说道:"我们不能再耽误了,这孩子需要紧急治疗……"士兵命令吉米下车,艾莉什将贝利搂在了怀里。

"我需要检查汽车后备厢。"士兵说道。小丑僵着身子走出车外,按照士兵的要求绕到车后去卸下备用胎。他再次坐进车里启动引擎时,脚上的小丑鞋已经脱了下来,看起来一副泄气的模样。他抹了一把只剩半边油彩的脸,伸出左手摸索着想要去拿湿巾。

前面的道路畅通无阻,车队已经走远了。

"别担心。"他说,"我们很快就能赶上他们。"他突然一拍方向盘，猛地减速，身子惯性朝前倒去。

"该死的。"他念叨着。政府警方的路障闪着蓝色的灯，街道上的两名警察指挥着车辆停下。小丑降下车窗，手里举着医院通行证，指着前面的车队不停解释着。他的秃头满是汗水，头发贴在了耳朵上。警察一边摇头一边俯身说道："我接到了命令，任何人不许通过，现在立刻掉头。"

"通融下吧。"小丑说，"我只是想把他送到医院去，你看不出这孩子需要治疗吗？"

小丑一边掉头一边喃喃自语。他用袖子抹了抹嘴，脸上的油彩被蹭成了可怖的模样。

"他妈的。"他骂完又抱歉地说，"不好意思，说了句脏话。"

他看了眼后视镜，突然一个急转弯，驶入了一条小道。

"我没办法把你们送到圣殿街去了，他们已经记下来我的车牌和身份证号。但沿着这条路就能到圣殿街医院，你可以跟医生说你儿子已经十六岁了，医院会收治他的。等他们治好了他，也没办法再追究什么。他看起来年纪够了，你可以骂他们一顿，然后带着儿子离开。"

艾莉什想不起今天是星期几，身处医院走廊的苍白灯光之下，她也已经分不清昼夜。她靠坐在墙边，摸索着扎进脚里的玻璃碴，昏昏欲睡的贝利靠在她身上。急诊室外挤满了人，各种身上带血的伤患或是光着身子坐在椅子上，或是坐在轮椅里，抑或是躺在地上。走廊里站着的两名护士聊着天，发出一阵低低的笑声。贝利打着哈欠坐直了身子。他抱着胳膊，做出一副委屈的模样望着艾莉什。艾莉什抬手拨开挡在他眼前的头发，给他理了理衣服。

"我快饿死了。"他说，"我受不了了。你连钱都没带，我们怎么吃饭啊。为什么不先回家，之后再来医院呢？"

艾莉什望着一个瘦骨嶙峋的男人躺在一旁的毯子上，不知是死是活。男人穿着一件皱巴巴的棕色西装，袖子被鲜血染红了，手里抓着一个装满面包卷的塑料袋，脚上只有一只孤零零的黑鞋。她看见另一个只穿着一只运动鞋的男人被带进了急诊室。她心想，不知有多少鞋子迷了路。它们的主人被抓着四肢，或是被架着腋下拖进了轿车或货车的后备厢，又因为医院没有多余的病床，被拖进了急诊室里。孤零零的鞋子在慌乱的脚步里被踢到了一旁，抑或是被遗落在了车道或人行道上。鞋子宛如一只毫不动摇的眼睛，等待着主人的归来。

一个身材魁梧的护士带着疲惫的微笑从双开门里走出来，喊着贝利的名字，贝利抬肘推了推她的腰侧。贝利坐进轮椅里，双手放在腿上，乐呵呵地笑了起来。"你的精神很好。"护士说，"你很快就会好起来的。"护士点头示意艾莉什跟上，低头盯住了艾莉什的脚。"天啊。"她喊道，"我上楼看看能不能帮你找双鞋。"

用窗帘隔开的病床旁放着一张灰色折叠椅，艾莉什感觉一种欣喜升腾而起，她看见事情正沿着她所希望的方向发展。贝利穿着一次性病患服靠在枕头上，脸上的灰尘和血迹已经清理干净，脑袋被包扎好了，等待剃了头发后进行手术。艾莉什不停地告诉自己，扫描结果显示，贝利的血管和组织都没有出现脑内损伤。她想握住贝利的手，她必须想办法通知莫莉。贝利神情急躁，双手不安地动着。他看起来只有十四岁，顶多只有十五岁。艾莉什又看了一眼，他显得更小了，仿佛是个才刚满十三岁的小男孩，经历了一整天的轰炸。

"今天是星期二。"艾莉什拍着手说。贝利一脸不解地看着她。

"没事。"她说，"你真是太幸运了。你想啊，要是那弹片再大一点点，你就遭殃了。"

"妈妈，你已经说过这话了。事实就是，它没有那么大，所以你没必要做这种假设。你问问护士，能不能给我一片吐司什么的，我快饿死了。你告诉他们，我已经一整天都没吃饭了。"

护士从楼下拿来了一些麻醉湿巾、药膏和装在透明包装袋里的一次性拖鞋，塞进了艾莉什的手里。

"护士长让你出去的时候顺便去找她一趟。"护士说，"她就在走廊尽头的桌子那边。"

艾莉什清洗好脚上的伤口，抹上药膏，穿着一次性拖鞋穿过病房。她在思考该如何面对护士，回忆着她对医护人员撒的谎，口中爬出了有毒的谎言之花。她思索着，医院或许已经打电话联系了全科医生，或是用其他办法得知了贝利的年纪。

"斯塔克夫人，你为什么要撒谎？你儿子还没到十六岁，这里不是儿科医院，收治这个孩子是违反规定的。"而她会摸着后脑勺装出一副惊讶的模样。

艾莉什站在桌前，看着正在打电话的护士长，对方露出了一副迷茫而疑惑的神情。护士长放下电话，嘴角一缩，像要吐唾沫一样。她嘴里含着一块糖。

"我听说你有事找我,我是艾莉什·斯塔克,是病房里的贝利·斯塔克的母亲。"护士长拉出跟前的一个文件盘,翻找了起来,从那堆文件中抽出了一份:"对的,楼下送来了病患信息表,但我们需要收集你儿子的入院信息。我们现在只有他的姓名、住址和出生日期,缺少他的社保号码,还需要他的身份证。我们这里的规定是很严格的。"

"我明白。"艾莉什说,"我在楼下时已经解释过了,我不记得我儿子的社保号码,我连自己的号码都不记得。我身上连手提包和其他东西都没有。我们没想到今天需要来医院……"

"我理解,这种情况很常见,你今晚先不用担心这个,可以明天回来的时候再补充信息。"

艾莉什皱着眉摇头:"抱歉,我今晚不能离开我儿子。他什么时候进手术室?"

"斯塔克夫人,探视时间在几个小时前就结束了,你本不该待在这里。我真的没办法告诉你,你儿子什么时候能进手术室。现在这里一片混乱,急救人员忙得不可开交。你最好先回家睡一觉,等明早你儿子出院了,我会让护士打电话通知你过来的。"

艾莉什望着穿着一次性拖鞋的双脚,开口道:"我不知道该怎么回去,我没带身份证,穿过战争前线时可能会被逮捕。"

护士长撇了撇嘴角:"我看看能不能给你弄一张医院通行证,证件上会说你是被急救人员带过来的,大家都是这样做的,你可以凭证件回去。"

艾莉什望着护士长的手,视线却并没有聚焦,而是看见了心中

第八章

的某片空间,某种突然升起的欣喜传遍全身。这种感觉让她相信贝利会好起来,让她看见生命猛然膨胀,转瞬又恢复成原来的模样。她闭上眼睛,感觉身体的紧张得到了释放,仿佛那感觉已经顺着指尖滴落而下。一股疲劳瞬间涌了上来,她想坐下来闭眼休息一会儿。艾莉什抬起头来,看着皱起眉头的护士长。

"抱歉。"艾莉什说,"你刚才说什么?"

"斯塔克夫人,你的脸色看起来有些苍白,你真的没事吗?你需要打电话通知你丈夫吗?或许你运气好,能打通的。"艾莉什站在电话前,想不起任何一个号码。如果拉里也想不起号码了怎么办?她拿起电话,指挥她拨号的不是记忆,而是手指所形成了某种肌肉记忆。

在军事检查站前,她被举着手电筒的士兵盘问,她只能解释为什么要在宵禁五小时后穿过战争前线。手里的医院证件被收走了,她指着自己只穿着破烂一次性拖鞋的脚解释着。士兵命令她等在一旁,良久才允许她独自穿过黑暗的大桥。她迈出的每一步仿佛都有一辈子那么长,路边停着窗户破碎的公车,几双隐在黑暗中的眼睛看着她走近。她已经没有医院证件或是身份证能向站岗的反叛军士兵出示,只能努力解释着。她看不清手电筒光线之后的士兵脸庞,但他的声音听起来非常年轻。这个年纪的男孩似乎还无法理解,无法认识这个世界,还不了解非黑即白以外的事情,也不知道军队统治以外的世界。

他用手电筒照向艾莉什鲜血染红的双脚,又抬头望着她的眼睛,仿佛在问自己疯狂是什么模样。疯狂仿佛正是她这副样子，不是挥舞着双臂对着诸神呼喊的人们，而是一个想要回到孩子身边的母亲。士兵叫来了一个上级军官，军官带着她朝前走去。这是个和她年龄相仿的男人，脸上带着胡楂，穿着深色军装。

"我送你回去。"他说，"你一个人走太危险了。"他指着一辆路虎车对她说，揉着下巴打了个哈欠。军官启动了车子，没有打开车灯。

"我想我不必提醒你，宵禁时间跑出来就是在拿自己的生命冒险。"艾莉什能从他的声音中了解他的童年生活在何处，知道他后来去了拉格比公学，又进了大学，也能猜到他在这之前的职业。艾莉什沉默着说不出话来，她已经没有力气将一切从头再解释一遍了。

道路已经面目全非，军官放慢车速，最终停了下来。他拿着手电筒探出身子，将路虎车开上了一条小道，沿路朝前开去。当他将车停在圣劳伦斯街的十字路口时，他打着空挡转身望着艾莉什。

"我想问问，你为什么要留下来？这里已经什么都没有了。"

"那你呢？"艾莉什反问，"你为什么还在这里？"

"我的工作需要我留在这里。"他答道，"我得待在这里完成任务，否则就会锒铛入狱。"

艾莉什扯了扯嘴角，不知道该作何回答，拉了拉车门把手，门却纹丝不动。"我其中一个儿子加入了反叛军。"她说道，"我已经很长时间没有他的消息了，你觉得他是不是已经死了？"

"这很难说，他可能被安排躲起来了，可能被逮捕了，也可能

第八章

只是非常谨慎,没有给你发邮件或打电话。你也知道,他们会通过这些通讯追踪到他的家人。我之前给妻子发过短信,告诉她我很好。但我已经好几个月没见过家人了。"

军官看着她走下车,叮嘱她注意安全。

"你现在还来得及离开。"他说,"这个地方很快又会变成地狱。政府将允许联合国开辟一条人道主义撤离通道,从兰斯当路球场经由港口隧道,北上离开国家。只要他们一声号令,就能允许你们像老鼠一样逃到国外。保护好自己,好吗?"

艾莉什走在街道上,那只拖鞋还拿在她的手里。街上的尘土和烟雾已经消散,只剩一半的房屋矗立在街对面,仿佛被屠夫的切肉刀划开了一个口子。楼上的一个窗棂仍镶在砖墙里,伸展向屋外的虚无。房屋的另一半和临近的两栋房屋都已经被毁了,化为了一堆砖石和木块。艾莉什站在家门前,看到屋前的窗户上盖着垃圾袋,门廊被毁得一片狼藉。莫莉拿着手电筒来到门口,艾莉什将她拥进怀中。本正在楼梯下沉睡着。莫莉抬起手电筒,照亮破损的天花板。"楼上毁坏得更严重。"她一边说着,一边照亮了她已将玻璃碎片清理干净的地方。水泥尘土依旧悬浮在空气中,餐具柜、书柜和照片相框上方都落了灰。

艾莉什将照片都抱在怀里,坐进拉里的扶手椅里,将照片放在了腿上。窗户上的垃圾袋正轻轻呼吸着微风。

"你早上得带着本一起去取水。"艾莉什说,"我得回医院去看贝利。等他做完手术,我要尽快带他离开医院。为了让圣殿街医院收治他,我只能谎报他的年龄。"艾莉什累得连莫莉帮她热好的饭都吃不下。她累过了头,反而迟迟睡不着。她靠在扶手椅上,用衬衫袖子擦拭着照片。她似乎看着时光在令人讽刺的游行中远去,低声向拉里讲述着经历的空袭。她看着拉里因为无法理解而皱起了眉头,他捋着胡子,手握成了拳。他在全世界的嘲笑面前显得那么无力,这栋房子已经无法再称之为家。

艾莉什撑着一把伞,走在去看贝利的路上。鸟鸣呼唤着黎明,可接下来的枪声让世界陷入了寂静。恐惧自她腹中蔓延开来,战斗机从头顶划过时,这种感觉已经侵蚀到了她的双腿上。她在检查站前看到运河边停着比以往更多的公车,在马克大桥上排成了一列,一直延伸向无人控制的区域,形成了一道防护墙。

艾莉什按照士兵的指示,站在沙袋后等待检查。昨晚把守的士兵已经被换下了。大桥旁的道路上扔着一把伞面朝下的伞,柏油路上散落着玻璃碎片。十几个人站在大桥的另一侧,亦即最后一辆公车的后面,等待着反叛军士兵发出同意离开的指令。

一个站在沙袋后面的年轻人指着前方喊道,海豚仓的塔楼上有狙击手。一声呼喊响起,反叛军士兵开始射击掩护,最后一辆公车旁的人们四散奔逃。手里抱着一束野花的母亲拽着一个跟不上母亲脚步的女孩。一个青年双手抱头,拼命跑着。狙击手的射击声不断回响着,宛如满场的掌声。那个母亲猛地将身子一缩,把女孩一把拽了过去。一个面如死灰的男人举着一张报纸,盖在脑袋上。一个老太太双手放在胸前,步履蹒跚地穿过大桥,朝反叛军的方向跑去。随之而来的是一段漫长的寂静。

第八章

一名反叛军士兵驾驶着一辆公车，发出缓慢的汽车轰鸣声。他将车倒着停在桥上，以延长公车形成的防护墙。狙击手正凭直觉射击着，"掌声"接连响起，窗户碎裂，公车的轮胎发出漏气声，仿佛被子弹击穿了肺部一般。车门打开，一名反叛军士兵下了车，朝大桥的方向走去。

艾莉什将雨伞塞进口袋，捏紧了颤抖的双手。她要过桥，她现在很清楚自己的这一想法。她要抛开其他杂念，不顾一切地向前冲去。她觉得自己能做到，最后一辆公车距离安全的商店并不远。她走在一名士兵身后的一列队伍中，向大桥行进。士兵提醒他们贴着公车往前走。人群继续向反叛军检查站跑去，每次破风声响起，众人就会下意识躲闪，依旧有人平安地通过了大桥。一个怀里抱着小狗的青年慢慢跑着，而一个女人则抱着一只购物袋朝前奔去。女人神色紧张，似乎是在戒备着即将射来的那颗子弹，害怕着骨头的碎裂和鲜血的喷涌，害怕着坠入永夜。

就在这时，艾莉什看到了掉在地上的一只皱巴巴的静脉输液袋，看到了袋子上被雨水冲淡的血迹。她身后的一个年轻人冒险向前冲去，成功通过了大桥。反叛军士兵的手还举在空气中，示意他们不要轻举妄动。士兵举起双筒望远镜，透过公车的间隙望着塔楼。艾莉什想知道，狙击手会不会因为射击，暴露自己的藏身之处。远处有一道烟气，又好像是一道移动中的模糊影子。士兵转头看向他们说："跑过前面的五十米后就能进入枪手的射击盲区，你们可以贴着那些建筑物冲过去。运动中的目标是很难射中的，那个枪手也只是在碰运气。"

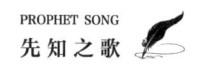

艾莉什身后的一个男人抱怨妻子穿了不适合跑步的鞋。运河上出现一阵火力掩护,艾莉什在士兵的指挥下跑过了最后一辆公车,朝前冲去。她前面是一个穿着黑色雨衣的男人,右边是一个抱着粉色皮包的女人。艾莉什朝道路尽头奔去,看着映在前方的身影,仿佛他们不是在奔跑,而是乘着飞机朝地底飞去。她告诉自己,不要抬起眼睛。如果她抬头一看,或许就会在冥冥之中和狙击手四目相对。她不知道自己有没有看见狙击手,她只是冲向前方的十字路口,冲向店门紧闭的印度外带餐厅和超市。

两辆车穿过十字路口,那个身着黑色雨衣的男人摔了一跤,外套被甩了出去。男人摔倒在地,离艾莉什最近的女人在另一声闷响中伸出一只手。她手中的皮包掉在了地上。女人猛地摔在了艾莉什跟前。艾莉什被绊倒在地,一阵天旋地转。她再次睁开眼时,发现自己正倒在地上,双手捂着头。奔跑的脚步声消失在了寂静之中,胳膊肘传来一阵剧痛。她应该没有被子弹击中,她必须跑起来。穿雨衣的男人一动不动地倒在地上,艾莉什身后的女人正喘着粗气。反叛军士兵呼喊起来,桥上响起密集的枪声。突然,反击的炮声从不知何处呼啸而至。艾莉什趴在地上,感受着那股震颤。头顶飞过的仿佛是一头长着血盆大口的野兽。

趴在地上的艾莉什动弹不得,她抬眼望去,发现自己已经无处可逃。头顶的枪声接连不断,你来我往。她心中升起一股冰冷的悲伤,她要死了。她睁开双眼,发现自己不知何时已经穿过了大桥。栏杆上的沥青和锈绿泛着潮湿的光泽,和马路与商店形成了一种和谐的统一。她知道自己现在并非躺在马路中央,而是躺在某种终极之上。她惊讶于自己的冷静，死亡在静静等候，可她还没有做好迎接它的准备。

死亡站在她跟前，释放出强势的信号，但她并没有抬眼去看，只是将孩子们抛在脑后，冲向了死亡的怀抱。当她看到孩子们被遗弃，看到自己得知消息后充耳不闻的模样，悲痛扼住了她的咽喉。她有责任将孩子们从危险中拯救出去，可她却站在原地，面对着残酷的事实，显得愚蠢而又盲目。她应该将孩子们送出去的，她想起了父亲一次次的警告，离开这个国家，过一个更好的生活。她看着错失的机会在眼前展开，而他们原本有无数次机会可以逃离。而这些都已化为尘埃，变成了虚幻而无用的过往。

艾莉什看见自己身处地底深穴，也看见了自己最饱满的一片爱意。她看到了事情是如何变了模样，而她的生活被某种支配一切的力量法则所吞噬。身处其中，她只是一粒微尘，一个小小的耐力标志。而她在这种悲伤之中转过视线，看见了男人的血液缓缓从身体中逃离而出。血液中的细胞仍残留着生命力，红细胞和白细胞在诡异的湮灭中坚守着工作。血液沿着道路蜿蜒流淌，仿佛觉得排水沟会将它送入地下水中，而它会溶解其中，最后重归体内。艾莉什攥紧拳头，脚趾抵着地面，她想活着见到孩子们。

头顶交错的射击声停下了，死一般的寂静蔓延开来。一名反叛军士兵冲他们叫喊着，而艾莉什不敢挪动分毫，生怕暴露了自己还活着的事实。她僵硬地趴着，将身体紧紧地贴在地面上，相信自己能活下去。她看着地面上被沥青包裹的铺路石，地球上的石头都是在几亿年前经过热挤压形成的。但如今只有此刻，她必须抓住当下。

某种内在的力量在体内流过，艾莉什闭上双眼，看见了她流逝的岁月，以及尚未体验过的时光。突然，某种力量驱动着她跑了起来，不断向前奔去。

艾莉什溜进医院大门，并没有被安检人员拦下。她径直走向电梯，最终在护士站看见了一张与昨日不同的面孔。清澈的蓝色眼眸从屏幕前抬起，瞥了她一眼。

"你有什么事吗？"

"我儿子昨天做了手术，你能告诉我他在哪个病房吗？"

护士露出一个微笑，摇了摇头："抱歉，探视时间是下午两点到四点，以及晚上六点三十分到八点三十分，你得晚些时候再过来。"桌上的电话响起，护士看了看电话，又看了看仍然站在她面前的艾莉什，"不好意思，我先接一下电话。"

艾莉什抱着胳膊望向走廊，三辆躺着病人的移动病床停在病房里，等待着空余床位。护士挂掉电话时，她想起了那个躺在地上，穿着棕色西装，手里还抓着一袋面包的男人。

"不好意思。"艾莉什说，"我只是想知道他现在情况怎么样了。他昨晚做了手术，取出了头骨里的弹片。"护士用发黄的指尖轻轻按动着圆珠笔，伸手抓过装有住院病人资料的文件盘。

"我可以查一下他的档案，在你离开前告诉你，反正你之后也会接到告知电话的。"

"麻烦你了。"艾莉什说。

护士笑了笑，没有抬头："我知道，这一切都是一场彻头彻尾的噩梦。你说你儿子叫什么名字来着?"艾莉什看着正在翻找档案的护士的脸庞,头顶的灯光打在她化了妆的脸上,皮肤上的斑点从耳后一直延伸到锁骨,她似乎是长了湿疹。护士又拉过另一个文件盘,从头到尾找了一遍,又重新开始翻找起第一个文件盘。

"不好意思,他是叫贝利·斯塔克吗?"

"是的,没错。"

"我们这里好像没有叫这个名字的病人,你确定你找对医院了吗?这里是安妮·杨病房,不少人会弄错,在他们看来,病房都差不多。"

"没错的。"艾莉什说,"就是安妮·杨病房,我昨晚还站在这里和病房护士说话,但我记不得她的名字了。我儿子在走廊那头的一个房间里等待手术,那个护士说第二天早上会有人打电话通知我过来。"

护士的目光在桌上扫视了一圈,说:"这里现在一团乱麻,我得去问问护士长。"

桌上的电话又响了起来,但护士转身进了一个房间,关上了门。另一名护士走过来接起电话,说了两句"是的""不是",就挂上电话离开了。艾莉什看到门把手缓缓转动,但那扇门并没有打开。接着,门开了一条缝,另一个护士朝外看了看,又关上了门。艾莉什想要一杯咖啡和一支烟,她想给贝利换上干净的衣服,然后送他回家。

护士长从房间里走出来,却并没有看艾莉什,径直朝走廊走去。另一个护士还留在屋里。艾莉什转身走向贝利昨晚住过的那间集体病房。贝利原本躺过的病床上,正睡着一个脸颊凹陷的老人。她拉开帘子看了看其他病人,又将帘子重新拉上。一位男护士走到她身后,开口问道:"不好意思,你有什么事吗?"艾莉什从那位护士身边走过,回到了走廊,正看见护士长紧抿着嘴唇朝她走来。

"斯塔克夫人,我是这个病房的护士长。

"不好意思,给你添麻烦了,我以为记录员已经通知过你了。你儿子昨晚被转到了另一家医院,午夜刚过就出院了。这种事情时有发生,或者应该说很常见。"

"抱歉。"艾莉什说,"我不太明白,被转到另一家医院是什么意思?"

"我说了,这种转院的情况经常发生。在如今这种紧急时刻,医院一直在超负荷收治病人。你儿子本来是要做手术的,但最后被转移走了。命令是上级下达的,我们没有决定权,我已经把病人的所有细节资料都移交给他们了。此外,这里有一份文件需要你签字。"

"等等。"艾莉什说,"我真的完全听不明白。你的意思是说,我儿子已经不在这家医院了,哪怕他昨晚已经住院,只等着做手术?"

"是的,斯塔克夫人,我们给你打过电话,但是……"

"不好意思,这太荒谬了,我从没听过这样的事情。我儿子还没有成年,我是在这家医院办理的住院,而不是其他什么地方。我要和你的上级聊聊,我要把我儿子送回这里。"

"斯塔克夫人,我们恐怕无能为力,这不是医院决定的,他们午夜刚过就来找他了。"

"谁在午夜时来找他?"眼前的护士长又抿起了嘴唇,眼神游移,似乎带着恐惧。她目光转向别处,朝桌前瞥了一眼,似乎是在求助。

她松开环抱的双臂,开口道:"你听我说,我不知道是谁下的命令,但这与医院无关。他在午夜后不久就被转移到了圣布里辛医院。"

"我真的听不懂了,圣布里辛医院,这是你瞎编的名字吗?我从没听说过这家医院。"

"这是一家位于史密斯菲尔德的军事医院,由军队进行管理。"

艾莉什感觉有什么东西从她生命之中滑下去,身躯只留下一层病态的外壳。她努力清了清嗓子:"我儿子为什么会在军事医院?他怎么会被送到那种地方?"她继续开口问道,因为嘴巴并不知道答案,从而问出了疑惑,等待着解答,而身体仿佛了然于胸一般诉说着。艾莉什感觉自己快要晕过去了。她茫然地坐在椅子上,手里拿着一杯水。她将杯里的水喝完,起身想将纸杯扔进垃圾桶。她握着杯子,希望有人能将它收走,可他们都害怕靠近她。艾莉什猛地将纸杯捏扁。

"有没有人能把地址写下来给我?"艾莉什说道,"那个该死的医院地址,还有,有没有人能把这个杯子拿走。"

前方路边有些不对劲,人们坐在咖啡馆外的遮阳伞下吃着食物,喝着饮料。一个男人用叉子叉起一块开放式三明治,隔壁桌的两个女孩用吸管喝着饮料。两个老太太边喝茶边聊天,桌旁放着两人的手推车。艾莉什从他们身边走过,对眼前看到的一切感到鄙夷。接着,她又否定了自己的想法。人们有权过自己的生活,有权享受片刻的安宁。

艾莉什在监控摄像头的注视下,站立在军事医院安全检查门前的队伍里。她不断在心中重复着待会儿要说的话,思考合适的用词和语气,一遍遍地重复和修改,不知不觉间站到了一个陌生人面前。"由于一些失误,我儿子被错误地转移到了这里。他被送到了一家综合医院,但他只有十三岁,应该去儿童医院……"艾莉什接受了搜查,手机被收走了,离开医院时才能取回。

她走上一条绿树成荫的行车道,前面隐约可见一栋红砖外墙的三层建筑。军队士兵和警察站在院子里,一名护士正在关上救护车的后门。屋里的服务台前排着一小队人,一个圆形的摄像头监视着众人。人们正从另一扇门进入医院,门口有士兵正在把守。艾莉什出示了自己的身份证,想说出提前打好腹稿的话语。但他们不为所动,这番话似乎毫无作用。工作人员输入了贝利的姓名、住址和身份证号,开始查询。可他的脸从屏幕前抬起来时,眼睛里是艾莉什意料之外的意味。

"抱歉,我们的病人记录里并没有你儿子,或许你搞错了。"艾莉什看着那张脸,皱起了眉头,仿佛听不懂对方的话。

她撑在桌上,双手缓缓攥成了拳:"可我刚从圣殿街医院过来,他们说我儿子昨晚被送到这里接受手术,我也亲眼看到了转移文件。"

"我明白,但系统显示他并不是本院的病人,而且本院并不负责手术工作。医院的这个区域是预留来接收市政医院不足以消化的病人的。或许你儿子被拘留在了医院的军事管理区域,有时候被拘留在市政医院的人员也会转移到那里。"

工作人员点击着鼠标,眼睛在屏幕上来回扫视着。

"你说的这些太可笑了。"艾莉什说,"我儿子才十三岁,十三岁的孩子怎么会被拘留。当时发生了空袭,我儿子被阴差阳错地送到了圣殿街医院,我包里还有一份转院文件的复印件。"

"你出门左拐,就能看到安全入口,你可以去那里问问你儿子的情况。"工作人员朝排在艾莉什身后的女人望去,抬手示意艾莉什让开。但艾莉什难以挪动半步,对面的人再次开口提醒她让开。

艾莉什木然地朝出口走去,她转过头去,眼神涣散地看了看那张桌子。她喃喃自语着什么,站在屋外望向天空。她体内仿佛压着某种东西,而且那股压力还在不断增加,让她仿佛又因为怀孕而身体变得臃肿了。那种重量和压力来自她自己的组织和血液,而从她体内孕育而出的孩子,始终是自己这具身体的一部分。她拿着身份证走向医院的军事管理区域,却被告知非军事人员不许入内,并要求她立刻离开。但艾莉什坚持着不愿离开。另一名宪兵从警卫亭里走了出来。

"抱歉,如果你坚持留在这里,会被立刻逮捕,这是你唯一的结局。"

艾莉什转身走回医院的普通民众入口,走回了前台,无视正在和工作人员交谈的一个女人,开口询问。

"真的很不好意思。"她说,"但你们真的弄错了,你的电脑或许是出了什么问题,麻烦你再查一下入院记录。我儿子在昨晚的十二点零五分被转移到了这家医院,转院文件上就是这么写的,所以他肯定就在这里,不可能是其他什么地方。你自己看看,这就是圣殿街医院给我的转院文件复印件。"

男人撇了撇嘴,向原本站在跟前的那个女人递出一个抱歉的眼神,然后看了看艾莉什,接过文件读了起来。

"没错。"他说,"但文件上没有写明他被送到了医院的这个区域,只写着圣布里辛军事医院。而且,我可以很明确地告诉你,你儿子并不是这个医院的病人。"

艾莉什嘴里溢出诡异的笑声,强忍住内心升起的恐惧,双手撑在桌上,低头盯着电脑前的人。

"你明不明白?我儿子才十三岁。你是想告诉我,一个十三岁的男孩就这样消失了吗?"那张该死的脸近在咫尺,艾莉什一拳捶在桌上。所有人都保持着沉默,她不知道自己说了些什么,她只是不停地说着,将错误的单词砸在那双冰冷的眼睛上,看着那双窄窄的嘴巴喊来了宪兵。艾莉什抱着胳膊不愿离开,冷眼看着宪兵接下来会做什么。她看到了一个穿着蓝色工作服的中年清洁工正倒退着穿过前厅,仿佛沉浸在自己的某种情绪之中。潮湿的拖把留下重叠的弧形痕迹,男人弯腰摆正了一个黄色警告标识牌。而警察已经架住了艾莉什的胳膊,将她往门外拖去。

艾莉什站在原地,抬头望着天空,感觉自己已经疯了。她转头望着高高的窗户,仿佛正俯视着一处贫瘠的悬崖。她独自站在原地,

第八章

无处可去。她要回到圣殿街医院去,她得赶回去,解决这个错误。

晚上,她再次步行回到了圣布里辛军事医院,定定地站在军事管理区域门口,看着那些没有机构标志的汽车来来往往。某种阴暗的感觉从她心中升起,一个微弱的声音想要说些什么,但她不想听。她心想,没人知道事实是什么,一切都只是猜测。同算命和占卜一样,猜测的答案往往是错误的。她准备第三次尝试进入医院的军事管理区域,漆黑的天空中繁星闪烁,她盯着医院的模样,仿佛看见了执政者的面孔。穿着蓝色工作服的清洁工从大楼里走出来,嘴里叼着一支尚未点燃的香烟。两人眼神交汇了一瞬,男人随即移开了视线。他点燃香烟,挎上背包,朝艾莉什走了过来。

艾莉什接过男人递过来的烟时,手指都在颤抖。男人将燃着火焰的打火机递到了她的嘴边,带着文身的手上残留着消毒水的气味。

"你之前在那里说的话,我都听到了。我每天都能听到相似的事情,所有人的经历都如出一辙。"他低下头,狠狠吸了一口烟,接着抬头呼出一口气,"你儿子很可能是被拘留了,他们把他带到了军事管理区域进行审问。他们把人关进去之后,不会向你透露分毫。你听我说,你没办法得知任何消息,但你可以提出要去停尸房。如果我是你,我就会去停尸房看看。如果你想排除这种可能性的话,就去看看吧。"

艾莉什皱眉看着眼前的男人。

"排除什么可能性?"她说。清洁工脸上露出了悲伤的神色,转身走开了。艾莉什冲着他的背影喊道,"我为什么要去那里?我去那里要做什么？"

艾莉什身处疯狂之中，难以入眠，眼睁睁地看着儿子被利维坦式的政权一口吞下。她日复一日地前往医院，又无数次听到同样的回答。她站在院子里，靠近军队士兵和便衣警察，像一个乞讨的老妇人一样恳求着。

"请你们帮忙找找我儿子，求求你们了，他还只是个孩子。"她感觉自己的肉体不复存在，变为了坠落的灰烬。她看着来来往往的陌生人，解读着众人脸上的表情。她不能听从清洁工的话，不能做和其他人一样的事。

直到某种模糊的力量推着她来到医院大楼，对着前台说出了清洁工让她说出的那番话。工作人员打了个电话，两位军官从里屋聊着天走了出来。艾莉什被两人从前台护送到了主楼，跟着一个宪兵沿着走廊走到一扇门前，向下来到昏暗的楼梯间，进入一片冰冷的漆黑之中。她跟在宪兵身后，穿过另一扇门，进入了另一个接待区。一个穿着白大褂的男人从柜台后面递出了登记表。艾莉什举起笔写字时，手止不住地颤抖。男人看着表格上的内容，她说出了儿子的名字。那位工作人员开口道："这里没有名字，只有编号。他们送过来的时候就没有登记名字，如果你儿子真的在这里，他也只会以编号的形式被记录在册，你需要亲自辨认。"

艾莉什戴上口罩和手套，低头看着自己的双手。体内好像有什么东西松动了，正在吱呀作响。走在前面的这个男人是死者的守护者，而跟在他身后的并非真正的她，而是某个虚假的自己——它正

第八章

穿过大门,跟着男人朝前走去。艾莉什喃喃道:"我不知道我在这里干什么,这一切肯定是弄错了。"男人没有出声,只是给她指明了方向。

这里并不是一个被不锈钢包裹的冷冻室,而是一个储藏间。尸体并排躺在混凝土地板上,被灰色的拉链裹尸袋装着。房间里甚至并不寒冷,只是有一股消毒水的臭味。祈祷的话语从艾莉什嘴中呢喃着溢出,她不指望祈祷能得到回应,但还是不断重复着。她在和拉里低语着,告诉他自己必须离开这个地方。艾莉什看着自己宛如没有实体的幽魂一般朝前走去。她弯腰拉开了包裹第一具躯体的包袋拉链,看见了一张脸颊凹陷、牙齿缺失的脸庞,脸颊上有被锐器刺穿留下的孔洞,一只眼睛还睁着。

艾莉什直起身子,绞着双手,仿佛犯了错一般望向看守。她似乎误入了死亡之地,必须赶紧回到阳间。可看守只是让她拉上拉链,去看下一具尸体。她跪在下一个裹尸袋前,拉开拉链,低声说了句这不是我儿子。她一具具尸体看过去,看到了战争在每个人的脸上和脖子上都留下了怎样的痕迹。谋杀散发着一股防腐剂的气味。每一次,她都低声说,这不是我儿子。她一遍又一遍地低语,这不是我儿子,这不是我儿子,这不是我儿子,这不是我儿子。她瞥见看守抬手看了看腕表,继续拉开了下一个袋子,还没看清袋子里的脸,就已经说着,这不是我儿子。这不是我儿子,这不是我儿子,这不是我儿子,这不是我儿子。

艾莉什看着眼前贝利那平静却破碎的面孔,闻到了他皮肤上的漂白水气味。她抬手捂住了脸,悲痛的号叫顺着她弯下去的脊背,从体内逃逸而出。她望着死去的孩子的脸庞，却只能看到他活着时的模样。她真希望自己能替他去死。

艾莉什伸手轻轻抚过那张柔和的脸，他的头发仍然满是血迹。她低声呢喃着："我可爱的孩子，他们都对你做了什么。"面前的孩子皮肤上满是瘀青，牙齿或是破碎，或是缺失。她将拉链继续拉开，看到了被拔去指甲的手脚，看到了被洞穿的前膝，看到了顺着躯干一路燃烧而下的烟头烫痕。艾莉什握住他的手，落下一吻。躯体已经被清理过，没有留下血迹，只有肌肤下无法洗掉的黑色淤血痕迹。

艾莉什没有听见看守帮她拉上袋子拉链时说了什么。他带着艾莉什出了门，低声对她说："24 号。斯塔克夫人，你能确认一下你儿子的身份吗？你填好表格，你儿子就会被送到市政停尸房。我先跟你说一声，资料上说你儿子是死于心力衰竭。"艾莉什转身离开那个男人，只看到了满眼的黑暗。她迷失在了黑暗之中，呆立在无迹可寻的某处地方。

| 第九章 |

艾莉什在窗边醒来，视线涣散地望向窗外，又缓缓闭上了双眼。她来到了一片黑暗之中，仿佛正在水中艰难移动，而内心痛苦地挣扎着，让她愈发攥紧双手。莫莉的呼唤声遥遥地传来，有人伸手摇晃着她的胳膊。

"妈妈，你醒醒。司机刚才说了什么，但我听不明白。车已经一个多小时都没动了，我要去看看发生了什么。"

莫莉将本塞进她怀里，跟着乘客们朝车厢前部走去。前门发出嘶嘶的开门声，司机走下高速公路，提了提牛仔裤，将手机塞进了衬衫口袋里。一旁聚集着人群。本在她腿上跳来跳去，露出恶作剧的笑容，捏住了她的鼻子。

"哔哔，哔哔，哔哔。"艾莉什只能一遍遍地学着喇叭声，在本拧着她鼻子时勉强挤出一个笑容。本转过身，一双小手在车窗玻璃上拍着。

"车，车，车车。"艾莉什朝外看去，给他念出每个东西的名字，"公车、轿车、货车、卡车、孩子、小鸟。"一只胖乎乎秃鼻乌鸦斜飞向下，甩掉衔在嘴里的锡箔纸，啄食着被扔在一辆货车后面的食物残渣。

人们站在车外看着手机，车厢里塞满了巨大的物品，车顶也堆得高高的，所有东西都被床单盖着。高速公路沿着一座延伸到北方的小山蜿蜒向前，路上只有那些步行的人还在移动。紧急停车带上有一支沉默的队伍，大家穿着冬装或是裹着毯子。孩子有的被绑在母亲的胸前，有的躺在婴儿车里，有的被男人背在背上。男人们或是拉着行李，或是背着宝贝的孩子。一个走在父母前面的孩子倒在了路边，又转过身来，挥舞着双臂号啕大哭。艾莉什看着那个孩子，内心毫无波澜。她的心中一片死寂，接着突然涌上一阵疼痛。她闭上了眼睛，本依旧在她腿上跳着，捏住她的鼻子。"哔哔，哔哔。"艾莉什努力想要微笑，却只挤出一个难看的表情。

莫莉坐了回来，憔悴的脸庞因听到的消息而变得涨红。一切都已经烂透了，司机说过境走廊已经关闭了，邓多克地区发生了激烈交战，周边的边境线被封锁了，他刚想掉头，就发现已经后面已经挤满了车，根本无路可走。司机说我们得在这里等上好几天，只要车流恢复移动，他就会在下一个出口下高速。司机说其他道路显然也是同样的情况，最好步行向前，这里距离边境大约有五六十公里。有人吵了起来，要求司机退款，但司机只说自己没有钱。艾莉什望着座位对面的一位老人，他正将手机上的地图递给妻子看，又或者那是他的姐妹，谁知道呢，两人长得很相像。

本用小手敲打着玻璃窗。"鸟，鸟。"他喊道。艾莉什转头望去，看到一个男孩从一旁经过，提着的白色小笼子里有一只黄绿色小鸟。她闭上眼睛，不知道自己该怎么办。她的内心已经病入膏肓，难以思考，被关入了笼中。

仿佛转瞬白天变为了黑夜，天空满是青紫瘀痕。本哭喊着肚子饿，艾莉什娴熟地将他用布条固定在了胸前。她双眼盯着虚无的天空，体内有一处麻木的空洞。气温越来越低，但本还是不愿意戴上帽子，她想把帽子从本的小脑袋后扣上去，但他挥开她的手，大喊着不要。他们顺着匝道下了高速公路，沿着指示牌朝加油站行去。艾莉什左手护着本的脑袋，右手和莫莉一起拎着一只袋子，手心被压得生疼。

加油站便利店前的空地上挤满了人，人们手里拿着食物和水吃喝着，或站或坐地在柏油路上休息。长长的队伍一路排到了便利店门外。本的尿布已经吸满了液体，在厕所外排着队的艾莉什蹲下身来，将孩子抱在腿上，给他换尿布——她的长款外套口袋里塞满了尿布和湿巾。她排队等着购买热食，莫莉坐在他们的行李上，接过本抱在腿上。

大家没有地方坐，只能抱着自己的包裹站着。艾莉什看到一个男人正在插座旁给手机充电，开口让莫莉给安妮发条消息。一名保安走到他们身边，让他们到外面去。"你们堵住了出口。"他说。几人将行李放在柏油路上，坐下来吃东西。一个乞丐一般的邋遢年轻人在人群里穿梭着。他走到几人面前，说要给他们提供过夜的地方。莫莉问是什么地方，需要花多少钱。艾莉什盯着年轻人的眼睛，看着他破旧的衣服和满是脏污的指甲。

"你为什么拒绝他？"莫莉问道，看着那个男人走向了其他人，"那我们今晚要在哪里睡觉？"一个身穿黄色雨衣的女人靠过来，轻轻拍了拍莫莉的胳膊。"小心那种人。"女人说道，"他们是想把你骗走，然后抢走你的东西，这才是他们的真正目的。"女人将一包饼干塞给莫莉，和她聊了一会儿。艾莉什没有听他们在聊什么，她看到贝利坐在前院对面的柏油路上，双腿大张着，两边鬓角的头发都剃掉了，琥珀色的灯光照亮了他的一只耳朵和半张面孔。他拿起一罐饮料，一饮而尽，接着站起身来，抬起穿着运动鞋的脚将罐子踩扁，一脚踢向了加油机。

一片漆黑的田野上燃起了熊熊烈火，女人裹着毛毯，腿上的孩子举着手机，屏幕照亮了他们的脸庞。其他人或是在收集柴火，或是在搭帐篷，而火堆旁给艾莉什一家人留出了空位。一个留着胡子的男人咬着包在锡纸里的香肠，他吹着被烫到的手指，招呼他们也来吃一些。黑暗中，一个女人在呼喊着她的孩子。莫莉拿起一根叉在树枝上的香肠，用嘴吹着，掰下一块递给本。本双手接过那块香肠，小口地咬着。漆黑的天空笼罩着四周的昏暗，火堆四周是最为浓郁的黑暗，模糊了每一张面孔，又重新涂抹上了色彩。

一个年轻女人睁着残疾的眼睛问他们从哪里来，又要到哪里去。一个男人一边说话，一边抬手挠着脸上的阴影。

"你们最好从别的地方穿过边境。"男人说，"从这里出境，顶多只能去克罗斯马格伦。我们就打算去那里，我的表亲昨天过境时没有遭到阻拦，她说如果能给边境警察一些好处，他们就不会难为你。"

众人聊起有人冒着被逮捕的风险在夜里穿过边境。有人说边境地带到处都是游荡的暴力团伙，有人提起边境公路上有武装巡逻队伍，有人谈论着要付多少钱才能穿过边境。艾莉什出神地望着火堆，看着火光在众人眼前跳动，火苗映在隐入黑暗的眼睛里。这些看不清双眼的人是谁，这些看不到未来的人又是谁？这些人是否被困在了火焰与黑暗之间呢？

艾莉什闭上双眼，看着自己被逐渐吞噬的模样，曾经满腔的爱意如今也已所剩无几，只剩了肉体——一具没有心的躯壳；一具背着孩子，迈着肿胀双腿朝前走去的行尸走肉。那个双眼残疾的女人问孩子们，愿不愿意睡在她的帐篷里。"今晚很冷。"女人说，"待会儿可能还要下雨，你不能让婴儿睡在室外。这虽然是个八人帐篷，但昨晚也能睡下十二个人。"

本抬手将艾莉什的脸转过来，让躺在睡袋里的两人能够呼吸相闻。本沉沉地睡了过去，艾莉什躺在一旁，听着夜晚漫长的寂静，看着死亡沿着这条路朝前走去，它尾随着那些累到无法安睡、只能睁着眼睛做梦的人，钻进他们的梦境中。喘息和哭声从他们嘴边溢出，仿佛死亡每晚都在他们眼前不停飘荡。死亡重复了无数次，艾莉什躺在那里，听着沉睡的人们口中呢喃的死亡之音消散在黑暗之中，感觉背脊之下的地面无比冰冷。

她听着落在帐篷上的雨声，仿佛那声音来自千年之前，而帐篷之外一片荒芜，只有毫无人烟的土地。外面的世界会是一片没有痛苦的纯粹黑暗，想要从痛苦中解脱，就只能全然没入黑暗之中。但她很清楚，他们不会出去。她不会追随儿子的脚步踏入黑暗，即便她希望如此。她会站在原地注视着他，但不会走进去。因为她必须留下，只有这样，才能成为一艘载着孩子远离黑暗的小船。她无法获得安宁，也无法逃避痛苦，甚至闭起双眼后的黑暗也并非平静。

本转过身来，伸手去摸艾莉什的脸，哭了起来。艾莉什抚摸着他的小脸，看着他逐渐安静下来，低声对孩子诉说着。虽然这个年龄的孩子无法理解发生的事情，但埋藏在记忆深处的事情，却会在潜意识中扎根，成为一种流淌在血液中的毒素。艾莉什看着莫莉，看到了沉睡的躯体中跳动的心脏，毒素已然遍布全身，但有一束光从她体内激发而出。

艾莉什的皮肤因为被晨光照亮的帐篷而染上了蓝色，体内同样也散发着光芒，带来股股力量。她不知道，莫莉体内那束光从何而来，但它在黑暗中闪耀着。帐篷外的柔软地面上传来脚步声，香烟的烟气飘散进来。一个男人咳嗽起来，孩子们的声音提示着新一天的到来。一个年轻人从他们身边爬过，出了帐篷。莫莉坐起身来，揉了揉头发，又揉起了脚。

"妈妈。"她小声说，"我来帮你梳头。"艾莉什看着女儿的脸庞，发现她在睡梦中一直在哭泣，满脸都是泪痕。

艾莉什拉开睡袋拉链，穿上运动鞋，走了出去。灰烬之中是微弱而没有暖意的火苗，休耕的土地上满是垃圾。她把本抱到她的背包上坐好，剥了一根香蕉，将牛奶倒进了他的杯里。一旁的莫莉冷得双手抱在胸前，不停搓着胳膊。本迈着笨拙的步子走在土地上，朝树林走去。艾莉什喊着让他快回来，但他仍旧朝着田野边的林地前进着。他的小脚踩在泥土上，艾莉什跟在他身后，不去管肩膀和脚上传来的疼痛。

本站在满是青苔的草地上，摇晃着折下一根树枝，接着眼睛发亮地转过身来，举着树枝要敲打她。

"不行。"艾莉什说着摇了摇手指，"不行。"她拿过树枝，在本眼前挥动着说，"你不能打人，不能打别人。"她将树枝扔到一边，将本转过身去，把他送回了休耕地。杂草为这块死去的土地加冕，地下的蠕虫翻动着土壤，寻找留在其中的最后一茬作物，腐烂的物质将成为日后种植作物的储备养分。本在田野间跑着，伸出拳头指向天空。艾莉什回头看了一会儿，看到了满是落叶的草地，尚未下葬的树叶躺在草地上，枯黄的面孔在垂死挣扎中逐渐变成了棕褐色。

身后开来一辆小巴，在刹车声里清了清嗓，将步行的人挤到了路边。小巴缓缓停在了他们的旁边，脸被晒得通红的司机探出身子，说道："我要去边境，车里还有两个座位，想上车的每人五十英镑。"一些步行前进的人面面相觑，都摇了摇头，莫莉将袋子扔在了草地上。

"妈妈。"她说，"我需要休息一下，拿着这东西，我的手都快断了。"艾莉什注视着小巴，眼神飘忽不定，似乎在等待某个答案在她脑中成型，可她脑中只有一片寂静与黑暗。她承受着本的重量，呼出一口气，迈上了车门前的台阶。司机没有看她的眼睛，艾莉什把妹妹给她的钱放在了司机的手里。司机看了看手里的钱，摇了摇头。

"每个人五十英镑。"

"我知道。"艾莉什说,"但我们只有两个人和一个婴儿。"

"我说过了,每个人五十英镑,你们有三个人。"

"但我会让这个孩子坐在我腿上,他不会占用多余空间的。"

司机叹了口气,继续缓缓摇头:"每人五十英镑,你也可以继续步行,但你在这辆车上会比外面的人都要安全,可以自在一些。"

乘客们都看着她讨价还价,车厢后方的一个孩子正在哭泣,身后的莫莉推了推她。她掏出钱包,将另一张纸币扔在男人腿上,强迫司机与她对视,那双眼睛蠢猪般狭小,那张嘴刻薄而贪婪。

"莫莉,把行李放在车外,让这个人把行李搬进行李舱。"本想穿过狭窄的过道,想站在她腿上跳来跳去,想和后排的人玩捉迷藏。他饿了,需要小睡一会儿。艾莉什转头望向窗外,看着阳光消失在云层中。乡村道路上挤满了行人,给小巴让出了一条道路。一个推着婴儿车的女人抬头望着车窗,艾莉什也同样看着那个女人。

莫莉在谈论着父亲,艾莉什透过窗户反射看到女儿正在画眼妆。

"你刚才说什么?"

"我在说爸爸的事。"莫莉说,"他的生日快到了。他是哪一年出生的?"艾莉什将头转回窗边,闭上了双眼。她并非忘记了拉里,只是如今当她想起他时,剩下的回忆已经所剩无几。他已然变成了一道幻影,停留在曾经被幸福包围的地方,成了一个缺憾。或许还有一些微小的爱留在了心中的某处角落,被封印在了沉重的负担之中。

第九章

本在她怀里睡着了,小巴放慢车速,一会儿停了下来。司机伸手一拉手刹,站起身来打开车门。他走上马路,和一个头戴黑色贝雷帽的士兵说了什么,点燃了一支烟。另一个士兵走上了车,后腰上还别着一把手枪。士兵命令他们下车,准备好身份证,并把行李拿出来接受检查。乘客们下了车,他们还没到边境,四周只有开阔的乡村田地。

"边境线还在三十公里以外。"一个男人说。那士兵对他们检查了将近一个小时,他们才终于坐回了车里。日落黄昏,夜幕降临。小巴接连遇到了好几个检查站,军用路虎车或民用越野车横在马路上,军人或穿着多余军装的民兵把守着。他们剃着光头,戴着露指手套的手握着枪口朝下的自动步枪。每个人的脸上都透露着相同的命令意味。

司机站在小巴不远处,嘴里叼着香烟,数着需要支付的钞票。所有人必须出示身份证,说明自己要去哪里。他们得打开包裹,将随身物品摊在马路上接受检查,再重新打包好。有时候,包裹的重量会变轻几分。每个检查站收取的费用金额都不相同,有些人称之为出境税,用于为他们抛在身后的国家事业作贡献。一条又一条的道路在身后重新封闭起来,漆黑之中隐约出现了加油站的灯光。众人停车去上厕所,或是购买食物和水。艾莉什能在黑暗中感觉到边境线就在不远处,可它正不断朝后退去,宛如将海岸抛弃在贫瘠月光之下的潮水。她需要睡眠,但她不能睡去。她得再次叫醒莫莉,抱着熟睡的本第五次走下车。莫莉脚步沉重地走着,现在已经将近凌晨一点了。

前方是一堵石墙和繁茂的树木，小巴被一辆越野车的前灯照射着，手电筒的光在每个人的脸上扫过。一个留着胡子的武装分子挥舞着一把手枪，大声命令众人排成一排。他穿着便服，牛仔裤的裤腿卷高到靴子上方。他将一个中年男人从队伍中拽出来，用手电筒照着那男人的脸。

"你这个秃头怎么有脸面逃跑，你为什么不留下来为国家而战？你这个胆小鬼。"男人扭过脸闪避着手电筒的光线，眼睛半眯起来，缓缓眨了眨眼，仿佛在努力理解对方说的话。那个武装人员一脚踢在男人的膝窝时，艾莉什挪开了视线。

"跪下，拿出身份证。"艾莉什再次看向那个武装人员的脸庞，看到他心中的恶意浮现在了脸上，毫不掩饰地展露着。艾莉什抓着莫莉的手臂，用眼神示意她看向别处。她看向司机，发现他正疲惫地揉着眼睛。艾莉什在这一刻明白，司机所付出的代价，一整夜开车绕圈子，应付一个又一个检查站，都好过如今这样孤立无援地站在黑暗之中，面对着这些人。跪着的男人在外套口袋里摸索着，他的手指逐渐收紧，只剩下两个无用的拳头。最终，男人递出了身份证。

武装分子将身份证扔给同伴，那人将证件从地上捡起来，举起对讲机汇报着信息。留胡子的武装人员用枪戳着男人的肩膀，将枪口对准了他的太阳穴，顺着他的脖子下移，挑起一只靴子，放在了他的肩膀上。

"所以你这个孬种到底是干什么的？"男人低着头小声说了什么。

第九章

"我听不见。"胡子男叫喊着。

"我是一名技术人员。"

"什么技术人员?"

男人清了清嗓子,哭了起来。武装分子用手电筒照着排在小巴旁边的乘客们,对讲机里传来滋啦滋啦的电流音。

肩膀上的靴子掉了下来,身份证被扔回到了男人面前的地上。

"你的价钱和其他人不一样,像你这种胆小鬼得付双倍。"艾莉什看着那名武装分子转身离开了,跪在地上的男人站起来,带着屈辱的神情,佝偻着身形上了小巴。他坐了下来,放在膝盖上的双手抖个不停。艾莉什毫不犹豫地伸手抓住他的胳膊,收紧了力道。男人抬起头来,想要挤出一个微笑,可他眼里的某些东西已经被摧毁殆尽了。

道路的尽头或许什么都没有,只有悬崖,只有通往深渊的漫长坠落。但道路越过边境,继续向前。活动板房在黎明中显得灰暗,公共电缆在国际通信线路之间穿梭延伸着。一辆铰接卡车放慢了车速,一个士兵捂着嘴打哈欠。他们汇入了徒步者的队伍,众人想着办法小睡和取暖,或是靠着包裹,或是互相依偎。莫莉靠着母亲的手臂睡着了,开始呢喃起来,接着轻轻啜泣一声,揉着眼睛坐直了身子。艾莉什能从她的眼睛里看到,那来自梦中的恐惧。

检查站终于开门了,队伍开始移动。他们拖着行李向前走了几步,又重新坐了下来。艾莉什看着夜晚的最后一抹阴暗消散无踪,马路上的英国检查站变得清晰起来。眼前是波形护栏、带刺的铁丝网、军事瞭望塔还有延伸向前的道路。艾莉什知道，一旦他们迈过这道界线，身上的负担会变得更加沉重。抛在身后的东西绝不会留在原地，而会不断增加分量，永远压在他们身上。

他们站在一个活动板房建成的候车室里，所有的折叠椅上都坐着人，正填着放在腿上的表格。人们纷纷朝柜台窗口走去，将地面踏得震颤起来。艾莉什找不到她的笔了，只能向一旁的老人借一支。老人看着她微笑着，但艾莉什无法回应他的笑容，她望向地板，看到他脚上两只不同款式的鞋子，一只是棕褐色的，而另一只是灰色的。

她走到窗口前，将表格和文件从玻璃下方递了进去，站在原地等待着工作人员告知她需要支付多少钱。每次的价格都不一样，他们会看着你的着装，给出一个价格。他们会看着你，看看你的笑容是否让他们满意。价格高低取决于你申请的时间点，甚至取决于月亮和潮汐。工作人员告诉艾莉什，她填错了表格。她想带一个没有证件的孩子过境，必须填写另一张表格，等待接受面谈。她得出门右拐，到隔壁的活动板房中去申请。

没有暖气的寒冷房间里空无一人，只有一扇磨毛玻璃的窗户和一张摆着电脑和空杯子的桌子。此时，听到屋外传来急促的脚步声和低沉的咳嗽声，艾莉什试图掩饰不住颤抖的手。莫莉见状，抓住了她的手，紧紧握在手里。工作人员走进房间，拉开他们面前的一把椅子，坐了下来。这是一个瘦骨嶙峋的男人，有一个高挺的鹰钩鼻，穿着一件浅色衬衫，解开了脖颈处的扣子。艾莉什不知道他是什么身份，警察、军官又或是一个小官员。他快速敲

第九章

打着键盘,长长呼出一口气,接着抬头看着艾莉什,仿佛透过她的眼睛看到了什么其他的东西。男人开口向他们要了文件,又转向电脑屏幕,继续打着字。本扭动着想要挣脱,艾莉什想把他按回自己的腿上,但他哭喊了起来。莫莉解下头发,递给他一个弹力发带,让他拿着把玩。

那位工作人员转过头来,似乎在端详着本。他又盯着莫莉,她正用手指梳理着头发。他问了好几个问题,每当艾莉什回答后,他都微微摇头,挠了挠鼻尖,指尖飞快地打着字。艾莉什以为她答错了每一个问题,开始咬紧牙关。她看着男人灰蓝色的眼睛,听见他的嘴巴在说话,可眼神却问出了另一个问题,手指在向下键上轻点着,而眼睛正在估算着她的价格。她看到男人脸上飞速掠过一抹微笑,仿佛已经读懂了她的想法。艾莉什这才反应过来,不再相信所谓的面谈。她看了看空荡荡的房间,将这一切当成了一场游戏。她原本一直摆弄着孩子的出生证明,但现在放下了材料,靠在了椅背上。她又将身子向前靠去,努力露出一个微笑。

"我们不妨坦白一些。"她说,"你想要多少钱?"男人皱眉露出了惊讶的表情,看了看莫莉,靠回了椅子上,似乎有些不满地哼了一声。

他说:"出境是要付出代价的,如果你愿意接受,就要交出境税。但你还需要额外付出一些,因为你要带着一个没有护照的孩子离开这个国家。虽然这张出生证明能够证明他的公民身份,但并没有赋予他离开这个国家的权利,也剥夺了他作为本国公民,去到其他司法管辖区旅行时本应受到的保护。你要做的就是帮这个孩子买一张临时护照。这张护照只在当天有效，你之后需要在新住处申请正式的护照。当然，这也需要花钱，这种事情总有一个标价。"

男人拿起笔，在一张纸上飞快写了几个数字，递到了艾莉什面前。她看着颠倒的字，将纸张转了过来。她哭了起来，又看了眼那张纸上的内容，摇着头闭上了眼睛。她看见了几人不得不在夜里穿越边境的景象，四周都是巡逻的军队和吠叫的狗。莫莉又抓住了她的手，但艾莉什抽出了手。

"我没有那么多钱。"她说，"没人告诉我们需要这么一大笔钱。"男人用笔随意涂抹着，鼻子猛地一哼。她看着自己的手，读出了男人的潜台词。一个抽象的念头变为了一片荒芜之地。当男人抬起眼时，一个想法从他嘴里冒了出来：如果你想雇一个偷渡者在半夜带你过境，你需要花更多的钱，而且你给出去的钱有半数都会回到这里。

艾莉什看着眼前的男人，一句话都说不出来。他又叹了口气，起身似乎想要离开。

"等等。"她喊道。那个工作人员仍旧站在他们面前，听完她的话，舔了舔嘴角，缓缓摇头。

"你这笔钱足够支付你儿子的临时护照和你的出境签证，但不足以支付你女儿的费用。"屋外响起了声音，说话声和脚步声逐渐远去。

艾莉什咬着舌头，男人的眼睛里毫无情绪。她脸上掠过一抹痛苦的微笑。

"但是我求求你了，我们肯定能谈妥一个价格的，我可以把所有东西都给你。"男人盯着她看了很久,接着望向了莫莉,朝她点点头。

"我想和你单独谈谈。"男人说。艾莉什看看女儿,又望向男人的眼睛,可他正用鼠标点击着电脑屏幕上的什么内容。他或许正在搜索足球比赛结果,又或是一些可有可无的信息。

艾莉什看着结了霜的窗户,涌起了一阵恶心。艾莉什将本递给莫莉,让她离开活动板房。"我让你立刻带着他出去。"莫莉皱着眉头站在原地,随后抱着本走了出去,关上了门。艾莉什盯着那位工作人员。

"你想单独和她谈谈。"她说,"你为什么要单独和她谈?"男人望着门口,捕捉到了艾莉什话语中的某种含义。他没有说话,轻轻摇头,挠了挠鼻尖:"你对家人的陈述有些前后矛盾,我觉得最好还是让我和她单独谈谈。"艾莉什斜靠在座位上,望向电脑屏幕,发现他正在玩纸牌。

"那你想和她单独聊多久?"她问,"你不想和我单独聊聊吗?如果你想,我可以涂口红,也可以整理头发。但我不是你想要的,对不对?或许你想要的东西只有孩子身上才有。"

面前那张面孔变得非常僵硬,张嘴想要说话,却结结巴巴地说不成句子,手下意识地摸索着那支笔。艾莉什打开了绑在腰上的旅行钱包,将一沓钞票放在了桌上。"你看看吧,这是我的所有财产。你们已经夺走了我们的一切,这些钱也就足够打发你们了。"男人的脸气得通红,艾莉什在那愤怒之下隐约看到了升腾而起的羞愧。男人双手拍在桌上,重重呼出一口气。

"我没有时间陪你胡闹。"他说,"你以为我要陪你在这里坐一天吗?面谈结束了,把钱留在桌上,然后到里面的等候室去。"

艾莉什告诉自己,穿过边境的时候不要回头看。她转过身去,嘴里出现了一块石头,让她只能低声说话。石头顺着舌头滑进喉咙里,当士兵让她在出示证件时只能压着那石头呼吸。另一侧的士兵严肃而礼貌,指引他们朝半圆铁皮营房里的登记中心走去。她在等他们需要见的那个人。

检查站外的路边停着几辆车,几个人等在一旁,看着进出的人。艾莉什扫过那些人的脸,微微点头示意或露出笑容,但没有得到任何回应。艾莉什看着将本抱在胸前的莫莉,不知道自己应该做什么。他们得到的指示很模糊,一名士兵在前头带领着他们。艾莉什麻木地朝前走去。

有人走到她身边,碰了碰她的胳膊肘。一个响亮而带着笑意的声音响起:"你不会想进去的。"艾莉什转过身,一个穿着羊毛衫的年轻人抬手抱住了她。她放下手里的包,双手放在身体两侧,呆呆地站着,努力控制着不让自己退缩,直到男人松开了手。来自另一具身体的气息侵入着她的感官,混杂着汗水和古龙水的气味。男人对莫莉和本露出一个微笑:"艾莉什,很高兴认识你,快走吧,车在这边。"他拿起提包,扛着沉重的包裹朝前走去。几人跟着他走到紧挨着水沟停靠着的一辆酒红色福特车旁。

那个名叫加里的男人帮他们拉开了车门,示意莫莉把本放在婴儿座椅上。男人将几人的包裹放进后备厢,坐进了车里。他在车门储物格和中央扶手箱里翻找着，尔后拿出眼镜戴上，转身对本露出一个微笑。

"好了，不好意思，我没看见你过来了。"他转身去拉安全带，目光停在了艾莉什身上。她脸色苍白，僵硬地坐在车里，双手放在膝盖上。愈发膨胀的重石已经压得她无法呼吸，感觉自己的心脏都已经停止了跳动。

"你怎么了？"加里问道。艾莉什说不出话来。加里转头向莫莉求助，她探出身子，抓住了母亲的肩膀。

"妈妈，你怎么了？"艾莉什摇了摇头，深吸一口气，接着慢慢呼了出来。加里拍了拍她的手。

"别担心，亲爱的，你们在做正确的事情。你或许后悔走进身后那间登记室，签字同意放弃你此前的生活。他们会用公车把你送到地狱一般的地方。你会滞留在营地里，不知道要等多久才能获权离开北爱尔兰。你或许会在某个帐篷中度过余生，每日以泪洗面。但至少在我们结束战乱之后，你可以重获自由，选择去任何你喜欢的地方。你做的选择是正确的，所以请放松一些，一切都已经安排好了。"

艾莉什呆坐在车里，看着道路天空、海岸线和泡沫翻涌的海浪。本大喊着想要喝牛奶，但她已经没有牛奶能给他喝了。加里提议中途停下休息。艾莉什闭上双眼，失去了思考和感知的能力，只是一直寻找着前进的道路。贝利自阴影中朝她走来，她摸了摸他的脸，抚着他的头发。肉体的麻木变成了一种痛苦，让她不得不睁开眼睛，从后视镜里看见莫莉正在梳理头发，又打开一面小镜子，开始给自己化眼妆。艾莉什突然从座位中间伸出手去，从莉手中一把拿过镜子，合了起来。她指了指道路前方的加油站："要是你不介意，能不能在那里停一下？"

她用两根手指从大衣内衬里夹出一卷钞票，买了些水果和牛奶，拿着洗手间的钥匙走回了车里。本一脸着急地看着她给自己的奶瓶倒满牛奶。艾莉什打开后备厢，拉开了自己的包，拿出一个椭圆盒子，敲了敲窗户，示意莫莉跟她走。惨白的浴室里散发着尿骚味和柑橘味漂白剂的气味。艾莉什在镜中看到了自己，看到了来自未来的幽灵，也从莫莉的脸上看到了明显的不安。她从盒子里拿出了一把剪刀。

"妈妈。"莫莉说道，"你要干什么？"

"站着别动。"艾莉什说，"我要确保没有人会再多看你哪怕一眼。"莫莉看到那把剪刀，表情一下子皱了起来，退到了墙边，伸手推了推艾莉什。艾莉什抓起她的头发，一刀剪了下去。莫莉一巴掌扇在母亲身上，尖叫着瘫软下去，抬手捂住了脸。

艾莉什给莫莉梳完头，转向镜子开始梳理自己的头发。她一遍遍地极尽粗暴地梳理着，直到看见眼前的头发变得乱七八糟。这时，加里敲着门喊她们。

"你们在里面吗？你们已经进去很久了，我们得上路了。"加里靠在福特车门边上摆弄着手机，莫莉双手捂着脸走了出来。他抬头看着艾莉什，一边摇头，一边看着她把莫莉的化妆包扔进了垃圾箱。她坐进车里时，加里并没有回头看她，只是沉默地开着车，偶尔从后视镜里看看莫莉。艾莉什坐在车里，抱着胳膊，直视前方。如今，她已经丧失了意志和目标，也没有了力气，只剩下一具映在车窗玻璃上的空洞躯体，一具被牵着鼻子向前走的行尸走肉。

他们穿过了养牛的牧场和耕地，穿过了肆意生长的灌木篱墙。路边的房屋有着鹅卵石砌成的院墙，院里的狗汪汪地吠叫着想要出去。车子平稳地朝斯珀林山驶去。加里看了看表，伸手摸索着放在中央扶手箱里的手机。他戴上一只耳机，拨出了一个电话。很快，车外只剩下了天空和一侧道路旁的尖顶杉树。车子放慢速度，拐进了树林，福特车里暗了下来。加里望向后视镜，看到了莫莉忧心忡忡的表情。

"别担心。"他说，"一切都很顺利，我们马上就要到了。"下陷的道路通往一片空地，那里停着一辆白色货运卡车，一张留着山羊胡子的脸庞正在挡风玻璃后紧张着注视着他们。

"我们到了。"加里说，"我去和那个家伙聊聊，你们就可以出发了。"

艾莉什把本抱在了怀里，试着叫醒他，但本鼻子蹭了蹭她脖颈，又睡了过去。那个留着山羊胡子的男人从卡车上跳了下来，一副刻薄的模样。他低头跑到卡车后方，"咔"的一声拉开了后车厢的门。里面挤满了人，艾莉什不想钻进去。司机抓起他们的包，塞进了后车厢，用拇指示意他们进去，但她无法挪动脚步。艾莉什一脸愤怒，望着站在他们面前的那个山羊胡男人。男人抬起袖子擦了擦嘴，喊道："快点上去。"自己似乎不再是一个人，而是一个物品，这就是艾莉什现在的想法，她是一个抱着孩子爬进卡车的物品。莫莉跟在她身后爬了进去，身后的车门关上时，树上传来了奇怪的呜咽声。

他们从漆黑的卡车车厢里爬出来，走进某个工厂的院子，四周是满是涂鸦的灰色建筑物，破碎的窗户，还有长满杂草的水泥地板。一个穿着夹克的瘦削男人背对着他们正在打电话，眼睛藏在了棒球帽下面。本在她的臂弯里蹬着腿，尖叫起来。艾莉什将他放下，他一下子往前跑去。她只能抓住本，用胳膊把他扣在自己怀里。司机爬进车厢，将一个孤零零的行李袋子踢到角落，跳了下来。他指着正在打电话的人说："那是老大，乖乖照他说的做你们就会没事。"他们跟着那个老大穿过一扇金属门，沿着一条尤其斑驳的走廊，走进一间空荡荡的工厂车间。

屋里弥漫着潮湿而肮脏的气味，水泥地上放着纸壳坐垫，上面铺着棕色毯子。三扇崭新的玻璃窗外焊着护栏，屋外是一个院子。莫莉在窗户下找了一处地方，将包裹放下，伸手抱过了本。一个陌生女人将两个十几岁的男孩带到他们隔壁的坐垫前。女人瞥了一眼艾莉什，说自己叫莫娜。艾莉什看着女人的眼睛，无须言语询问也能猜到女人曾经过着怎样的生活。

门边的老大摆弄着手机，伸出两根手指，默默数了下人数，接着清了清喉咙："你们都听好了，这里是三不管地带，你们只会在这里待几天。但这扇门会上锁，你们都不能出去。那边有一个厕所，装了淋浴，那边角落里有两个垃圾箱。每天会给你们提供三餐，直到你们离开这里。至于小孩的必需品，你们可以列出想要的东西，比如尿不湿和配方奶粉。我之后会帮你们买回来。"

第九章

一个穿粗花呢夹克的男人抱着一个孩子走上前,指着厕所开口:"你是在开玩笑吗?这个地方根本没办法住人。这里有这么多婴儿和孩子,屋里没有暖气,只有一个小水池,你肯定是疯了。"

老大走到那个一脸不可思议的男人面前,抬手摸了摸脸,向后摸过脸上的胡楂,眼睛一直盯着男人。

"别犯傻。"他说。男人垂下眼睛,喃喃了几句,走开了。艾莉什看着老大,感觉胸口被压得喘不过气来。她在帽檐的阴影下搜寻着对方的眼睛,想象着他低头走出房间,锁上房门的模样。她心中升起一阵恐慌,转身望向有护栏的窗户,将手放在了窗户玻璃上。她的目光越过院子,看向一座建筑物的角落,又望向红褐色的集装箱,远处是长满荆棘的田野、山丘和天空。

到了晚上,屋里原本的二十三个人变成了四十七个人。大雨倾盆而下,一个孕妇只能被他人扶着坐在了地上。大家已经三三两两聚在了一起,但艾莉什不想和任何人说话。屋里没有足够的电力供应,她没办法给手机充电,安妮一定很想知道他们的现状。厕所前排起了队伍,最前面的一个头发花白的小男孩双手夹在两腿间。男孩的父亲一边敲着门,一边喊着里面的人。本吵着要吃晚饭,但艾莉什只剩下一块饼干,没人知道食物什么时候才能送来。一个中年男人砰砰地砸着大门,大声喊着让他们赶紧准备晚饭,但屋外无人回应。

八点十五分,众人听见了房门打开的声音。一个扎着马尾的阴郁年轻人走了进来。他穿着一件军大衣,手里拿着装满了外卖食物的塑料袋。看到众人围了上来,年轻人眼睛里露出了惊慌。

"妈的。"他喊道,"你们都给我往后退。"

他把袋子放在桌上,转身拿进来更多的外卖。莫娜举起手来,提议大家有秩序领取食物。大家同意每个小团体派出一人,排成一队。莫莉拿着中式炒饭走了回来,把饭舀进了盘子里。艾莉什只能吃下一点点,但她已经很久没看到莫莉吃得这么认真了。本将炒饭扫在了地上,艾莉什伸手将饭粒拨在了一起。

窗外的黑暗映在玻璃上,屋内仍然灯火通明。大家开会讨论了厕所的使用规则,一致同意各组分时间段使用。但大家无法决定什么时候关灯。孩子们哭闹着睡不着,现在已经晚上九点多了。一个男人站起来说道:"要是不能马上关灯,让我的孩子们睡觉,我就让这灯永远关下去。"

日子一天天过去,艾莉什看着河水上飘荡的粼粼波光,冬日从流逝的每一天里带走了某些时间已然知晓的东西。可她心里仍渴望着了解,这颗心宛如击鼓一般敲打出她的悲伤。老大并没有说他们什么时候能够离开。众人挤在一起,有些人在白天补着睡眠。本想出去,艾莉什无法向他解释为什么不可以,她试图用一些玩具来逗小孩开心。她无意识地望向莫莉,却看到了贝利的影子。剪得很短的头发,满是雀斑的眼角,还有薄嘴唇里的牙缝,只有上翘的小巧鼻子和贝利不同,而鼻子下方是和贝利如出一辙的人中。艾莉什看着他,和他共处同一空间。她想和他待在这个虚无的空间里。莫莉扔给她一个古怪的眼神,转身离开了。

艾莉什闭上双眼,只能看见过去,一个属于其他人的过去。而

第九章

她是虚幻的，只能在寒冷无边的黑暗中默默旁观。她感觉这个世界让她难以忍受，看着丈夫和大儿子被无法穿透的沉默包裹。仿佛有一扇通往虚无的大门打开了，而每个走进去的人全都从此销声匿迹。她每天都盯着手机，翻看着政府每日公布的死亡公告，等待着看到拉里的名字。当她又一次落空时，如释重负的解脱只会徒增她的悲痛。雨点打在窗户上，众人的早餐是薄薄的白面包片和一盒黄油，配上冷的熟香肠。

他们在厕所前排着队，靠墙坐着的一个年轻人吸着烟，抬头呼出一口烟气。一个抱着孩子的女人转过身来，大声地让他把烟掐灭。但那个年轻人只是气恼地站起来，走进了一群男人中间。厕所的门没有门锁，花洒连接着安装在墙上的水龙头，冷水滴落在明沟里。艾莉什只有一小块肥皂，只能用一条手帕擦干身体。莫莉不愿意洗澡，抱着扭动身子的本，艾莉什正用冷水给他打肥皂。屋里有一个孩子生病了，就是那个每晚都在哭的孩子，莫娜从围在孩子父母身边的几人身边走了回来。抱着孩子的那个女人如今俨然成了一名重症监护士。她说："那个孩子需要去医院，但父母不知道该怎么办。"年轻人进门时，护士指着父母和孩子迎了上去。年轻人手里提着塑料袋，还没来得及拉下兜帽。他朝跟着自己走到桌前的护士做了一个鬼脸。

三点之后，老大转着钥匙走了进来。他蹲在那对夫妻身旁，摘下帽子，露出了眯起的眼睛。他剃着光头，比艾莉什想象的年纪更大。他站起身来，摇着头瞥着地面。

"我不能把医生找过来。"他说，"反正等天气好转，你们就能走了,到时候你可以随便找医生。"护士走向老大,抓住了他的胳膊,但老大气恼地甩开了她。

"我要是带你去医院,你就回不来了,你明白吗?你付的钱也拿不回来了,所以绝对不可能。到时候连我也回不来了。所以,如果你想去医院,一意孤行地要去,那你就只能靠自己了。我可以安排人把你送到医院。你想怎么做?"钥匙被老大摇得哗啦作响。那对年轻的父母迟迟无法做出抉择,母亲低头哭了起来。

"行吧。"老大说,"我给你们一个小时考虑。"

艾莉什看着父亲怀里那个萎靡不振的孩子。她心想,这孩子还这么小,失去他会对他们造成怎样的伤害。他们还没来得及和自己的孩子度过美好的时光。艾莉什盯着他的小手,不禁哭了起来。跪坐在地上的莫娜挪了过来,伸手将本抱到了自己的腿上。

"你真是个好孩子,对不对?你这么健康,以后肯定能成为一名优秀的运动员。"莫娜的表情突然变得十分平静。她盯着天空看了一会儿,摇了摇头。"太痛苦了。"她低声说,"我的丈夫去了商店之后就没有回来,我再也没见过他。我的哥哥、我的表哥和他的妻儿都失踪了。"

一时间,她脸上的肌肉仿佛都丧失了功能一般。接着,她又努力将表情调整回来。

"我们当时获得了签证,你知道的,到澳大利亚的签证。但我丈夫直截了当地拒绝了。他说当下的情况完全没必要出国,我当时觉得他是对的。可他怎么能想到呢?我们怎么知道之后会发生什么。其他人或许能知道,但我不明白他们为何那么坚定自己的想法。

第九章

我是想说，你根本无法想象即将发生的事情，就算想个一百万年也无法想到发生的这一切。我也无法理解那些已经离去的人。他们怎么能就这样离开，抛弃了一切，抛弃了现有的生活和环境。这是我们根本无法想象的。我逐渐发现，我们根本无力抵抗。

"我的意思是，我们根本无法采取任何实际行动。当我们还有签证时，我们根本无法离开。我们有那么多事情要做，有那么多责任需要承担。而当情况逐渐糟糕，事情早已没有回旋的余地。我想说，我曾经相信自由意志。如果你在发生这一切之前问我，我会告诉你，我像鸟儿般自由。可现在，我不太确定了。你被困在如此畸形的环境之中，看着荒诞的事情接连发生，甚至在自行蔓延，而你束手无策。我不知道还怎么相信自由。

"我现在明白了，我曾经所认为的自由只是一种挣扎，真正的自由从不存在。但是你看。"她一边说着，一边拉起本的小手，和他跳起舞来，"我们现在不是还在这里吗？有那么多人都已经离开了，我们是幸运的，还有机会寻求更好的生活。我们现在只能向前看，你说是不是？或许这样想才有可能找到一星半点的自由，因为你至少可以在想象中构建你的未来。而如果我们沉浸在过去，我们会在某种意义上死去。我们还得继续生活下去。我看着我的两个儿子，从他们身上看到了他们父亲的影子。我会努力确保让他们过上自己的生活，你的孩子也是，他们也一定会活……

"天啊，你别哭。对不起，艾莉什，我是不是说了什么让你难过的话。我帮你修剪一下头发吧。我们刚来这里的时候我就注意到了你的头发，现在一看，这显然是你自己剪的。稍微修剪一下就行。

我学生时期曾在理发店打过暑假工。我也可以顺便帮你女儿修剪一下。"

艾莉什站在窗前,望着屋外。那个母亲抱着孩子跟在老大身后,而父亲则扛着行李落在后面。雨水打在混凝土墙面上,打在窗户玻璃上。她在窗户玻璃的映照中看到了一张苍老的脸庞——这张脸令她感到无比陌生。

艾莉什望向天空,看着雨点从天空中落下。破败的院子里什么都没有,只有世界还在坚持着自我。原本稳重的混凝土变得摇摇欲坠,给自地下涌出的植物汁液让了位。当庭院不复存在,世界仍会坚持这一切并非幻梦,而生活的代价就是饱尝痛苦。她看到孩子被送往爱与奉献的世界,看见他们落入一个可怕的世界。她祈祷着,希望这种世界赶紧毁灭。她看着自己年幼的儿子,他还是个天真的孩子。

她看着自己陷入挣扎,心生惊恐,意识到从恐惧中生出怜悯,从怜悯中生出爱。而在爱中,世界能重新得到救赎。她知道,世界不会就此终结。当生活遭遇不测时便认为世界即将走到尽头,这是一种傲慢的想法。终究会走到尽头的是你的生活,也只有你的生活才会面临终点。

长久以来,先知们歌唱着相同的圣歌,唱诵着即将来临的利剑,被大火吞噬的世界,沉入地平线的正午烈阳,被黑暗笼罩的世界。某位神明的怒火在先知的口中得以具象化,为眼前这必须清除的邪恶而感到愤怒不已。先知所唱诵的并非世界末日,而是过往所获,

第九章

将来所愿，各人之造化。世界总在同一处终结，而这终结总以一次地域性事件为开端。它会造访你的城市，敲响你的家门，并化为另一副模样，发出隐晦的警告。可能是一篇简短的新闻报道，又或者是某个流传的民间传说故事。

本的笑声在艾莉什身后响起，她转过身来，看见莫莉正把本抱在腿上，挠着他的痒痒。艾莉什看着儿子，从他的眼睛里看到了耀眼的光芒，展现着堕落之前的世界。她跪在地上哭了起来，抓住莫莉的手。

"我真的很对不起你。"她说。莫莉皱着眉头看着她，摇了摇头，将她扶了起来。

"妈妈，你没什么需要道歉的。"莫莉给母亲抹掉眼泪，艾莉什努力挤出一个笑容。

"现在几点了？"艾莉什问道，"我想让你给安妮发条短信。"她把本抱在怀里，转过头去，气愤地瞪着那个正用手机大声播放电子音乐的少年。她问莫莉："你觉得他会消停吗？"

房门打开，老大走了进来，手电筒的灯光打在了墙上。

"该死的，灯的开关呢？"他问。一个男人答道："在那边。"人们纷纷坐起身来，揉着眼睛，挡住突然亮起的灯光。老大则是穿过熟睡的几人，走到了房间中央。

"好了，所有人都听着，你们今晚就要离开这里了。我们要在凌晨两点快速撤离，所以你们除了要准备好行李，还得让孩子保持安静。没有多余空间给你们放所有行李,每个人只能带一个小背包或一只购物袋,每个孩子也可以有一小袋行李。没有按照规矩收拾好行李的人就不能离开。我要说的就这些。"

老大说罢,转身要走,一个女人喊住了他:"只能带一个包是什么意思?没人告诉过我们这件事。"其他人也纷纷开始抗议,但老大抬手阻止了他们:"每人一个包,我要说的就这么多。"老大转身出门,人们一边收拾东西一边咒骂着。艾莉什将所有东西都摊在了地上。本还在睡觉,莫莉抱着双臂坐在原地。

"妈妈,我不知道该带什么,我不想走。"

"你带两套换洗衣服就行,你以后可以买很多衣服。贵重的东西一定要带上。"她拿起一个相框,翻转过来,打开后盖,把里面的照片塞进了自己的护照本里。

莫莉看着她的举动,低头流下了眼泪:"妈妈,我求你了。我们为什么要走,我不想走。那里根本不安全,你也知道的,那些人都……"

艾莉什抓住她的手:"这件事我们不是已经说过很多次了吗?我们可以花费一整晚来讨论这件事。安妮已经安排好一切了,我们没有其他路可以走了,至少现在没有。"

凌晨两点,房门打开,有人举着手电筒进来了。那人不是老大,而是一个胡子拉碴,戴着针织帽的男人。他操着一口苏格兰口音让众人保持安静。艾莉什抱着熟睡的本,背上背着一个包,手中拿着一只购物袋。袋子里是她给本准备的所有必需品。她转身看了看他们留下的行李。房间里堆满了被舍弃的物品,还有生活垃圾和破旧的坐垫，空气中弥漫着汗水和用过的尿不湿的气味。

屋外清冷的空气沁人心脾，天空中万里无云。众人跟着男人拐到建筑背面，那里停着一辆铰接式卡车。一个拿着手电筒的男人示意他们爬进集装箱里。当人们顺着梯子往上爬时，一个孩子突然哭喊起来。莫莉不愿意往前走，艾莉什推了她一把，让她跟上队伍。艾莉什推着莫莉的后背，直到她妥协地爬了上去。他们用手机照亮着前方，看到了用于坐下休息的坐垫。戴着针织帽的男人站在集装箱门前开了口，所有人都齐齐看向他。他说："路程不远，卡车停下来的时候记得保持安静，也让自己的孩子保持安静。"门吱呀一声关上了。空间被完全封闭起来时，一个孩子尖叫起来。某处角落里，一个女人开始祷告。

卡车启动，莫莉紧紧抓住了母亲的手。艾莉什正对拉里耳语着，告诉他一切都会好起来的。当她睁开眼睛时，集装箱里到处是手机亮起的白光，大家都在发送消息。卡车不断向前行驶，过了一会儿，减速拐了个弯，沿着一条道路缓缓朝前开去，最后停了下来，发动机喘着粗气。一个男人让他们小心地爬出去。莫莉抓着母亲的手，朝集装箱门口走去。希望与黎明同在，新的一天即将来临。一个男人朝艾莉什伸出手，她爬下梯子，知道老大正站在眼前，双手插兜。一间老旧的平房在黑暗中显出昏暗的铅灰色。夜晚变得寂静，世界没有开口，只有一阵微风在催促着他们前进。

很快，清晨即将来临。众人抱着孩子，成群结队地沿着一条小路向前走着。他们走过放牧着牛群的寂静田野，没有一个人开口说话。老大的手电筒亮了一会儿，又灭了。此时，已经能看见远处的大海了。海浪声和吹拂的风声交织在一起。众人穿过马路，沿着沙路穿过沙丘，来到了海滩边。她认识这个海滩，她曾经来过这里很多次。一个男人站在海滩边，穿着一件发白的夹克，戴着兜帽，正举着手机发短信。艾莉什看到了海边的两艘充气船。她看着黑暗而荒芜的海洋，只有白色的浪花翻滚在海面上，在海岬上撞得支离破碎。她感觉内心的某种东西被狠狠挤压而出。

男人喊了一声，但没人听见他说了什么。艾莉什跟着其他人，朝堆在海滩上的救生衣走去，但救生衣数量不够。她给莫莉拿了一件，莫莉摇着头不愿穿上。艾莉什说："你看，我把本绑在胸前，肯定穿不上救生衣的。"莫莉哭了起来。穿夹克的男人挑了两个男人来驾驶充气船。他递给每个人一个定位器，艾莉什这次能听到他说了什么——朝着坐标驾驶，你们很快就能到达目的地。

莫莉的救生衣穿得不太顺利，自暴自弃般地把双手一甩。艾莉什伸手帮她调整好救生衣的绑带，看向了女儿的脸庞。有那么一瞬间，世界仿佛陷入了沉默——一种只属于天际的沉默。莫莉哀求着艾莉什，不愿意离开。她大喊起来："妈妈，求你了，我不想走，我不想这样呀！"

艾莉什在原地站了片刻，看着人们爬上小船，看着风灌进他们嘴里，仿佛想将什么东西从嘴里挤压出来一般。她看着昏暗而陡峭的海岬，看到远处站着一匹马，浑身是柔和的蓝色。她看着那匹蓝色的马，仿佛明白了什么。

艾莉什望着莫莉的眼睛，不知道该说些什么。语言无法表达她此刻的心情。她望向天空，却只看到一片黑暗。她知道自己已经与黑暗融为一体,而留下就意味着与这黑暗共存。而她想让孩子们活下去。她抚摸着儿子的脑袋,握住了女儿的手。她紧紧地握着,仿佛在说她永远不会松手。她说:"到大海中去,我们必须到大海中去。大海就是生命。"

图书在版编目（CIP）数据

先知之歌 / （爱尔兰）保罗·林奇著；陈雪婷译. --成都：四川文艺出版社，2025.8. -- ISBN 978-7-5411-7271-7

Ⅰ. I562.45

中国国家版本馆 CIP 数据核字第 2025B9H929 号

著作权合同登记号 图进字：21-2025-036

Copyright ©Paul Lynch,2023
This edition arranged with c/o Simon Trewin Ltd
through Andrew Nurnberg Associates International Ltd.

XIANZHI ZHI GE
先知之歌
[爱尔兰] 保罗·林奇 著
陈雪婷 译

出 品 人	冯　静
出版统筹	刘运东
特约监制	王兰颖
责任编辑	鲍威宇　朱丽巧
选题策划	贺歆捷
特约编辑	王雨亭　陈思宇
营销统筹	张　静
封面设计	刘树栋
责任校对	段　敏

出版发行	四川文艺出版社（成都市锦江区三色路238号）		
网　　址	www.scwys.com		
电　　话	010-85526620		
印　　刷	天津鑫旭阳印刷有限公司		
成品尺寸	145mm×210mm	开　本	32开
印　　张	9	字　数	192千字
版　　次	2025年8月第一版	印　次	2025年8月第一次印刷
书　　号	ISBN 978-7-5411-7271-7		
定　　价	48.00元		

版权所有·侵权必究。如有质量问题，请与本公司图书销售中心联系更换。010-85526620